**10/18**

12, AVENUE D'ITALIE. PARIS XIIIᵉ

*Sur l'auteur*

Mariah Fredericks est née à New York, où elle vit encore aujourd'hui avec sa famille. Diplômée en histoire du Vassar College, elle a écrit plusieurs romans Young Adult ; son livre *Crunch Time* a été sélectionné pour le prix Edgar en 2007. *Des gens d'importance* est son premier roman policier.

# MARIAH FREDERICKS

## DES GENS D'IMPORTANCE

Traduit de l'anglais (États-Unis)
par Corine Derblum

Préface
de la rédaction d'*Historia*

INÉDIT

**10/18**

Grands détectives
créé par Jean-Claude Zylberstein

Titre original :
*A Death of No Importance*

© Mariah Fredericks, 2018.
© Éditions 10/18, Département d'Univers Poche, 2018,
pour la traduction française.
ISBN 978-2-264-07212-2
Dépôt légal : septembre 2018

# PRÉFACE

Elle s'appelle Jane Prescott, travaille comme femme de chambre dans une richissime famille de parvenus à New York en 1910, et c'est la dernière arrivée dans la cour des grandes de la collection « Grands détectives » !

À l'instar des Fidelma, Charlotte Pitt et autres Lizzie Martin, ces fins limiers au féminin imaginés par Peter Tremayne, Anne Perry ou Ann Granger, Jane n'est pas censée passer sa vie à courir après les assassins. Son vrai métier consiste à accompagner et mettre en valeur Louise et Charlotte Benchley, filles d'un industriel à la fortune assez récente, débarquées depuis peu à New York et méprisées par la haute société new-yorkaise. Difficile en effet de se faire admettre dans le beau monde quand on n'est pas installé dans la ville depuis cent ans ni apparenté aux Quatre Cents, le gratin new-yorkais. Jane est chargée de faire des filles Benchley de parfaites poupées de salon, coiffées et habillées à la dernière mode, de trouver les gants assortis à une jupe Paul Poiret, de donner de la tenue à une chevelure terne et de dispenser un minimum de savoir-vivre à ces demoiselles afin de les caser au mieux sur le marché très disputé des alliances matrimoniales. Elle y réussit si bien qu'en cette année 1910 la saison des mariages s'ouvre sur une nouvelle fracassante : Charlotte, la plus jolie, a attiré dans ses filets le beau Robert Norris Newsome Jr., arrogant fils à papa issu d'une riche famille ayant fait fortune dans le charbon. Un flambeur et un noceur, certes, mais un héritier au patronyme prestigieux, synonyme d'intégration dans la haute société.

Sauf que rien ne se passe comme prévu et que l'enfant terrible de la bonne société est retrouvé assassiné le soir même où les fiançailles devaient être annoncées officiellement. Et c'est Jane qui découvre le cadavre. La police part bille en tête sur la piste des anarchistes, qui ont menacé la famille à plusieurs reprises en criant vengeance pour la catastrophe survenue quelques années avant dans une de ses mines de Pennsylvanie, et qui a coûté la vie à une centaine de personnes. Mais Jane, elle, suit son instinct. Et raconte les tenants et les aboutissants de l'affaire des décennies après les faits, de son point de vue de domestique à mi-chemin entre la classe ouvrière et les représentants de la grande bourgeoisie.

Par sa position intermédiaire sur l'échiquier social, Jane fait la jonction entre différents milieux, offrant ainsi un panorama assez vaste du New York du début du XX$^e$ siècle. Elle évolue dans des intérieurs feutrés, mais bruissant de mauvais esprits : ceux des riches demeures de la 5$^e$ Avenue ou des bords de l'Hudson. Décoration ostentatoire, lourds rideaux, dorures, soie brochée et tapis moelleux font partie de son environnement de travail. Les demoiselles dont elle a la charge n'ont d'autre préoccupation que d'apparaître le plus à leur avantage. C'est le règne de la superficialité et de la sophistication vaine, qui ne sont possibles que lorsque l'on n'a pas de soucis matériels. Mais Jane vient d'un autre univers et connaît les réalités du quotidien ouvrier et de la condition féminine. Élevée par un oncle pasteur qui a voué sa vie à l'encadrement d'anciennes prostituées, amie avec une anarchiste féministe militante de l'International Ladies' Garment Workers', un des plus grands syndicats ouvriers des États-Unis, dont les membres se recrutent essentiellement dans la population ouvrière féminine, elle éprouve une empathie réelle pour les mineurs et autres petites mains de l'industrie textile, souvent sacrifiés sur l'autel de la productivité et du profit, et dont les revendications ont du mal à se faire entendre, favorisant la violence anarchiste. Quel meilleur témoin que Jane, prise entre deux feux, pour confirmer que le destin et les drames du monde d'en bas n'émeuvent guère ces « gens d'importance », qui préfèrent s'étourdir dans des bals et au milieu des falbalas ?

À cet arrière-plan social s'ajoute la dimension multiculturelle reflétée par les protagonistes de cette aventure, typique du melting-pot américain en ce début de $XX^e$ siècle. Jane est la fille d'un immigré écossais qui l'a abandonnée dès sa descente du bateau. Quant à sa mère, elle est morte dans un naufrage en tentant de rallier le rêve américain. Son amie anarchiste est issue d'une famille italienne ; le journaliste qui va l'aider et titiller son amour-propre (et ses sens) est irlandais ; le suspect numéro un est polonais ; le pharmacien auprès de qui elle prend conseil, juif polonais. Une galerie de personnages qui rend d'autant plus crédible et vivant le décor dans lequel s'inscrit ce roman policier historique, un genre dans lequel Mariah Fredericks fait ici sa première incursion.

Pour un coup d'essai, c'est réussi ! L'auteur sait instiller le doute, distiller le suspense jusqu'à la dernière page et croquer des personnages attachants. Fine, loyale, digne, pleine d'empathie, de sensibilité, mais aussi de doutes, sa Jane donne envie de faire un bout de chemin avec elle. On aime le côté *Downton Abbey*, version américaine, de ce roman policier, avec une touche d'Edith Wharton. Gageons que cette première enquête ne sera pas la dernière ! À suivre, donc...

La rédaction d'*Historia*

*Et finalement, pour mon père.*

*En décembre 1910, ou vers cette date, le caractère de l'être humain a changé.*

Virginia WOOLF

*Vous voyez ? Le monde entier croit à la dynamite.*

J. B. McNAMARA,
reconnu coupable du dynamitage
du *Los Angeles Times* en 1910

# CHAPITRE PREMIER

Je vais vous raconter. Je le raconterai mal, en oubliant des détails essentiels et en me souvenant de faits qui jamais ne sont arrivés. En cela, ma version ne sera pas différente de toutes les autres. Seule la particularité de ce qui est omis ou évoqué lui apposera ma marque distinctive.

À quoi bon la raconter, alors, cette histoire déjà rebattue, où entrent en jeu de riches familles, un couple séduisant et un assassinat ?

Parce que celle que vous avez entendue est fausse. Tout ce que vous avez lu : les gros titres, les éditoriaux poignants déplorant le pitoyable état de notre monde moderne... Faute de connaître le fond de l'affaire, ils sont tous passés à côté.

Bien des décennies se sont écoulées. Il ne reste plus personne, à part moi, qui ait vécu cette abomination. Et qui suis-je pour prétendre détenir la secrète vérité, dans ce qui fut peut-être le premier des nombreux crimes du siècle ?

Personne. Absolument personne.

J'étais la femme de chambre de Charlotte Benchley.

Avant que vous n'écartiez mon histoire telles les élucubrations d'une femme vénale et avide d'une brève célébrité, permettez-moi de vous dire une chose.

Certains gagnent leur pain en prêtant attention à ce que d'autres préfèrent ignorer. Si votre tâche suppose de préserver l'éclat de l'argenterie, vous serez à l'affût de la moindre ternissure. Si les draps doivent être impeccables, vous chercherez les faux plis. En ce qui concernait les Benchley et les Newsome, j'ai vu les ternissures, les faux plis, la boue.

Si vous êtes d'avis qu'une femme de chambre n'entend rien à ces choses-là, vous n'avez aucune raison de poursuivre cette lecture.

Si toutefois vous nourrissez une opinion différente, alors, continuez.

À l'époque des événements qui passionnèrent le pays, j'étais au service des Benchley depuis un an. Mon ancienne patronne était décédée, léguant l'essentiel de sa fortune aux bonnes œuvres et me laissant, moi, sans emploi.

Le temps était aux funérailles. À peine la ville finissait-elle de pleurer l'aristocratique Mrs. Astor qu'il fallut porter le crêpe pour feu mon employeuse, Mrs. Armslow, apparentée par la naissance ou par alliance aux meilleures familles de New York. En Angleterre, l'élégant et volage Édouard VII était souffrant. Léopold de Belgique s'était éteint. Plus tôt cette même année, dans un camp pour prisonniers de guerre, le chef apache Geronimo était mort peu avant ses quatre-vingt-dix ans. Selon les gazettes, il était resté « l'un des sauvages les plus vils et les plus cruels du continent américain », attendant son heure pour repartir sur le sentier de la guerre.

Après la cérémonie, Mrs. Ogden Tyler, la nièce de Mrs. Armslow, m'aborda. Issue d'une branche moins fortunée de la famille, elle avait un petit côté plébéien. Elle posa une main légère et amicale sur mon bras.

— Vous allez me prendre pour une sans-cœur, mais il faut bien que je vous pose la question : avez-vous trouvé une nouvelle place ?

Devant mon geste de dénégation, elle poursuivit :

— Une de mes chères amies, Mrs. Benchley, vient d'emménager en ville. Elle arrive de Scarsdale – Scarsdale ! a-t-on idée ? – et elle est désespérée. Son mari a inventé un moteur. À moins que ce ne soit une pièce de moteur... ou de fusil ? Quoi qu'il en soit, le gouvernement a acheté son invention. Résultat : de l'argent à la pelle, mais aucune notion de savoir-vivre. Dans ce qui compte vraiment, cela va de soi : que porter, qui embaucher, que servir. La pauvre femme a deux filles, comme moi, et je me suis demandé de quelle manière je pourrais l'aider. Savez-vous la toute première chose qui m'est venue à l'esprit ? Jane. Jane est si fine ! me suis-je dit. Si intelligente et discrète. Chère Jane, vous êtes exactement ce qui manque aux Benchley. Accepteriez-vous de les rencontrer ?

À mon arrivée chez les Benchley en mai 1910, je bénéficiai de la meilleure recommandation qu'une employée pût avoir : l'échec de toutes celles qui l'avaient précédée. La famille avait élu domicile dans une maison de ville de quatre étages sur la 5$^e$ Avenue. Située à la hauteur de la 49$^e$ Rue, elle était à une fâcheuse proximité du quartier commercial. Néanmoins, évitant l'ostentation choquante de certains nouveaux riches, Mrs. Tyler avait orienté ses amis vers une résidence d'une discrétion rassurante – du moins, selon des critères de millionnaire.

Ce ne fut ni une gouvernante ni un majordome qui vint m'ouvrir, mais une femme corpulente qui, découvris-je plus tard, était la cuisinière. Elle me fit monter par l'escalier de service jusqu'au hall central. Tout en attendant, je jetai un coup d'œil aux couloirs et aux pièces adjacentes pour prendre la mesure de la demeure. Chaque pièce était encombrée de bibelots. Tapis persans à profusion. Au-dessus de l'entrée, une frise reprenant une scène de la *Tapisserie de Bayeux*, avec le roi Harold, l'œil percé d'une flèche. Un méli-mélo d'objets rares sur chaque surface. Des vases de Chine et de Turquie collés contre des livres reliés de cuir et des statuettes grecques. Un sphinx et un carlin en porcelaine me contemplaient depuis la tablette de la cheminée. Avec ses fenêtres perdues derrière une cascade de draperies, le salon évoquait une tente. Une collection de paysages et de portraits digne d'un musée ornait les murs. Un service à thé en porcelaine anglaise reposait en équilibre précaire sur une ottomane. Des miroirs à cadres dorés reflétaient et démultipliaient le chaos.

La négligence à laquelle Mrs. Tyler avait fait allusion était flagrante. Les miroirs étaient sales, les tapis tachés. Partout, de la poussière. Des tasses de café et des cendriers laissés à l'abandon. Les buveurs étaient de deux tempéraments différents : l'un, insouciant, avait laissé la cuiller dans la tasse à demi pleine ; l'autre, plus délicat, avait soigneusement replacé la tasse sur sa soucoupe avec la cuiller à côté. Le fumeur, devinai-je, était un visiteur ; la marque du cigare était trop excentrique pour les Benchley, tels que les avait décrits Mrs. Tyler. Visiblement, le personnel n'avait pas coutume de vider les cendriers. Des souliers crottés, de belle qualité mais mal entretenus, étaient restés près de l'âtre, et ce qui présentait une inquiétante similitude avec des déjections canines se cachait près d'une bergère.

Le *Times* du matin était posé sur un guéridon, à côté d'un fauteuil un peu à l'écart ; celui du maître de maison à en juger par le creux du coussin.

Un signet était inséré à la troisième page d'un exemplaire de *Middlemarch*, avec au-dessus *When a Man Marries*, de Mary Roberts Rinehart, ouvert et retourné à l'envers.

En entendant l'écho étouffé de pas dans l'escalier, je regagnai le hall et découvris Mrs. Benchley.

Caroline Shaw de son nom de jeune fille, Mrs. Benchley était une femme grassouillette aux gestes nerveux. Sa robe d'intérieur était démodée : jaune moutarde, avec au col de longues garnitures de dentelle qui donnaient l'impression qu'on avait jeté des napperons sur ses épaules. Une ceinture marron foncé nouée de travers. Les ruchés des manches ratatinés faute de soins attentifs d'une bonne blanchisseuse. Des épingles à cheveux dépassant d'un chignon menaçant de crouler... Dans cette demeure splendide, elle faisait songer à une cousine de la campagne en visite chez ses parents de la ville qui, en soupirant, comptent les jours jusqu'au départ de « cette chère Caroline ».

— Excusez-moi, vraiment ! dit-elle, hors d'haleine. Est-ce qu'on vous a fait entrer ? Oh ! Mais oui, bien sûr. On s'installe au salon ?

Pénétrant dans la tente, elle lança par-dessus son épaule :

— Nous vivons dans la désorganisation la plus complète. Je sais que tout le monde s'en plaint, mais que c'est difficile de se faire aider, aujourd'hui ! Il paraît que les jeunes filles ne cherchent plus à se placer comme domestiques. Elles préfèrent travailler dans les magasins ou dans ces horribles fabriques.

Ce n'était pas la première fois que j'entendais ces récriminations. Mrs. Armslow et ses relations se lamentaient aussi du refus ingrat des classes inférieures de se dévouer aux besoins de l'élite. Des maisons qui avaient eu un train de plus de quinze serviteurs se contentaient désormais de douze, voire de neuf.

— Les jeunes femmes n'éprouvent pas toutes de la satisfaction à servir les autres, répondis-je.

— Mon amie Mrs. Tyler ne tarit pas d'éloges à votre sujet. Elle nous a apporté une aide inestimable lors de notre installation à New York. Je ne sais ce que nous ferions sans elle ! J'ai cru comprendre que vous étiez au service de Lavinia Armslow ?

J'acquiesçai d'un signe de tête.

— Et auparavant ?

— Je travaillais pour mon oncle, le révérend Prescott. Il…

J'hésitai. Mon oncle dirigeait un foyer pour les femmes qui avaient fait commerce de leurs charmes mais désiraient changer de vie. Le temps qu'elles trouvent un autre genre d'emploi et que leurs souteneurs se lassent de les chercher, elles demeuraient au refuge.

Mrs. Armslow avait décidé de consacrer une petite partie de son immense fortune à la cause de mon oncle. Une fois par an, elle nous rendait visite afin d'examiner les âmes en voie de rédemption. En une de ces occasions, alors que j'avais quatorze ans, elle avait émis des doutes sur la sagesse d'élever une enfant impressionnable parmi des femmes déchues et m'avait proposé un poste. Mon avenir serait assuré et ma moralité préservée.

— Mon oncle administre un foyer où l'on recueille les filles perdues qui aspirent à une vie meilleure.

Mrs. Benchley opina du chef.

— J'imagine qu'il leur est très difficile de retourner à une vie respectable. Quand on pense que beaucoup d'entre elles ont été forcées, voire kidnappées…

Elle marqua une pause, curieuse d'anecdotes piquantes sur la traite des Blanches et de naïves campagnardes réduites à la débauche.

— Est-ce pour vous-même que vous recherchez une femme de chambre, Mrs. Benchley ? m'enquis-je.

— Pour moi ?

L'esprit encore tout au sort des prostituées, Mrs. Benchley se ressaisit.

— Oh, non ! J'ai ma chère Maude, qui est chez nous depuis une éternité. Cette perle de Maude, comme je dis toujours. Cependant, mes filles ont besoin de quelqu'un de plus proche de leur âge. Elles sont très différentes, et trouver une même personne qui convienne aux deux est d'un compliqué ! Je pensais que chacune pourrait avoir sa femme de chambre personnelle, mais mon mari ne voit pas pourquoi elles ne se débrouilleraient pas avec une seule, et quand Alfred ne voit pas...

Elle se frotta les mains avec nervosité.

— Donc, vous comprenez...

— Fort bien, assurai-je. Il faut une femme de chambre qui s'occupe de vos deux filles.

Avec un soupir, elle laissa ses mains retomber sur son giron.

— Vous m'avez comprise ! Et vous parlez anglais. Les Irlandaises sont censées parler notre langue, pourtant je n'ai jamais pu m'y faire. Vous n'êtes pas originaire d'Irlande, n'est-ce pas ?

— Non, madame, d'Écosse. Je suis venue quand j'avais trois ans.

Radieuse, elle déclara :

— Parfait ! Allons vous présenter à ces demoiselles.

Pendant que je la suivais dans l'escalier, elle expliqua :

— Commençons par Charlotte. Elle a fait ses débuts il y a un mois. Un triomphe ! Des centaines d'invités.

Dont Mrs. Gibbes, une amie de Mrs. Armslow, qui avait qualifié l'événement de « concours de vulgarité » tout en admettant que la débutante était « une jolie petite ».

— Là encore, continuait Mrs. Benchley, le mérite en revient à Mrs. Tyler ; elle nous a indiqué les meilleurs traiteurs, la boutique où commander les fleurs, les gens qu'on invite et ceux qu'on n'invite pas, ce qui est apparemment tout aussi important.

Une gratification financière avait-elle récompensé Mrs. Tyler pour sa serviabilité ? Elle n'eût pas été la première dame renommée mais désargentée à accepter une rétribution en échange de ses bons conseils.

Nous fûmes interrompues par un hurlement qui résonna jusqu'au hall. Mrs. Benchley se précipita vers la porte la plus proche et l'ouvrit à la volée. La suivant de près, je découvris une belle pièce dont les fenêtres donnaient sur l'avenue. Au centre, une ravissante jeune fille en chemise contemplait, les poings serrés de rage, le flot d'étoffe bleu clair amoncelée autour de ses chevilles. Une femme plus âgée à l'air renfrogné, engoncée dans son uniforme, se tenait à distance prudente.

— Mais enfin, que se passe-t-il, Charlotte ? interrogea Mrs. Benchley.

La jeune fille agita une main dédaigneuse en direction de la femme de chambre.

— Elle est désespérante ! Elle n'a pas la plus petite idée de la façon de s'y prendre.

Pas étonnant ! Le monceau de tissu était une jupe fourreau qui faisait fureur parmi les cercles à la mode. Formant une étroite colonne rétrécie jusqu'à l'ourlet, elle contraignait celle qui la portait à faire des pas minuscules ; son créateur, Paul Poiret, se flattait de « libérer le haut du corps mais d'entraver les jambes ». La jupe était donc difficile à enfiler, car on pouvait perdre l'équilibre à mesure qu'elle enserrait le corps.

Le moment était venu pour moi d'intervenir.

— Si je peux me permettre, dis-je en entrant dans la chambre. La petite-fille de Mrs. Armslow avait une jupe très semblable.

Je m'agenouillai à côté de Charlotte Benchley et demandai à la domestique, en laquelle je devinais cette perle de Maude :

— Auriez-vous l'obligeance d'approcher cette chaise ? Miss Benchley, voulez-vous s'il vous plaît vous y appuyer ? Merci.

Saisissant la jupe du bout des doigts, je la fis glisser jusqu'à la taille de la jeune fille. La veste assortie complétant sa tenue, Miss Benchley s'étudia dans le miroir pendant que j'arrangeais ses cheveux et ajustais le chapeau. Elle serait un plaisir à vêtir. Pas plus de dix-sept ans, une silhouette en sablier, la taille fine et les bras gracieux. De beaux cheveux blonds, mais surtout un sourire qui, quand elle daignait l'accorder, était apte à ensorceler. Elle possédait le style de beauté que l'on appréciait à l'époque, une joliesse enfantine, les joues et le buste ronds, de grands yeux admiratifs. Une allure d'écolière ingénue. Si elle savait regarder un homme d'un air qui suggérait qu'elle connaissait un peu ce qui se passe au-dehors d'une salle de classe, puis rougissait sitôt qu'il lui retournait son regard, c'était encore mieux. Charlotte Benchley, découvris-je par la suite, s'entendait fort bien à lancer ce genre de regard.

Elle examinait d'un œil aiguisé sa propre apparence et surveillait le moindre de mes gestes. Elle voulait le chapeau incliné d'une certaine manière. Les ruchés de la blouse à l'extérieur. J'émis l'avis que les gants blancs tranchaient trop avec le reste. Miss Benchley possédait peut-être une paire grise ? Miss Benchley en possédait une, en effet, et se montra satisfaite du résultat.

Souriant, la mère dit à la fille :

— Elle te conviendra très bien, tu ne crois pas ?

Elle enlaça Charlotte par les épaules, mais celle-ci se dégagea.

— Je suppose qu'elle conviendra aussi très bien à Louise.

— Ton père estime...

— C'est absurde ! coupa Charlotte en tirant sur ses gants avec colère. Il nous amène ici, s'attend à ce qu'on fasse bonne figure et ne nous fournit pas les plus élémentaires...

Elle prévint d'un geste la réponse de sa mère et attrapa son sac.

— Désolée, je suis en retard. Charmée de vous avoir rencontrée, Miss Dont-j'ignore-le-nom. Qui sait si vous serez ici à mon retour ?

Nos yeux se rencontrèrent et, pour la première fois, j'observai les traits de la jeune fille qui ferait tant couler d'encre au long des mois à venir. Mrs. Gibbes se trompait. Elle sous-estimait Charlotte Benchley en ne voyant en elle qu'une « jolie petite ».

Tandis que nous suivions le couloir, Mrs. Benchley soupira.

— Qu'il est dur d'avoir deux filles ! Je ne m'inquiète pas pour Charlotte. Bien qu'elle soit un peu têtue, elle a souvent raison. Mais mon aînée, Louise ! Si vous pouviez m'aider avec elle, vous seriez un ange. Elle a bon caractère. Pas comme la plupart de ces jeunes filles modernes qui n'écoutent pas leur mère, vous savez. Seulement, la pauvre, elle semble incapable de…

Comme nous arrivions devant la troisième porte, Mrs. Benchley chuchota :

— Vous allez vous rendre compte par vous-même. Louise ! appela-t-elle en toquant.

Une petite voix répondit, et nous entrâmes.

La première impression que m'inspira Louise Benchley fut celle d'une tortue sans carapace. Elle était assise à sa coiffeuse, les épaules voûtées, son long dos courbé. Trop maigre. Des cheveux châtain clair, ternes et plats, qui pendaient mollement, la coupe informe. De grands yeux gris saillants. De longs bras, si longs qu'elle semblait oublier qu'elle avait des mains à l'extrémité. Par malheur pour elle, elle écoutait en effet sa mère jusque dans le style de sa robe. Ce rouge cerise paraissait presque cruel.

Elle se leva d'un bond à notre entrée et tendit une main hésitante quand Mrs. Benchley nous présenta. Sa nervosité était contagieuse et je me sentis moi-même décontenancée jusqu'à ce que je remarque les poupées disposées sur son lit. Je la complimentai sur sa ravissante collection.

— Oh ! se borna-t-elle à répondre en parcourant la chambre des yeux.

À dire vrai, les poupées me mettaient mal à l'aise. Des rangées de petites personnes aux visages en porcelaine et aux minuscules mains raides, couvertes de dentelles et de rubans. Des bouches bien ourlées qui ne laissaient jamais passer de souffle et encore moins de parole. De magnifiques cheveux – des cheveux humains. Je ne pus m'empêcher de penser que ces créatures avaient cannibalisé des femmes de chair et de sang pour se rendre encore plus parfaites.

— Vous souhaitez peut-être m'indiquer quelles qualités vous recherchez chez une femme de chambre, dis-je pour l'encourager, mais cela la plongea dans la panique.

— Je ne sais pas. N'importe lesquelles.

— Louise... commençait Mrs. Benchley, quand elle fut interrompue par un cri strident et un grand fracas venant d'en bas.

Nous recommandant de faire connaissance, elle sortit précipitamment.

— Avez-vous rencontré ma sœur ? demanda Louise en observant les poupées.

— Miss Charlotte. Oui.

Elle prit la main de l'une d'elles et la fit clopiner comme si elles marchaient ensemble.

— Elle appartenait à Charlotte. Quand nous avons déménagé, elle a toutes voulu les jeter. C'est peut-être bête, mais je n'ai pas pu le supporter. Jeter avec indifférence un objet qui nous appartenait depuis toujours... Ça doit être pour ça que j'en ai tellement. Je vous avertis tout de suite, dit-elle en levant les yeux vers moi : je suis un cas désespéré.

— Mon oncle pasteur dit qu'il n'existe pas de cas désespéré.

— Moi, j'en suis un. En tout. Tout ce qui compte. À part le badminton, où j'excelle.

Son visage s'était éclairé.

— Franchise et athlétisme, d'admirables qualités.

— Pas du tout, persista Louise. Je suis débile. Mais ça n'était pas grave quand nous n'étions pas... ce que nous sommes à présent. Charlotte s'est adaptée tout de suite. Elle est jolie, stylée... et courageuse. Quand nous passions l'été à la mer, elle se jetait en courant dans les vagues, alors que je m'accrochais à Mère en pleurant. Ici, c'est pareil. Cette nouvelle vie qu'elle trouve merveilleuse, pour moi elle est impossible.

— Qu'est-ce qui vous semble à ce point difficile, Miss Benchley ?

Elle conserva le silence avant d'éclater :

— Les gens. On se donne du mal pour se rendre agréable et à leurs yeux on reste transparente. On n'est pas assez futée, pas assez jolie, pas assez... Bref, nous avons certes de l'argent, mais même cela ne suffit pas. Il aurait fallu vivre ici depuis cent ans et porter un des cinq noms de famille en vue.

Je me rappelai les vitupérations de Mrs. Armslow contre les Astor, « ces parvenus », et répondis :

— Vous seriez surprise de savoir à quelle vitesse l'argent vieillit, dans cette ville.

— Tout passe pour gracieux et charmant, mais, en réalité, c'est presque violent. Tout le monde veut la même chose. Les jeunes filles espèrent épouser une fortune équivalente. Leurs mères veulent être invitées ici ou là. Mrs. Tyler essaie d'être gentille mais, aux yeux de ces gens, nous ne représentons que des rivales. Parfois, dans ces salons, confia-t-elle en relevant la tête, on sent des regards meurtriers.

Tâchant de prendre un ton léger, je répliquai :

— Je n'ai jamais vu personne poignardé à l'aide d'un couteau à poisson ou assommé avec une bouteille de champagne.

— Peut-être pas, répondit-elle vaguement.

J'observais Louise Benchley. Je connaissais désormais trois membres de la famille dont je me représentais déjà les défauts. Pourtant, j'éprouvais l'irrésistible sentiment qu'ici je pourrais me rendre utile. À Charlotte, je n'apporterais rien de plus que n'importe quelle femme de chambre. Pour Louise, peut-être, je pourrais faire la différence.

— Allons, dis-je, prenant son visage entre mes mains pour le tourner vers le miroir. Faisons de cette chevelure l'envie de toutes les débutantes de New York. Que leurs mères apportent leurs couteaux et leurs bouteilles. Ça ne nous fait pas peur.

— Je crains bien d'avoir peur, répondit Louise, souriant déjà.

Bien entendu, je ne pris pas son histoire d'assassinat au sérieux. Sur le coup, je pensai qu'elle se complaisait dans cette fascination pour la mort qui affecte tant de ceux qui vivent hors de son étreinte, les jeunes, les bien portants, les nantis.

Tragiquement, elle était bien plus près que moi de la vérité.

## CHAPITRE II

L'idée me vient que, à l'heure où je m'apprête à livrer les secrets d'autrui, je ne devrais pas en garder sur moi-même. Je fus au nombre de la multitude, une goutte du flot immense qui déferla sur ces rivages à la fin du siècle dernier. Mon père en fut une autre, mais pas ma mère. Elle gît, avec ma petite sœur en bas âge, quelque part au fond de l'Océan.

Mon père débarqua avec moi, cela, je m'en souviens. Ce lieu nouveau n'était à mes yeux qu'une marée d'inconnus, serrés, irrités, jouant des coudes dans leur volonté éperdue d'aller ailleurs. Pendant que nous attendions dans la file, je m'appuyais contre la jambe de mon père, debout ou assise par terre, les genoux remontés sous le menton. Je dus pleurnicher pour qu'il me prenne, car il me dit d'un ton sec : « Tiens debout toute seule, tu es une grande fille, tu peux. »

Je sais que je fus contente de voir le banc. Un coin, un espace à moi, hors de la cohue. Mon père, soudain surexcité, me dit « Viens ! » en me tirant par la main et m'installa vite sur la banquette en bois.

Puis il me dit : « Reste là » et il s'en alla.

Je résistai quand il essaya de lâcher ma main. Ce souvenir-là n'est pas associé à la vue, mais au toucher.

Mes doigts livrèrent bataille aux siens, s'entortillèrent et s'agrippèrent. Mon poing emprisonna son pouce, mais il se libéra avec force. Ses jointures et ses ongles contre ma paume. Une poignée de lainage épais et rude, son pantalon, je suppose, ou bien sa manche. Une légère brûlure puis le vide dans ma main.

Est-ce que je conserve de lui une dernière image ? Il y avait tant d'hommes en manteaux sombres, courant, se bousculant. Celui que je revois en train de lancer un regard par-dessus son épaule en s'éloignant est-il réellement mon père ? Ou est-ce moi qui lui prête une fugitive hésitation qu'il n'a jamais ressentie en se précipitant vers sa nouvelle vie ?

Après, il n'y eut plus que des chaussures. Les miennes, incapables d'atteindre le sol. J'ai pensé : *Balancez-vous*, et je me suis étonnée qu'elles obéissent.

Longtemps, je crus que l'homme qui m'avait soulevée du banc et emportée dans ses bras était mon oncle. Mais, d'après celui-ci, il s'agissait d'un policier, qui trouva son nom et son adresse sur un bout de papier épinglé au dos de mon manteau.

Rares sont les hommes prêts à assumer la responsabilité d'une enfant abandonnée par leur frère. Rares, aussi, ceux qui décident qu'un refuge pour prostituées est un foyer convenable pour une gamine ; néanmoins, mon oncle était ainsi. Une fois qu'il avait déterminé ce qu'il fallait faire, il s'y tenait, sans s'embarrasser des subtilités qui font hésiter la plupart d'entre nous et nous retiennent d'agir.

J'acquis une éducation. J'appris à lire, à écrire et à additionner avec les femmes qui venaient au refuge. Je me souviens d'avoir tenté, à huit ans, d'expliquer à une Russe pourquoi la lettre C se prononçait d'une façon dans « coton » et d'une autre dans « certain ». Je pris des cours de couture avec ces dames et, en grandissant, j'exerçai sur leurs cheveux mes talents de coiffeuse.

Le soir, après dîner, mon oncle avait coutume de me lire des morceaux choisis de la Bible. L'injustice était l'un de ses thèmes de prédilection : « Ses chefs y sont comme des loups qui déchirent la proie, ne pensant qu'à verser le sang, qu'à ruiner des existences pour servir leur intérêt. » De même, le devoir : « Même un enfant se révèle par ses actes, laissant deviner si son œuvre sera pure et droite. L'oreille qui entend, l'œil qui voit, l'Éternel les a faits tous deux. » À ce passage, cela ne manquait jamais : je ne savais plus où me mettre.

Quand Mrs. Armslow offrit de m'employer, bien loin de discuter, il se borna à me demander si j'avais envie d'y aller. Je m'enquis de la différence entre ma vie au refuge et celle que je mènerais chez Mrs. Armslow. Mon oncle exposa mes devoirs, qui consisteraient surtout à nettoyer, au début, puis ajouta : « Bien entendu, chez elle, tu toucheras une rémunération. »

L'idée ne m'avait pas effleurée. Qu'on désirât me rétribuer pour les tâches que j'accomplissais chaque jour semblait extraordinaire – mieux : grisant. À coup sûr, mon oncle se trompait ! Si je gagnais de l'argent… des visions de ce que je pourrais en faire, aussi simples que de m'acheter une pomme et aussi fantasques que d'aller à Londres, surgirent dans ma tête. Je dis très vite :

— Alors, oui, ça me plairait.
— Pour l'argent ? demanda-t-il en levant un sourcil.

Mon oncle avait la conviction que, bien qu'il fût difficile de réaliser quoi que ce fût sans argent, ce n'était pas un but en soi. Cependant, je découvrais le sentiment tout neuf, mais tenace déjà, que je ne voulais plus être interrogée sur ce que je souhaitais faire ni pourquoi. L'argent signifiait peut-être que je pourrais l'éviter.

Le jour de mon départ, mon oncle me fit ses dernières recommandations :

— Ne prends pas l'habitude de te considérer comme une servante. Sois diligente, sois honnête. Mais (il peinait à s'exprimer à mots couverts) sache que nous avons du travail pour toi ici.

— Oui, mon oncle, répondis-je.

Et je le serrai dans mes bras pour la première fois.

Ainsi commençais-je chez les Benchley. Je m'installai dans une chambre exiguë au dernier étage, tout comme les cinq autres membres du personnel. Le plafond était bas, l'ameublement sommaire et le froid y régnait souvent. Nombre d'employeurs estimaient que les domestiques seraient plus à l'aise dans un cadre ressemblant à l'humble logis d'où ils venaient. Cela dit, cette pièce était tranquille et tout à moi.

Être la femme de chambre de Louise et de Charlotte supposait d'effectuer deux genres de besogne très différents. Au début, Charlotte m'imposa une série d'épreuves. Son peigne n'était pas placé au bon endroit. Sa robe avait un faux pli. Son chignon était raté. Les objets sur sa coiffeuse n'étaient pas disposés comme elle l'aimait – et un million de variations sur le même thème. Au fil du temps, je gagnai sa confiance, et les tests cessèrent. Charlotte recevait de nombreuses invitations et représentait, à elle seule, un travail à plein temps. Or je devais aussi m'occuper de Louise.

Pauvre Louise ! Louise, la fille au lieu du fils espéré, la grande sœur mais pas la meilleure, la lambine, la toujours moins ci ou moins ça. Pas aussi jolie que Charlotte, pas aussi gracieuse que sa mère, pas aussi intelligente – et de loin ! – qu'elle l'aurait dû, sans compter ses faiblesses dans bien d'autres domaines. Mrs. Benchley avait une conscience aiguë de sa responsabilité maternelle quant à l'avenir de ses filles. Elle s'attacha à plusieurs causes philanthropiques, bien qu'il lui fût difficile d'y montrer de l'assiduité. Ses enthousiasmes semblaient à la fois énergiques et démocratiques ; elle n'adhérait qu'à ce qu'adoptait le grand public. La plupart de ses passions étaient inoffensives, quoique certaines le fussent moins, comme nous allions le découvrir.

En toute chose, elle était guidée par Mrs. Tyler. Sous son égide, les Benchley eurent leurs entrées dans les maisons les plus huppées. À force d'habiles flatteries et de dépenses stratégiques, Charlotte parvint à se faire inviter chez les Bartlett pour le golf, chez les Apsley à Newport, et au tennis de Central Park avec la fine fleur de la société.

Ces divertissements l'amenèrent à côtoyer les célibataires les plus convoités. L'élégant Edward Lauder, le favori de ces dames en dépit de sa calvitie naissante, au point que c'était un peu étrange qu'il n'eût pas encore convolé. Le robuste Henry Pargeter, qui faisait tournoyer Charlotte avec fougue autour de la piste en ne ratant les autres danseurs que de peu. Et Freddie Holbrooke, dont tout le monde savait qu'il épouserait sa cousine Edith – tout le monde, peut-être, à l'exception du principal intéressé.

L'arrivée des demoiselles Benchley ne fut pas sans causer d'inquiétude parmi les familles de New York pourvues de filles à marier. La moisson de jeunes gens et de veufs convenables était assez réduite, cette année-là, et la protection accordée aux Benchley par Mrs. Tyler lui fut reprochée dans certains cercles. Mrs. Gibbes rappela à cette dernière qu'elle avait deux filles, la fascinante Beatrice aux yeux sombres et sa cadette espiègle, Emily.

— C'est bien beau de songer que l'avenir de Bea est assuré puisque Norrie et elle sont quasiment fiancés depuis l'enfance, l'admonesta Mrs. Gibbes un après-midi à l'heure du thé. Mais vous devez encore penser à Emily.

Vous avez sans doute lu quantité de choses au sujet de « Norrie », Robert Norris Newsome Jr. Jeune, riche et extrêmement beau avec ses cheveux châtains qui lui tombaient sur le col et ses yeux noisette pétillants de malice. Un sourire en coin accompagnait une boutade – ou une pique, selon votre humeur. De surcroît, il était le seul héritier mâle de Robert Newsome, chef d'une des familles les plus anciennes de New York.

Les Newsome étaient des visiteurs réguliers chez les Armslow, et Mrs. Armslow se plaisait à comparer leurs arbres généalogiques. Des Newsome figuraient parmi les premiers colons anglais qui avaient chassé les ancêtres hollandais de Mrs. Armslow. Le premier Newsome de renom fut James, un protestant dévot qui bâtit son entreprise de navigation sur le trafic d'esclaves. À en croire Mrs. Armslow, la graine de bon à rien s'était perpétuée dans cette famille depuis le fils de James – Edward, ivrogne et dépensier. La fortune familiale avait été presque dilapidée quand le père de Robert Newsome Sr. la rebâtit grâce aux mines de charbon. Le Robert Newsome actuel avait élargi les intérêts familiaux à l'acier, dont l'industrie dépendait du charbon. Cela faisait d'eux l'une des plus grosses fortunes d'Amérique.

Selon l'expression de ses admirateurs, Norrie avait l'art d'accomplir des exploits « inouïs ». Ces actes de bravoure avaient consisté, entre autres, à foncer dans un lac au volant de la voiture familiale, à vomir lors d'un bal sur les escarpins de sa cousine Phoebe, et à se faire renvoyer non pas d'un, mais de trois collèges. Difficile de dire si c'était sa richesse, son nom, son physique ou son air de se soucier de tout cela comme d'une guigne qui le préservait de la censure. On espérait avec ferveur que Norrie s'assagirait une fois marié à Beatrice Tyler.

Au charme sulfureux de Norrie s'ajoutait le fait que sa famille venait d'être éclaboussée par un scandale à côté duquel ses extravagances ressemblaient à des farces de potache. Mais nous reviendrons là-dessus plus tard.

J'entendis pour la première fois le nom de Norrie Newsome chez les Benchley alors que les trois dames revenaient d'une célébration du 4 Juillet chez les Adams. Dès qu'elles entrèrent, j'allai leur prêter assistance. Quand j'arrivai dans la chambre de Louise, Charlotte y revivait joyeusement les péripéties de la nuit.

— Quel plat Eleanor Adams fait avec sa santé ! Elle tousse, elle tousse, elle tousse ! Je plains celui qui l'épousera, à moins qu'elle ne meure le lendemain. Avez-vous vu comme Lucinda Newsome était mal fagotée ? C'est à peine si je lui ai arraché un mot de toute la soirée, et quand enfin j'ai réussi, ça n'en valait pas l'effort. Ce bla-bla sur l'importance de se rendre utile et son désir d'être infirmière… ! Comment peut-elle être la sœur de Norrie Newsome ?

À la mention de ce nom, Mrs. Benchley et Louise échangèrent des coups d'œil nerveux. Puis la mère embrassa ses filles et se retira dans sa chambre.

Après son départ, Louise trouva le courage de répliquer :

— J'aime mieux Lucinda que Norrie.

Se prélassant sur le lit de sa sœur, Charlotte rétorqua :

— Tu dis ça parce qu'il n'a pas fait cas de toi. Norrie aime s'amuser et tu n'es pas drôle, Louise.

— Peut-être que, toi, tu as trop fait cas de lui, marmonna Louise tandis que je l'aidais à enfiler sa chemise de nuit.

— Pourquoi pas ? soupira Charlotte. Je crois que je pourrais l'adorer.

— Tu n'as pas le droit. Et Beatrice ?

— Quoi, Beatrice ?

— C'est sa fiancée. Enfin, presque.

— Cela m'ennuierait, je suppose, si je me souciais de ce que pense Beatrice Tyler.

Charlotte se retourna sur le ventre et regarda sa sœur bien en face.

— Seulement voilà, je m'en contrefiche.

J'oubliai cet échange jusqu'à la semaine suivante, alors que je descendais chargée d'un panier de linge à nettoyer. Mrs. Benchley avait emmené Louise faire les boutiques, et Charlotte se trouvait dans sa chambre.

Quand on sonna à l'entrée, j'attendis que quelqu'un réponde. Un nouveau coup de sonnette retentit, aussi allai-je ouvrir. En annonçant « Résidence Benchley, puis-je vous aider ? », je découvris un jeune homme éblouissant dont je ne me rappelai pas tout de suite l'identité.

— Vous pouvez m'annoncer à Charlotte, ordonna-t-il, omettant les civilités telles que « je vous prie » et « Miss ».

Alors je reconnus Norrie Newsome.

— Veuillez attendre ici, monsieur. Je vais voir si elle souhaite vous recevoir.

— Mr. Robert Newsome, déclara-t-il d'un air désinvolte. Elle le souhaitera.

Je montai à la chambre de Charlotte et fis savoir à travers la porte :

— Mr. Newsome est en bas, Miss Charlotte.

J'entendis des mouvements précipités, puis la porte s'ouvrit et Charlotte apparut, rose, les yeux brillants, le corps tendu.

— Pas un mot à Mère ni à Louise, compris ?

— Oui, Miss.

Je ne fus pas surprise. Il était inconvenant – vulgaire, en fait – que Norrie Newsome rendît visite à Charlotte de manière si informelle. Seule une connaissance de longue date autorisait un jeune homme à passer à l'improviste chez une jeune femme, or cela ne s'appliquait guère à Norrie et à Charlotte.

Elle afficha son expression la plus radieuse et descendit en s'écriant :

— Norrie, vous êtes adorable ! Dites-moi que nous allons faire un tour en voiture !

— L'auto a besoin d'être réparée, entendis-je. Mais si vous êtes extrêmement gentille avec moi, je vous emmènerai déjeuner au Waldorf.

— Ce « extrêmement gentille » signifie-t-il que je réglerai l'addition ? s'enquit Charlotte sur un ton malicieux.

Je levai les sourcils devant tant d'impudence et plus haut encore quand Norrie répondit :

— Ma foi, puisque vous le proposez…

Après leur départ, je me demandai pourquoi Norrie Newsome pouvait bien rendre visite à Charlotte Benchley, fraîchement arrivée de Scarsdale. Ses hauts faits de l'été précédent avaient été plus scandaleux que jamais ; dans certaines maisons, il n'était plus le bienvenu. J'avais entendu dire, aussi, que Robert Newsome Sr. lui coupait les vivres pour tenter de le refréner ; la rumeur courait qu'il avait une ardoise interminable dans plusieurs restaurants et que certains magasins ne lui faisaient plus crédit. Cela expliquait en partie qu'il désirât manger en compagnie de Charlotte.

Néanmoins, vu ses façons cavalières, je jugeai improbable que ses intentions fussent sérieuses. Il s'amusait sans doute à flirter avec une nouvelle fortune, mais, au bout du compte, il épouserait Beatrice Tyler.

# CHAPITRE III

Invariablement, dans toute histoire de meurtre, on trouve un cri strident. Un cri d'alarme qui prévient le lecteur que le cours normal de la vie est bouleversé. De même, un hurlement marqua le début des sombres événements qui frappèrent la maison Benchley – mais, en l'occurrence, celui-ci exprimait la joie. C'était en septembre, au premier jour d'automne où le fond de l'air était froid, et je réfléchissais aux robes que j'allais remiser quand il me perça les tympans. Mrs. Benchley venait d'apprendre que Charlotte était fiancée à Robert Norris Newsome Jr.

Alors que je passais devant le salon, ma patronne m'interpella :

— Jane, Jane, entrez ! Nous avons une merveilleuse nouvelle !

— Mère ! protesta Charlotte.

— Ce n'est que Jane. Nous devons le lui dire au moins à elle.

Pour épargner à la mère des reproches supplémentaires, je hasardai :

— Une bonne nouvelle... ?

— Charlotte ! s'exclama Mrs. Benchley en battant des mains. Charlotte est fiancée à Norrie Newsome !

Mais c'est un grand secret. Mr. Benchley lui-même ne le sait pas encore. Alors vous ne devez pas en souffler mot.

Joli secret, en vérité. Quand la bonne société entendrait que Norrie Newsome avait rompu avec Beatrice Tyler pour épouser Charlotte Benchley, elle ne se tairait pas. Elle hurlerait avec les loups.

— Mère, vous n'en parlerez à personne d'autre, promis ? implora Charlotte.

— Non, chérie, promis, à personne. Motus et bouche cousue. Nous ne dirons rien du tout à ce sujet.

— À quel sujet ? s'enquit Louise, sur le seuil.

Sa mère lui annonça la nouvelle. Alors s'ajouta le second ingrédient propre à toute affaire de meurtre : les larmes.

Louise gémit sur son lit pendant que je lui bassinais les tempes avec un linge humide, et je lui proposai du thé sucré quand elle fut prise de hoquet à force de pleurer. Je ne pouvais la blâmer. Il était déjà assez pénible que Charlotte fût jolie et Louise non. Qu'elle eût plusieurs prétendants et Louise aucun. Ou qu'elle eût reçu trois demandes en mariage pendant que Louise supportait les réflexions de sa mère sur les vieilles filles. Mais que sa cadette décrochât un si beau parti, là, vraiment, c'en était trop.

Tout en buvant à petites gorgées, elle s'inquiéta :

— Ai-je... Ai-je bien dit que je me réjouissais pour elle ? Je crois que j'ai oublié.

— Vous avez félicité votre sœur.

C'était vrai, elle l'avait fait. Juste avant d'éclater en sanglots et de monter l'escalier en courant.

— Vous pensez que je pourrais m'en aller jusqu'à ce que ce soit fini ? Disparaître quelque part ?

— J'en doute.

— Peut-être que je vais juste cesser de vivre, dit-elle tristement. Attraper une horrible maladie et mourir.

— Voilà qui est peu probable, Dieu merci. Il ne faut pas souhaiter de pareilles choses.

Néanmoins, je la comprenais. Toutes les amies de Mrs. Benchley s'apitoieraient sur son sort : la seconde, mariée avant la première. Les jeunes filles de leur cercle adresseraient des petits « tss-tss » ravis à Charlotte. Trouvait-elle que c'était juste d'être aussi cruelle envers sa pauvre sœur laide et ennuyeuse ?

Tout en descendant chercher un linge propre et un bol de glaçons, je n'osais imaginer la réaction des Tyler. Ils avaient joué un long jeu de patience, fermant les yeux sur les gamineries de Norrie dans l'attente de redorer leur blason. Tout cela pour qu'une débutante, à New York depuis à peine un an, lui mette le grappin dessus !

Sur les marches, je surpris une remarque de Mrs. Benchley :

— Comme c'est charmant, qu'il ait fait sa demande dans le parc ! Mais dommage qu'il n'ait pas eu le temps de retirer du coffre la bague de sa grand-mère.

— Peu m'importe, répondit Charlotte. Je veux la bague que Norrie désire me donner. Cela ne me gêne pas d'attendre.

— Bien sûr, dit Mrs. Benchley d'un ton apaisant avant d'ajouter, plus bas : Chérie, les Newsome expliqueront la situation aux Tyler, n'est-ce pas ?

Après un silence embarrassé, Charlotte répondit :

— Je ne sais pas. Je n'ai rencontré aucun membre de sa famille, à part Lucinda. Son père est en Europe.

Une pointe d'anxiété perça dans la voix de Mrs. Benchley.

— Mais Mr. Newsome a accordé son consentement ?

Sa fille ne pipa mot.

— Tu veux dire que Norrie ne l'a pas encore annoncé à son père ?

— Je ne sais pas et je m'en fiche.

Ainsi, les Newsome n'étaient pas au courant. Cela n'augurait rien de bon pour Charlotte. Le père de Norrie risquait fort d'imposer l'union plus souhaitable avec les Tyler. Pourtant, Mr. Newsome eût été mal placé pour s'opposer à ce que son fils épousât une jeune femme dont la famille n'appartenait pas aux fameux Quatre Cents de New York. En effet, lui-même avait fait quelque chose de très semblable après la mort de sa première épouse.

J'ai évoqué Caroline Astor. Vers la fin de ses jours, la vieille dame s'était mise à vitupérer contre la décadence des mœurs, surtout parmi les jeunes femmes, habituées « à fumer, à boire et à commettre d'autres horreurs ». Sa mort parut libérer la société new-yorkaise de toute notion de bienséance. C'est à peine si son propre fils, John Jacob, ne se précipita pas du cimetière au tribunal des divorces avant de se jeter tête la première dans une idylle avec une adolescente (qu'il épouserait et laisserait veuve – mais cela, c'est une autre histoire).

Encore plus choquant fut le mariage du vénérable Robert Newsome (charbon) avec Rose Briggs (sans fortune connue). Le marié avait cinquante-deux ans, la mariée dix-sept. Ce qui, comme beaucoup ne se privèrent pas de le souligner, était faire montre d'une considération particulière envers sa fille qui, ayant le même âge, s'entendrait à merveille avec sa nouvelle maman. Quand on découvrit que toutes deux avaient été pensionnaires dans la même école et que Mr. Newsome avait rencontré sa future épouse alors qu'elle lui servait du punch le jour de l'accueil des parents, la bonne société en fit des gorges chaudes. Mr. Newsome prit la poudre d'escampette en emmenant la jeune mariée faire un tour de l'Europe.

Ses enfants souffrirent. À la seule mention du nom de sa belle-mère, Lucinda fondait en larmes. Norrie devenait féroce dès qu'on abordait ce sujet. Au cours d'un dîner, à quelqu'un qui avait eu la sottise de s'enquérir de la nouvelle Mrs. Newsome, il répondit par une représentation impromptue de la nuit de noces, avec un cigare dans le rôle de son père et le blanc-manger dans celui de sa belle-mère.

M'attardant sur le palier, j'entendis Mrs. Benchley déclarer avec une fermeté inaccoutumée :

— Il faut que Norrie parle à son père. Et au tien. Je sais que nous ne sommes pas les Newsome, mais on ne négligera pas les convenances pour autant.

— Il leur parlera à tous les deux quand il s'y sentira prêt. D'ici là, Mère, pas un mot. Cela reste secret. Je ne tolérerai pas que l'on fasse pression sur Norrie.

Toutefois, si un secret connu de deux personnes n'en est déjà plus un, une confidence à Mrs. Benchley pouvait aussi bien être imprimée à la une du *New York Times*. Soit qu'elle se fût épanchée auprès de la cuisinière qui informa son mari qui se trouvait être le chauffeur des Hollick, soit qu'on eût observé les yeux rouges de Louise lors d'une fête, en quelques semaines la rumeur se répandit que Norrie Newsome avait fait sa demande – mais oui, sa demande officielle ! –

à Charlotte Benchley dans Central Park, et que les tourtereaux s'étaient fiancés en cachette.

La bonne société fut choquée et, quand elle est choquée, elle se répand en rumeurs. Certains refusaient d'ajouter foi à l'histoire. Pourquoi aucune annonce officielle n'avait-elle été faite ? Pourquoi Charlotte ne portait-elle pas de bague ? Peut-être, avançaient les sceptiques, avait-elle mal interprété les attentions de Norrie. Ou mal compris à dessein, espérant le pousser dans les rets du mariage.

Le couple faisait l'objet d'une observation minutieuse à chaque apparition publique. Cependant, le comportement de Norrie envers Beatrice demeurait inchangé, et Charlotte ne paraissait pas s'en formaliser. D'aucuns le prenaient comme le signe rassurant que les rumeurs étaient infondées. D'autres cherchaient des réponses.

Un après-midi, Mrs. Tyler trouva le temps de rendre visite aux Benchley. Arrivant à l'étage pour se rafraîchir, elle m'intercepta dans le couloir.

— Jane, quel plaisir de vous voir ! Accompagnez-moi quelques instants, et racontez-moi comment vous vous débrouillez dans cette maison.

— On y fait de grands progrès.

— Quant à cela, j'en suis sûre. Vous avez accompli des prouesses avec Louise. Elle semblait presque vivante, l'autre jour, au déjeuner d'Eliza Talmudge. Je crois qu'elle a même prononcé quelques mots.

Nous tournâmes à l'angle du couloir, nous trouvant de ce fait assez loin de l'escalier pour parler en privé. Les éloges de Mrs. Tyler se firent plus précis.

— Les Benchley fréquentent du bien meilleur monde, ces jours-ci. Vous devez vous en rendre compte en voyant qui leur rend visite.

— J'ouvre rarement la porte.

Mrs. Tyler se pencha ; nous étions arrivées au stade des confidences.

— Allons, Jane ! Vous observez tout, même ce que vous n'êtes pas censée remarquer. Vous avez constaté que ma chère tante avait fait sur elle, au déjeuner, et l'avez discrètement emmenée. Vous avez compris que cet affreux majordome vidait les meilleurs crus de sa cave. Et vous devez avoir vu Norrie Newsome dans cette maison.

Mrs. Tyler m'avait rendu service ; elle en attendait un en retour.

— Il y a ses entrées, admis-je.

Ses traits s'assombrirent. Je me hâtai d'ajouter :

— Mais je n'ai rien entendu concernant des fiançailles officielles. Il n'a pas offert de bague et n'a parlé, je crois, à aucun des deux pères.

Radoucie, Mrs. Tyler hocha la tête avec satisfaction. Elle tourna les talons pour descendre et s'arrêta, le temps d'examiner le mur.

— Ce papier peint est affreux. Il faut que je le dise à Caroline. Ou plutôt non, ajouta-t-elle en me lançant un coup d'œil. Je vais oublier d'en faire mention.

Deux semaines plus tard, un bref article parut dans un journal nommé *Town Topics*. Ce devait être le premier d'une longue série consacrée à l'affaire Benchley-Newsome. Et l'un des seuls où toutes les personnes citées étaient encore vivantes.

Quand Alice Roosevelt s'enivrait ou allait voir son bookmaker, *Town Topics* régalait les Américains avec les dernières frasques de la fille du Président. Lorsque le Metropolitan Opera subit une invasion de puces, le journal avertit ses lecteurs des dangers de l'infestation. Quand un gentleman anonyme rasa les jambes d'un autre gentleman, *Town Topics* s'interrogea sur la raison d'un tel caprice – puis extorqua une somme rondelette au personnage en question pour prix de la non-divulgation de son nom. La débutante qui vomissait dans une plante en pot, le jeune audacieux qui posait la main en haut de la robe de son hôtesse, le financier qui entretenait une maîtresse à Greenwich Village... tous pouvaient s'attendre à se reconnaître dans les colonnes de *Town Topics*. Mais, bien sûr, les gens comme il faut n'auraient jamais admis qu'ils lisaient cette presse à scandale.

Le matin où les fiançailles furent divulguées, je rapportais les robes tout juste repassées de Charlotte dans sa chambre quand Mrs. Benchley accourut vers moi.

— Jane, s'écria-t-elle, nous sommes dans le journal ! Lisez ça. Là, lisez...

> Se pourrait-il que Newsome Jr. suive les traces de son papa devant monsieur le maire avec une jeune lady – pardon, une nouvelle jeune lady ? Selon la rumeur, la demoiselle n'est autre que Charlotte Benchley, de fortune récente et d'ascendance inexistante. Quel esprit démocratique ! (Mais combien parmi les gens les plus chics aujourd'hui avaient un rang quelconque il y a vingt ans ?)

— Que faire si Mr. Benchley le voit ? se lamenta Mrs. Benchley. Ou s'il en entend parler au-dehors alors que je ne lui ai rien dit ?

La publicité n'était pas une mauvaise chose pour Charlotte. Norrie serait forcé de se déclarer publiquement ou de rompre. Toutefois, Mrs. Benchley avait raison : son mari n'apprécierait pas d'avoir été tenu dans l'ignorance.

Je fus saisie d'une inspiration.

— Vous-même n'étiez pas au courant, Mrs. Benchley. Charlotte conservait le secret. Elle ne voulait pas vous en informer avant que quoi que ce soit d'officiel ait été convenu.

Louise approchant avec hésitation, j'ajoutai :

— En fait, seule sa sœur était dans la confidence.

Louise était incapable de mentir. Si son père exigeait de savoir si elle avait eu vent de ces fiançailles, elle pourrait au moins répondre en toute sincérité.

— Mais comment nous comporter au petit déjeuner ? s'inquiéta Mrs. Benchley. Comment réagir si, alors que nous sommes à table, Mr. Benchley lit l'article ?

— Vous serez à la fois stupéfaite et ravie.

Le petit déjeuner chez les Benchley était un épisode chaotique. Ils ne disposaient toujours pas de gouvernante et avaient embauché, puis perdu, trois aides-cuisinières en autant de mois. Lasse de nettoyer les taches de confiture, de beurre et de boissons chaudes sur les vêtements, j'avais décidé de superviser la toute dernière domestique en date.

Comme d'habitude, Mr. Benchley était assis au bout de la table. Depuis que je vivais dans cette famille, j'avais rarement vu le maître de maison, qui se rendait souvent à Washington. Au petit déjeuner, il était dissimulé par son journal ; au dîner, concentré sur son repas. La conversation, les éclats de rire et les remarques hargneuses auraient aussi bien pu avoir lieu en Afrique tant ils lui indifféraient.

Sur sa gauche, Charlotte avait le regard dans le vague. Sur sa droite, Louise chipotait avec ses œufs.

Face à son mari, Mrs. Benchley tordait sa serviette sous la table. Mr. Benchley s'éclaircit la gorge, faisant tressaillir toutes les femmes.

— Quelqu'un, dit-il calmement, a fait sauter un bâtiment.

Les « Quoi ! » et les « Quelle horreur ! » retentirent dans la salle à manger. Au milieu de la confusion, je m'approchai pour jeter un coup d'œil au journal. En première page, la photographie d'un édifice en flammes. En gros titre : BOMBE AU LOS ANGELES TIMES ! 21 MORTS !

— Le syndicat des Ironworkers[1]* exige que les corps de métiers de la ville se syndicalisent. Là, déclara Mr. Benchley en posant le journal sur la table, vous avez sous les yeux leur dernière tactique de marchandage.

Je donnai ordre à Kathleen de remplir la théière et l'accompagnai pour m'assurer qu'elle le faisait correctement. De la cuisine, j'entendis Mr. Benchley :

— Charlotte. Louise.

— Père ? s'enquit Charlotte.

— Hier, un gentleman m'a félicité pour les fiançailles de ma fille. Je l'ai remercié, ajoutant qu'il se trompait. Je suis curieux de savoir comment il a pu recevoir une information fausse à ce point.

Ne voulant pas manquer la suite de l'échange, j'entrebâillai la porte. Charlotte répondit d'un ton désinvolte :

— Norrie Newsome m'a demandée en mariage. J'ai l'intention d'accepter.

À ce signal, Mrs. Benchley lâcha un « Oh ! Charlotte ! », mais Mr. Benchley l'interrompit :

---

1. Ouvriers des ponts, ornements et structures métalliques.
* Toutes les notes sont de la traductrice.

— Dans ce cas, voudrais-tu demander à ce jeune homme de passer me voir à mon bureau ?
— Bien sûr, Père.
— Cet après-midi, si possible.
Ouvrant son journal, il ajouta :
— Voir le nom de notre famille dans la presse une seule fois suffit amplement.

# CHAPITRE IV

Il y a des femmes qui semblent se faire des amis de tous ceux qu'elles rencontrent. Puis il y a celles qui ne comptent qu'un petit cercle de compagnons. Enfin il y a celles, rares, qui restent véritablement solitaires.

Quand j'étais petite, je croyais appartenir à la dernière catégorie. Mais à onze ans, je fis la connaissance d'Anna Ardito.

Je vidais un seau d'eau sur les marches du refuge, une nécessité en été où l'entrée servait à beaucoup de lit et de toilettes. Il était tôt ce matin-là et la rue était paisible. J'entendis un cri, si farouche que j'en lâchai mon seau. Au second, je m'élançai en courant.

Au milieu de l'allée flanquée de taudis, une fillette était attaquée par deux hommes. L'un l'agrippait par le bras, l'autre l'empoignait par les cheveux en tirant si fort qu'il la soulevait presque du sol. La petite fille lançait des coups de pied en tous sens. Elle parvint à le percuter à l'aine, et il lâcha prise. Un instant plus tard, elle enfonçait ses dents dans le bras de l'autre, qui la lâcha à son tour.

Je crus qu'elle s'enfuirait, au lieu de quoi elle écarta ses bras maigrelets et lança un cri perçant. L'un des agresseurs fit un pas hésitant vers elle, mais elle ramassa une pierre et la jeta sur lui. L'autre reçut une poignée de fumier en pleine figure. Ils l'agonirent d'injures, mais ils étaient vaincus et le savaient. Tournant les talons, ils s'éloignèrent le long de l'allée.

Elle époussetait sa robe quand je courus vers elle.

— Tu vas bien ? Ils ne vont pas revenir ?

— Revenir ? répéta-t-elle en lançant un regard méprisant derrière elle. Non.

— On ne devrait pas aller à la police ?

— Non, pas la police. Ce sont des brutes, mais ce sont aussi mes frères.

Elle se mit à marcher, et je lui emboîtai le pas.

— Pourquoi ils se conduisent comme ça ?

— Ils ne veulent pas que j'aille travailler. Ils disent que celles qui bossent à l'usine sont des traînées. Moi, je dis que les traînées restent assises toute la journée à picoler comme eux. Maintenant, ils m'ont mise en retard, alors…

Elle partit en toute hâte et disparut.

Je n'avais pas l'habitude que les gens me manquent. Toutefois, durant ces longs jours d'été chauds comme une étuve, je retournais à l'allée au cas où, par chance, je reverrais la fillette. Un soir, je l'aperçus. Balançant ses bras maigres, elle se propulsait en avant d'un pas saccadé qui faisait rebondir ses boucles hirsutes.

— Ohé ! la hélai-je.

Elle s'arrêta, surprise, puis me reconnut.

Une invitation s'imposait. La porte de derrière du foyer était ouverte.

— Tu veux entrer ?

D'un bref « OK », elle me suivit et nous entrâmes dans la cuisine. Aileen, qui vivait au refuge depuis des années, posa la bouilloire sur le feu et nous laissa nous asseoir sur les tabourets près de l'évier. Je questionnai

Anna sur sa vie et l'écoutai, captivée. Elle était un peu plus vieille que moi. Sa famille venait d'Italie. Elle habitait avec deux tantes, un oncle, un tas de cousins et ses frères.

— Et toi ? me demanda-t-elle. Pas de mère ? Pas de père ?

— Non.

— Moi non plus. Ma tante dit qu'il faut que je me marie. Je lui réponds qu'elle aussi. Elle dit qu'elle a déjà été mariée.

Elle marqua une pause.

— Et toi, tu veux te marier ?

Personne ne m'avait encore posé cette question. Je pensais : *Mariée*, mais rien ne me vint à l'esprit.

— Je n'arrive pas à imaginer comment il sera.

Anna sourit.

— Pareil pour moi.

Certaines semaines, elle ne passait pas dans les parages. L'usine la gardait jusqu'à quinze heures par jour. Une fois, elle arriva alors que je raccommodais une chemise de mon oncle, à la cuisine. Elle ramassa une bobine de fil où était piquée une aiguille.

— Combien tu veux pour ça ? Juste l'aiguille. Je n'ai pas besoin du fil.

— Prends-la.

— Non, je te l'achète. J'ai perdu la mienne cet après-midi et ils m'ont renvoyée chez moi. Ils m'ont dit de m'en procurer une autre d'ici demain, sinon...

Elle haussa les épaules.

— Ils n'ont pas d'aiguilles ?

— Bien sûr que si. Mais pourquoi utiliser les leurs quand ils peuvent se servir des nôtres ? Nous apportons notre fil, nos ciseaux... même nos machines à coudre.

Cependant, ce n'était pas ce que les femmes avaient à fournir qui provoquait le plus la fureur d'Anna, mais l'argent que la fabrique leur extorquait.

— Cinq minutes de retard parce que ton môme t'a vomi dessus, une amende. Le contremaître te bouscule pendant que tu coupes, le tissu se déchire, une amende. Tu ne fais pas pipi assez vite, une amende. À la morte-saison, ils enlèvent 2 dollars sur ton salaire. On paie pour les casiers, on paie pour les chaises où on s'assoit. L'autre jour, j'ai dit : « Vous savez à qui elle est, cette fabrique ? À moi. Vous m'avez fait acheter ce casier, cette chaise, cette aiguille – tout ça est à moi, maintenant. »

J'éclatai de rire.

— Qu'est-ce qu'il a répondu, le contremaître ?

— Il m'a giflée.

Je m'arrêtai de rire.

Ce printemps-là, le contremaître refusa de laisser une femme enceinte se rendre aux toilettes. Anna retroussa ses jupes, baissa sa culotte et pissa par terre. Ensuite, elle monta sur une chaise et encouragea les autres à faire de même. Personne n'osa, mais elles martelèrent le sol avec leurs chaises jusqu'à ce que la future mère fût autorisée à aller se soulager. À la fin de la journée, Anna reçut ordre de filer et de ne plus revenir.

Mon ignorance la mettait en colère. Nos divergences d'opinion aussi. Un jour, une femme se présenta au refuge. Elle avait tué son souteneur, censé la protéger en échange des deux tiers de ses gains. Quand il avait exigé de lui prendre les trois quarts, elle l'avait égorgé. Elle espérait que mon oncle la laisserait s'abriter et se cacher de la police ; il le lui permit, mais dit clairement que, si les policiers venaient, il ne pourrait leur mentir.

La police vint. La femme fut arrêtée. Cela mit Anna en rage.

— Je prenais ton oncle pour un homme bon. Comment a-t-il pu la livrer ?

— Qu'était-il censé faire, enfreindre la loi ?

— Et comment !

Une autre différence : j'ai pleuré quand le Président McKinley fut assassiné, en partie prise d'une subite affection envers Mrs. McKinley, si malade, mais surtout de terreur qu'un fou pût tuer le Président des États-Unis. Et cela, sans le moindre remords. Czolgosz avait déclaré : « J'ai tué le Président McKinley parce que c'était mon devoir. Je ne croyais pas qu'un seul homme doive avoir autant, et un autre rien du tout. »

— Je n'arrive pas à le comprendre, dis-je à Anna. Ce sentiment d'accomplir un exploit en commettant un meurtre.

Après un silence long et pesant, elle répondit :

— Bon, tu ne comprends pas. Tant mieux pour toi. Moi, je le comprends très bien.

Je commençai à avoir l'impression qu'elle me détestait ; elle venait de moins en moins. Quand Mrs. Armslow m'offrit un emploi, je me dis qu'Anna faisait simplement partie de tout ce qu'il me fallait laisser derrière moi.

Néanmoins, la veille de mon départ, elle arriva munie d'un paquet, lourd et enveloppé d'un torchon.

— Du pain, expliqua-t-elle. De la part de mes tantes.

— Remercie-les bien de ma part, s'il te plaît.

Elle acquiesça, puis demanda brusquement :

— Alors... domestique ?

— Tu me verrais présidente d'une banque ?

— Bien sûr.

Cela me fit rire.

— Ou bien maîtresse d'école. Mais pas servante. Pas... toi. Pas Jane Prescott.

Soudain, elle m'enlaça et me serra très fort.

— Je ne savais pas que tu avais une si haute opinion de moi, dis-je, ne plaisantant qu'à demi.

— Pas vraiment, répliqua-t-elle en me lâchant. Écoute, pas d'adieux. Je te reverrai ?

— Oui.

— On restera amies ? insista-t-elle avec hésitation.

— Oui.

Et nous restâmes amies. Nous le restâmes quand Anna fut renvoyée d'usine pour avoir fait circuler des tracts. Puis quand elle se mit à travailler avec l'International Ladies Garment Workers[1]. Nous réussîmes même à nous voir pendant la grève des ouvrières des ateliers de confection de New York, qu'on surnomma « le soulèvement des Vingt Mille[2] ». En ce temps-là, elle m'asticotait moins au sujet de mon travail. Mais elle s'enflammait encore chaque fois que nous n'étions pas d'accord, c'est pourquoi j'évitais en général d'aborder certains sujets.

Chez les Benchley, j'avais une journée de libre par semaine. Le jour où Mr. Benchley exigea de voir Norrie, je devais dîner avec Anna. En début de soirée, dans le train aérien qui me conduisait vers le sud de Manhattan, l'homme assis à côté de moi lisait le journal. L'attentat du *L.A. Times* était en première page. On voyait une grande photographie de la brigade du

---

1. Fondé au début du XX$^e$ siècle, l'ILGW fut l'un des plus grands syndicats ouvriers des États-Unis.
2. Grève générale qui dura onze semaines et reste la plus importante, par l'ampleur comme par la durée, menée par des femmes dans ce pays.

feu posant près d'un bâtiment en briques réduit à une carcasse vide. Au-dessus s'étalait un gros titre fracassant : ATTENTAT AU *L.A. TIMES* ! OTIS TRAITE LES POSEURS DE BOMBE DE « LÂCHES MEURTRIERS » ET DE « VERMINE ANARCHISTE ».

Je soupçonnais Anna d'avoir des amis anarchistes, mais je ne lui avais jamais demandé si elle l'était elle-même. Au fond de moi, je préférais ne pas savoir.

Nous nous retrouvâmes, comme d'habitude, chez Morelli, le restaurant italien de son oncle Salvatore. Une petite salle au carrelage noir et blanc vétuste ; les pieds des chaises se bloquaient dans la céramique écornée chaque fois qu'on en bougeait. L'oncle restait assis, en silence, à une table du fond. À mon entrée, il leva la main pour me dire bonjour.

Anna m'accueillit en me disant que j'avais l'air fatiguée.

— Un jour, dit-elle tandis que nous nous installions, nous formerons un syndicat de domestiques. Ça au moins, ça leur flanquerait vraiment les jetons. Pense un peu – ils seraient obligés de vivre comme nous.

Elle sourit, arracha un morceau de pain.

— Alors, où en sont tes Benchley ?

— En pleine agitation. Charlotte va faire un riche mariage, du moins, on le dirait. Le jeune homme doit encore parler aux deux pères.

— Pour quoi faire ? Ce n'est pas eux qu'elle épouse. Alors, qui est ce jeune homme ?

— Robert Norris Newsome Jr. « Norrie » pour les intimes.

Anna fronça les sourcils.

— Son père, c'est Robert Newsome ?

— Oui, Robert Newsome l'industriel.

— Robert Newsome le meurtrier, rectifia Anna d'un ton aussi détaché que si elle avait dit « Robert Newsome l'horticulteur » ou « le collectionneur de vin ».

Je dus faire une drôle de tête, car elle expliqua :

— Cette famille possède de nombreuses mines. Dans l'une d'elles, les ouvriers ont déclenché une grève. Newsome a envoyé les Pinkertons[1] pour la briser. Trois hommes et une femme ont été tués. Et puis, bien sûr, il y a Shickshinny...

Un serveur apporta nos plats. Anna voulut couper court à cette discussion.

— Ce n'est pas une conversation appropriée pour manger.

— Nous ne mangeons pas encore. Raconte-moi.

Elle poussa un soupir.

— Il y a plusieurs années, un accident s'est produit à la mine de Shickshinny, en Pennsylvanie. Beaucoup d'enfants travaillaient au fond des galeries. Des gamins de neuf, dix ans. Ils sont menus, ils arrivent à se glisser dans de petits espaces. Il y a un éboulement. Les garçons sont pris au piège. Les parents hurlent : « Creusez ! Sortez-les de là ! » Mr. Newsome dit non, c'est trop risqué, la mine entière pourrait s'effondrer. La mort de huit gosses, qui s'en soucie ? Le désastre de la mine de Shickshinny. Tu n'en as jamais entendu parler ?

Embarrassée, je répondis par la négative.

Anna nous servit du vin.

— Tu crois qu'ils vont se marier pour de bon ?

---

1. Surnom des membres de l'agence de détectives et de sécurité fondée par Allan Pinkerton en 1850 et utilisée par le patronat pour briser le syndicalisme naissant.

— Je ne sais pas. C'est un jeune homme imprévisible.

— Conseille à Charlotte Benchley d'y réfléchir à deux fois. Quoique, à mon avis, un détail aussi insignifiant que Shickshinny ne la dérangerait pas.

Un grand remue-ménage se produisit à l'arrière du restaurant. Dans un méli-mélo d'italien et d'anglais, l'oncle d'Anna dirigea le nouveau venu vers le bar. Un moment plus tard, un énorme bloc de glace s'approcha de notre table et l'homme qui le portait s'écria : « Anna ! »

Elle se leva d'un bond, et ils éclatèrent de rire en se rendant compte que le bloc de glace les séparait. Une fois son fardeau déposé derrière le bar, l'homme revint en s'essuyant les mains, un large sourire aux lèvres.

Anna nous présenta :

— Josef, voici une très bonne amie, Jane Prescott. Jane, voici Josef Pawlicec, la gentillesse même.

L'homme qui me serra la main était plus petit que moi et semblait composé de pièces détachées prises dans la réserve. Ses cheveux bruns se dressaient en touffes inégales, donnant à sa tête l'apparence d'un vieux blaireau. Son nez en patate était cassé, et on aurait dit qu'on lui avait enfoncé les dents dans les gencives dans tous les sens, avec des trous entre elles. Toutefois, ses grands yeux étaient chaleureux et, dans son « Enchanté », prononcé avec un fort accent, on sentait une douceur un peu maladroite.

— Vous travaillez ensemble ? devinai-je.

Ils hésitèrent. Anna finit par le confirmer et il acquiesça du menton.

Il me tendit la main.

— Plaisir rencontrer vous.

Après son départ, Anna se rassit.

— Il est tellement...

Elle agita les mains en l'air.

— Mais c'est un brave homme. En fait...

Quel que fût ce fait, elle décida de ne pas le partager et l'ajouta à la liste grandissante de ce dont nous ne parlions pas. Tout en mangeant, je me demandais ce qui clochait chez moi pour me rendre à ce point suspecte. Mon travail dans des familles aisées ? Mon oncle pasteur ? Ou, tout simplement, mon caractère ?

*Ma stupidité*, ne pus-je m'empêcher de penser.

Il me fallut attendre la fin du repas pour trouver le courage de demander à Anna son opinion sur l'attentat du *L.A. Times*.

D'un ton que je voulais détaché, je précisai :

— D'après Mr. Benchley, les ouvriers sont derrière.

— Bien entendu. Ils essaient de former un syndicat. Le journal s'y oppose. Une conduite de gaz défectueuse explose ? Eh bien ! c'est encore un coup de ces sales syndicalistes.

— Ce n'était pas dû à une conduite de gaz.

— Évidemment ! répliqua Anna, sarcastique. C'étaient des anarchistes jeteurs de bombes.

— Qui d'autre ?

— Demande plutôt au patron du *L.A. Times*.

— Pourquoi ferait-il sauter son propre bâtiment ?

— Les gens comme toi plaignent les ouvriers, mais trouvent qu'il ne faut pas exagérer. On ne peut pas vous écouter.

— Je n'ai jamais dit ça.

En réalité, je n'étais pas sûre de ce que j'avais dit, pas plus que de ce que j'aurais voulu dire. Aucune de nous ne parla jusqu'à ce que nous quittions le restaurant.

— Fais quelque chose pour moi, me dit-elle alors.

— Quoi ?

— Viens avec moi à un meeting, un jour. Écoute par toi-même ce en quoi nous croyons.

J'hésitai. Anna venait d'admettre qu'il y avait un « nous », un groupe dont elle faisait partie. Elle avait confiance en moi, et je ne voulais pas la décourager.

— Et si je déteste ? demandai-je.

— Tu me détesterais aussi ?

— Bien sûr que non.

— Alors, qu'est-ce que ça fait ?

J'aurais voulu croire qu'Anna ne le prendrait pas à cœur. Et pourtant...

— Pourquoi tu y tiens tant que ça ?

Elle soupira.

— Parce que je n'aime pas l'idée que tu gâches ta vie à servir les Robert Newsome de ce monde. Ou alors parce que je suis une marieuse et que je veux que tu rencontres un intellectuel.

— Pour que je gâche ma vie à le servir ?

— Nous croyons à l'égalité des sexes. Peut-être que c'est lui qui te servira ?

Puisque nous en étions à plaisanter, je répondis :

— Ma foi, il se pourrait que, pour rencontrer une telle merveille, j'accepte.

Anna m'accompagna jusqu'au train aérien. Comme je me tournais pour monter l'escalier, elle me lança :

— Tu sais ce que Taft a dit, au moment de la grève Pullman ?

— Non.

— Quand les soldats ont abattu des grévistes, il a dit : « Ils n'en ont tué que six. Pas de quoi produire grande impression. »

Tout en m'embrassant pour me dire au revoir, elle murmura :

— Je me demande... Combien de gens devrons-nous tuer afin de produire une grande impression ?

Quelques jours plus tard, Norrie se présenta au bureau de Mr. Benchley. Une semaine après, Mr. et Mrs. Newsome écrivirent qu'ils rentraient pour le grand bal qu'ils donnaient tous les ans lors du réveillon de Noël et que les fiançailles seraient annoncées cette nuit-là.

Quoi que Mr. Benchley eût pu dire à Norrie, cela avait produit son effet.

J'aimerais pouvoir écrire que je fus saisie d'aspirations sublimes après avoir appris le désastre de Shickshinny. Que ma tâche de domestique me parut dégradante et que je résolus de mener une vie nouvelle, plus noble. Vous liriez alors l'histoire d'une femme beaucoup plus progressiste. Malheureusement, cette femme, ce n'est pas moi ; vous aurez donc droit au récit de mes inquiétudes alors que je m'employais à faire franchir aux dames Benchley les obstacles du bal des Newsome sans impair impardonnable aux yeux du monde.

Toutes trois étaient dans un état frénétique. Chacune tenait à paraître au summum de sa beauté. Des robes furent présentées, essayées et rejetées par centaines. Des souliers, des bijoux furent assortis puis écartés. Nous avions à peine plus d'un mois pour nous préparer et, Mr. Newsome ayant des affaires à régler en Pennsylvanie, les Benchley ne rencontreraient leur future belle-famille que le jour du bal. Un charmant message de Mrs. Newsome arriva ; elle regrettait le manque de temps pour « un thé très simple où nous pourrions faire connaissance », mais ne doutait pas que les Benchley comprendraient, puisque ce serait son « tout premier Noël en tant qu'hôtesse ». Charlotte accueillit cette déclaration d'un mouvement de tête impatient et déclara qu'en réalité le personnel se chargeait de tous les préparatifs.

L'opinion de la bonne société était violemment divisée quant à Mrs. Newsome. Sa belle-mère, la formidable Mrs. James Newsome, avait quitté le pays pour ne pas avoir à la fréquenter. Même la renaissance du fameux bal de Noël de la famille n'avait pu la tenter de revenir. Elle avait fait savoir que tout événement organisé par « cette femme » se solderait par un désastre.

Les défenseurs de la nouvelle Mrs. Newsome mettaient en avant ses efforts inlassables dans les œuvres de bienfaisance, son humilité et sa touchante dévotion envers son mari. Bien sûr, elle était « d'une beauté à provoquer des tragédies », selon les termes d'un de ses admirateurs, or le genre de beauté qui permet à une femme de briser les règles fascine toujours. Un barman du St. Regis Hotel, éperdu d'amour, avait créé un cocktail en son honneur, le *Rose Blush*, délicat mélange de vodka, de sucre, de blanc d'œuf et de coulis de fruits rouges. À ceux qui trouvaient le New York de Caroline Astor morne et suranné, Rose Newsome faisait l'effet d'une bouffée d'air frais. Qui d'autre aurait eu l'insouciance de donner son premier bal un mois à peine après son retour d'Europe ?

Mrs. Benchley ne parvenait pas à choisir son camp. D'un côté, elle serait bientôt apparentée à la dame en question. De l'autre, étant elle aussi une nouvelle venue, elle craignait d'être associée à celle que beaucoup considéraient comme une intruse.

Je trouvais curieux que Mrs. Newsome n'eût pas fait plus d'efforts pour inviter les Benchley mère et filles chez elle. Cherchait-elle à gagner du temps dans l'espoir que l'attachement de Norrie ne serait qu'un feu de paille, consumé avant toute annonce officielle ?

En des temps où ses conseils auraient été des plus précieux, Mrs. Tyler brillait par son absence. Elle n'était pas la seule à éviter la demeure. Les visites de Norrie se faisaient de plus en plus rares. Quand il venait, cela se terminait par une dispute.

D'après Bernadette, une femme de chambre plus téméraire que moi quand il s'agissait d'écouter aux portes, Norrie ne manifestait guère son affection.

— Elle fait toute la conversation, il se contente de marmonner. Elle lui demande s'il aime sa robe, il répond qu'elle fait « très Scarsdale ».

Haussant les sourcils, je m'enquis :

— Qu'a répondu Miss Charlotte ?

— Pas un mot. Elle tient à l'épouser, ce garçon, pas vrai ?

— Oui, je suppose.

— Ensuite elle lui demande ce que mijote sa belle-mère – vous savez, elle essaie de se liguer avec lui contre la nouvelle épouse.

— Et ça marche ?

— Pas du tout. Pendant qu'elle est en train de parler, il annonce qu'il a rendez-vous avec des amis. Elle veut savoir lesquels, il répond qu'elle ne les connaît pas.

Bernadette but une petite gorgée de café.

— Ça, ça la rend folle. Elle réplique : « Je connais très bien Beatrice Tyler, merci. » Lui, il continue : « Seulement parce que votre mère a payé sa mère pour ce privilège. » C'est vrai ?

Je haussai les épaules comme si je n'en avais pas la moindre idée.

— Alors elle dit : « Je vous ai vu danser avec elle chez les Bitterhoff. Toute la nuit, que vous avez dansé. – Et alors ? qu'il répond. C'est une excellente partenaire, et je suis las du cataclop de Scarsdale. »

— Oh, mon Dieu ! Qu'a-t-elle répondu à ça ? demandai-je, ma tasse au creux des paumes.

— Elle était furieuse, vous pensez bien, mais elle s'efforçait encore de parler gentiment. « Vous êtes contrarié à cause des messages », elle lui a dit.

— Quels messages ?

Ce fut au tour de Bernadette de hausser les épaules.

— Aucune idée. Il a juste répondu : « C'est une plaisanterie, je vous l'ai dit. » Et puis il est parti, et elle s'est rassise. Elle devrait lui balancer sa bague à la figure, à mon avis.

— Elle n'en a pas.

Une semaine avant le bal, Norrie quitta la ville.

Dans sa chambre, Louise chuchota :

— Il a dit qu'il voulait aller à Philadelphie pour ses affaires. D'après Charlotte, il ne s'en est jamais occupé avant, alors pourquoi cet intérêt subit ?

— Parce qu'il se marie, hasardai-je, tentant de voir la situation sous un jour favorable.

— Peut-être.

Louise s'appuyait contre le mur, les mains derrière le dos.

— Charlotte est terriblement contrariée.

Ce mot me rappela la réflexion de Bernadette.

— Miss Louise, votre sœur a-t-elle parlé de messages ? De lettres envoyées chez les Newsome ?

— Non. Pourquoi ?

— Pour rien. J'ai sans doute mal compris.

Ce soir-là, quand j'entrai dans la chambre de Charlotte afin de la préparer pour le coucher, elle se tamponnait les yeux avec un mouchoir, une cuvette d'eau glacée à proximité. Elle dit en reniflant :

— Je déteste avoir les yeux bouffis. On dirait un cochon.

Il était si rare que Charlotte se montrât critique envers elle-même que je compatis.

— Mr. Newsome reviendra bientôt de Philadelphie. Et c'est une bonne chose, n'est-ce pas, qu'il veuille assumer plus de responsabilités ?

J'ôtai les épingles de sa chevelure et pris la brosse.

— Est-ce ce qu'il fait ? demanda-t-elle en contemplant son reflet dans le miroir. Jane... Quand vous travailliez chez Mrs. Armslow...

Elle tourna la tête pour me regarder, et je cessai de brosser ses cheveux.

— Vous avez dû les voir, Norrie et Beatrice. Ensemble.

— Beaucoup de gens rendaient visite à Mrs. Armslow, éludai-je.

Elle se tut et ferma les yeux pendant que la brosse passait dans ses longs cheveux blonds. Je savais sur Norrie des choses que je n'avais jamais confiées aux Benchley. Je me disais que Charlotte se doutait sûrement du genre d'homme qu'elle épousait. Mais en voyant sa détresse, je me sentis coupable de mon manque de franchise.

— Miss Charlotte, si vous avez la moindre appréhension, mieux vaut peut-être attendre. Vous ne connaissez pas Mr. Newsome depuis très longtemps.

Elle ouvrit des yeux à l'expression dure et méfiante.

— Pas question ! rétorqua-t-elle. Les fiançailles seront annoncées lors du bal du réveillon, n'en déplaise à certains. J'épouserai Norrie Newsome. Rien ni personne ne pourra m'en empêcher.

Hélas, aucune de ces trois prédictions ne devait se réaliser.

## CHAPITRE V

À présent, il me faut relater le réveillon de Noël 1910. Je ne serai pas la première. Thomas J. Blackburn, l'inspecteur chargé de l'enquête, a écrit ses mémoires. La sœur de la personne inculpée a raconté son histoire. Pendant quelque temps, un valet de pied des Newsome, Daniel O'Reilly, subsista en organisant des visites guidées de la maison. Il régalait les groupes du récit des « sombres et sanglants événements » survenus cette fameuse nuit. Je le soupçonne d'exagération, au moins lorsqu'il affirmait avoir trouvé le corps. Puisque c'est moi qui fis cette découverte, je suis bien placée pour savoir qu'il mentait.

Le programme de la soirée était le suivant : dîner intime, de bonne heure, chez les Newsome, réunissant uniquement les deux familles. Ensuite, tout le monde monterait se changer pour le bal, qui débuterait à vingt et une heures trente. Les fiançailles seraient annoncées à minuit et l'on sablerait le champagne. Au préalable, Norrie offrirait à Charlotte la bague de fiançailles de sa grand-mère dans le boudoir, où le jeune couple pourrait savourer son bonheur en privé avant les célébrations.

En déployant des trésors de tact, je convainquis Mrs. Benchley de se passer des services de Maude pour la soirée, arguant que cela infligerait trop de pression à cette femme qui n'était plus toute jeune. Je superviserais l'habillage de mes trois protégées avec l'aide de Bernadette et d'une petite nouvelle, Mary. Les talents ménagers de Bernadette laissaient à désirer, cependant elle était à la fois preste et imperturbable. Mary était une jeune fille adorable, tout heureuse de se trouver à cette fête splendide et bien décidée à faire ses preuves.

Maîtres et domestiques empruntèrent des voitures séparées. Je n'étais jamais allée dans la résidence new-yorkaise des Newsome. Elle occupait un quart de pâté de maisons. En pierre grise, haute de trois étages, elle dressait vers le ciel les flèches et les tourelles dont son toit en bardeaux sombres était hérissé. Je comptai vingt doubles fenêtres. La cour d'entrée était assez vaste pour accueillir une voiture et des chevaux. Derrière ses portes massives en fer forgé, elle semblait une forteresse à l'épreuve des dangers qui s'étendaient par-delà ses murs. Une foule, contenue par la police, s'était amassée dans la rue afin d'observer le spectacle.

Tandis que nous nous dirigions vers la porte de service, je me demandai quel effet la demeure avait produit sur Rose Briggs la première fois qu'elle l'avait vue. S'était-elle cru transportée dans un conte de fées ? Mais alors, était-elle Cendrillon ou l'épouse de Barbe bleue ? À mes yeux, cette maison d'où émanait une puissance absolue avait quelque chose de menaçant. Mais peut-être cette impression était-elle seulement due à la grisaille d'un soir de décembre.

Je ne revis les Benchley qu'à la pause séparant le dîner de l'arrivée des convives. Bernadette, Mary et moi les attendions dans une chambre d'invité au deuxième étage. Mary, hors d'elle, ne pouvait croire à tant de splendeur. Avez-vous vu ? s'écriait-elle. Dans toute la maison, des guirlandes de sapin entrelacées de fils d'or ! Avez-vous vu ? Les quatre énormes lustres – quatre ! – de la salle de bal dorée ! Avez-vous vu ? Le bol à punch d'argent, aussi grand qu'une baignoire ! Avez-vous vu ? L'escalier de marbre incurvé et haut de deux étages ! Avez-vous vu, avez-vous vu, avez-vous vu ? Son animation me facilitait la tâche et allégeait l'inquiétude qui m'oppressait.

Une atmosphère très différente s'installa quand les trois femmes revinrent du dîner. Mrs. Benchley parlait avec volubilité, Charlotte à peine, Louise pas du tout. À leur air tendu, je conclus que le repas ne s'était pas bien passé.

Pendant que Bernadette l'extrayait de sa robe, la mère babillait à l'adresse de Charlotte :

— Elle est charmante, tu ne trouves pas ? Pas du tout ce à quoi je m'attendais. Très gentille avec lui, en fait.

Raide comme un piquet tandis que je dégrafais sa robe, Charlotte répondit :

— Je ne comprends pas ce que vous voulez dire, Mère.

— La sœur est bien terne, non ? Très différente de Norrie. Il semblait de bonne humeur. Il s'est montré intarissable pendant tout le dîner.

À son ton, je devinai que cette convivialité était nourrie par l'alcool.

— Tant mieux pour toi, Charlotte, continuait Mrs. Benchley. Les hommes ne sont pas tous aussi loquaces. C'est à peine si j'ai tiré trois mots de son père. Évidemment, la situation est devenue embarrassante quand Norrie s'est mis à le taquiner. On ne peut en vouloir à Mr. Newsome d'avoir perdu son sang-froid...

— Mère, l'interrompit Louise, pensez-vous que ces pendants d'oreilles conviennent ?

— Oui, ma chérie ! Ravissants ! Enfin, ces messages sont terriblement effrayants.

Charlotte dit d'un ton tranchant :

— Mère... !

— Je regrette, Charlotte, mais je partage l'avis de Mr. Newsome : Norrie ne devrait pas plaisanter à ce sujet. Quand on pense à ce qui se passe ces jours-ci ! Bombes, assassinats...

Mary sursauta.

— Des bombes, madame ?

Satisfaite qu'on s'intéressât à ses propos, Mrs. Benchley confirma :

— La famille a reçu d'affreuses lettres de menace. D'après Mr. Newsome, c'est un coup des anarchistes.

— Norrie persiste à dire que c'est une farce.

Négligeant l'avertissement qui perçait dans la voix de sa fille, Mrs. Benchley riposta :

— La dernière en date faisait mention du bal de ce soir. Mr. Newsome n'a pas voulu en répéter les termes exacts, mais je l'ai entendu confier à votre père qu'il avait fait renforcer la sécurité. Décision des plus avisées.

Donc, les messages n'étaient pas des lettres d'amour de Beatrice ni les factures de fournisseurs excédés. L'image de la charpente calcinée du *Times* me vint à l'esprit. *Combien de gens devrons-nous tuer afin de produire une grande impression ?*

Tout en arrangeant la coiffure de Charlotte, j'ajoutai mon grain de sel :

— Qui pourrait vouloir du mal à Mr. Newsome ?

— D'après Lucinda, répondit Mrs. Benchley, cela aurait un rapport avec un accident survenu dans une mine...

— Mère !

Cette fois, il n'y avait pas à se méprendre sur le ton menaçant de Charlotte. Mrs. Benchley se tut. Telle une petite fille grondée, elle tirailla un des boutons de sa manche jusqu'à ce que j'immobilise sa main sous prétexte d'ajuster un bracelet.

Cela mit un terme à la discussion. Quand nous eûmes ajouté les quelques dernières touches, je me sentis tout à fait satisfaite. Mrs. Benchley était parfaite en velours vert foncé. Un chignon altier et une robe lavande conféraient à Louise une silhouette élégante – du moins, lorsqu'elle pensait à se tenir droite –, et ses pantoufles argentées ne demandaient qu'à danser.

Charlotte était à couper le souffle dans une robe de chez Worth où alternaient des bandes ivoire et roses. De discrets fils de soie vert pâle dans la jupe et les gants accentuaient l'impression d'une fleur en bouton. Ses cheveux soyeux relevés en torsade révélaient son long cou gracile, et un ruban de satin crème brodé de filaments verts donnait à ses yeux la couleur du saphir. *Belle à briser le cœur*, songeai-je, me demandant aussitôt pourquoi j'avais choisi ces mots.

— Charlotte, ma chérie, tu es toute pâle. Prends une de mes pilules Peps.

J'ai déjà fait allusion aux accès d'enthousiasme de ma patronne. Ce mois-là, l'objet de tous les désirs était les pilules tonifiantes du Dr Forsythe, qui promettaient des yeux plus brillants, une haleine plus fraîche, et tous les effets d'une véritable cure de jouvence. Elles étaient du dernier cri depuis que Mrs. Talmudge les avait recommandées, et Mrs. Benchley ne jurait que par elles.

— Pour l'amour du Ciel, je n'ai pas besoin de vos stupides pilules ! la rabroua Charlotte.

Louise la pacificatrice intervint :

— Donnez-les-moi, Mère. Je veillerai à ce qu'elle en prenne une.

Mrs. Benchley sourit et tendit le petit flacon à Louise, qui le rangea dans son réticule. Puis elles suivirent Charlotte, qui sortait.

Je restai figée, l'esprit vidé de la multitude de détails qui l'emplissaient quelques secondes plus tôt. Je ne pouvais chasser de mon esprit cette histoire de lettres. Les paroles de l'épître aux Galates flottaient dans ma mémoire : « Ce que l'homme aura semé, il le moissonnera aussi. »

Mais tout paraît plus sombre quand on est exténuée. Norrie avait sans doute raison, les messages n'étaient qu'une plaisanterie. La ville entière savait que les Newsome donnaient un bal ce soir-là. Il était facile à n'importe quel employé mécontent de faire des siennes.

— Miss ? Miss, je me demandais...

Je levai les yeux et vis Mary regarder vers la porte. Bernadette expliqua :

— Elle voudrait voir le beau monde entrer.

— Du balcon, personne ne me remarquerait, plaida la jeune fille.

Heureuse de cette distraction, j'acquiesçai.

— Bonne idée, Mary. Allons-y.

Elle poussa un petit cri de joie.

— Vous venez, Bernadette ?

— Moi ?

Bernadette s'allongea sur le lit.

— Déjà qu'on les habille, je ne vais pas rester debout à les applaudir.

Le palier du deuxième étage, qui surplombait l'entrée, était assez élevé pour nous permettre d'observer les arrivants sans être vues. Au-dessus de nos têtes, l'immense lustre en cristal scintillait de mille feux. Il attirait et brûlait les yeux, aussi gardais-je mon regard rivé sur le rez-de-chaussée.

— Oh ! s'extasia Mary. Cette toilette... Je n'ai jamais rien vu de pareil.

Je parcourus la foule rassemblée dans le foyer et n'eus aucun mal à repérer la nouvelle Mrs. Newsome – car, à coup sûr, c'était d'elle que parlait ma compagne.

Rose Newsome n'était peut-être pas la plus belle femme au monde, mais je ne peux penser à aucune autre qui soit plus digne de ce titre. Telle une princesse de conte de fées, elle avait des cheveux d'un noir de jais qui rehaussaient à merveille son teint de lait. Sa robe avait sans doute été confectionnée en Europe, car elle était d'un style inédit, inouï de simplicité et d'audace. La jupe fourreau était en damas blanc sous un corsage en soie pâle. Un pan de velours noir rigide recouvrait le buste et s'élançait au-dessus de l'épaule comme une aile de corbeau à la pointe frémissante. Ses cheveux étaient rassemblés souplement en un chignon haut, des vrilles sombres retombant sur son cou. Des rubis étincelaient dans sa chevelure et à ses poignets. Je me demandais si c'étaient ceux qu'elle avait, disait-on, reçus de Mr. Newsome. En dépit de cette opulente féminité, il y avait quelque chose d'enfantin dans les lèvres pleines et les grands yeux frangés de longs cils ; on voyait fort bien comment elle avait ensorcelé son mari – et les autres hommes à la ronde – tout en charmant les amis de Mrs. Armslow.

De Mr. Newsome, je vis essentiellement un crâne chauve, des épaules carrées et une bedaine imposante. Ses deux enfants se tenaient à l'écart, l'air hostile. Norrie était éblouissant en smoking. Lucinda paraissait gauche dans sa robe de bal, son visage sérieux, sans grâce, presque incongru au-dessus des choux et des bouillons de satin. Elle restait près de son aîné, dont elle touchait souvent le bras. *Étrange*, pensai-je, *de voir tant d'affection entre un frère et une sœur si différents*.

— Qui est-ce ? s'enquit Mary, perchée sur la pointe des pieds pour mieux admirer les nouvelles arrivées.

— Elles ? répondis-je avec un peu d'embarras. Mrs. Tyler et ses filles, Beatrice et Emily.

Je retins mon souffle en observant l'accueil que leur réservaient les Newsome. Tout semblait cordial, du moins vu de cette distance. Beatrice avait choisi une robe bleu nuit qui faisait ressortir son teint diaphane et sa chevelure sombre. Sans s'attarder auprès de Norrie, elle salua Lucinda et les autres membres de la famille.

Un jeune homme élancé s'avança derrière, un sourire aux lèvres. William Tyler ou plutôt, comme disaient ses proches, « Willy Billy l'Ourson ». Quand Mrs. Tyler lui avait donné le jour, un cousin l'avait appelé ainsi, et le surnom lui était resté. En dépit de son allure dégingandée, William était beau avec ses cheveux auburn et ses yeux pleins d'espoir de bébé épagneul.

Les Tyler furent bientôt engloutis par un flot d'invités. À Mary, j'indiquai les Vanderbilt et les Van DeWalle, les Astor et les Armslow. Edward Lauder, Henry Pargeter, sa cousine Edith, Eleanor Adams…

— Vous connaissez tout le monde, miss ? me demanda-t-elle, admirative.

Elle glissa la main dans sa poche pour la réchauffer et pâlit. La ressortant, atterrée, elle me montra une petite boule de tissu :

— Les gants de Miss Louise. Elle les a oubliés.

À l'évidence, prises par les conversations sur les bombes et les pilules tonifiantes, nous avions toutes oublié les gants. Louise avait des mains larges aux jointures noueuses dont elle avait péniblement conscience. Dans son affolement, elle risquait de ne pas trouver d'excuse convenable pour remonter. Quelqu'un – moi – devait descendre la chercher.

— Je suis désolée, miss, gémit Mary. Tellement désolée !

— Ne vous inquiétez pas. Nous allons trouver Miss Louise et lui rendre ses gants. Retournez dans la chambre et tenez compagnie à Bernadette.

— Oui, miss. Merci, miss.

Je souris.

— Ce sera vite arrangé. Maintenant, cessez de pleurer. Après tout, personne n'en est mort.

# CHAPITRE VI

Toutefois, ce ne fut pas si facile à réparer. D'abord, ce n'est pas simple de passer inaperçue en uniforme, quand on cherche une jeune femme parmi des centaines de gens. Tout le monde était arrivé et s'était rassemblé dans la salle de bal. En m'approchant du foyer désert, j'entendais la musique et le joyeux brouhaha. Deux valets de pied se tenaient devant chaque porte. Ils m'auraient peut-être laissée entrer, mais, vu les consignes de sécurité, je préférai les éviter.

Si l'extérieur suggérait un manoir anglais, l'intérieur était d'une folle extravagance, à l'image des châteaux de Louis XIV. Malgré leur extrême élégance, les maisons que possédait Mrs. Armslow reflétaient l'ancienne génération, aux goûts plus austères. Ici, la richesse s'étalait sur chaque surface ornée de dorures, de marbre, de soie brochée ou de pompons. C'était une demeure de géant, avec des cheminées où un homme aurait tenu debout, des plafonds de six mètres de haut, d'épais tapis étouffant les pas au milieu desquels on se sentait insignifiant. Les pièces étaient immenses ; leur simple vue me donnait le vertige.

Les cuisines offraient une voie d'accès possible. Les serveurs entraient et sortaient, chargés de mets, de bouteilles fraîches et de verres. On avait recruté des extra pour la circonstance, de sorte qu'on ne me poserait pas de question si je surgissais de cette direction.

La scène évoquait un chaos bien organisé. Des cuisiniers s'activaient devant les énormes fourneaux pendant que servantes et serveurs couraient en tous sens. Des plateaux filaient, à mi-corps ou au-dessus des têtes. De nouvelles provisions affluaient, et les livreurs criaient du pas de la porte : « Glace ! », « Homards ! » ou « Scotch ! ». Dans mon coin, je restai à l'affût de la première occasion. Alors j'aperçus, à l'entrée de service, un homme muni de grosses pinces en métal. Impressionné par cette effervescence, il lança un timide : « Glace, j'apporte la glace... » Je reconnus l'ami d'Anna, celui du restaurant. Je m'approchai de lui.

— Mr. Pawlicec ! Quel curieux hasard !

Il m'adressa son sourire en biais.

— L'amie de Miss Anna. Comment vous aller ?

— Bien, dis-je en me penchant pour esquiver une dinde rôtie. Vous avez de la glace à livrer ?

— Oui. Où je mettre ?

En réponse à nos questions, nous apprîmes qu'il pouvait la déposer dans le cellier et, déjà, il se tournait pour aller à son camion. Je déclarai impulsivement :

— Ça m'a fait plaisir de vous revoir.

— Vous, travailler chez Robert Newsome ?

— Non, chez les Benchley.

Cette réponse lui rendit le sourire, et il partit chercher le bloc de glace.

J'avisai un serveur qui se dirigeait vers la salle de bal, chargé d'une caisse de liqueur. Je le suivis à distance prudente en me frayant un chemin parmi les domestiques, puis dans le couloir par où s'effectuait le service. Nous étions presque à l'entrée de la salle de bal quand la porte s'ouvrit sur Robert Newsome Sr. Je me renfonçai dans une alcôve.

Il empoigna le serveur par le bras.

— Vous savez qui est mon fils ?

Un peu désarçonné, l'homme hocha la tête.

Mr. Newsome tapota la caisse.

— Je le vois encore une fois un verre à la main, et j'en connais un qui rentrera chez lui sans un sou. Et qui fera bien de changer de métier.

— Compris, monsieur.

Je restai tapie jusqu'à ce que Mr. Newsome retourne à ses invités. Le serveur posa la caisse et s'assit dessus, puis dit tout haut, à personne en particulier :

— Typique. Le jeune maître s'imbibe, et qui c'est qui trinque ? Le pauvre gars embauché en extra.

M'inquiétant pour Charlotte, je m'enquis :

— Parce que Mr. Norrie est... ?

— Soûl, ivre, rond comme une queue de pelle, oui madame. Mais qui pouvez-vous bien être ? m'interrogea-t-il en m'examinant des pieds jusqu'à la tête.

— Jane Prescott. La femme de chambre des Benchley.

— Celle qui se marie ? Ou celle qui ressemble à un Pékinois ?

Je le contournai.

— Celle qui se marie est Charlotte Benchley. Je cherche l'autre.

— Le Pékinois, donc. Dommage. Ça ne doit pas être une mince besogne de la faire paraître à son avantage.

Cette remarque eût été détestable de la bouche de n'importe quel homme, mais elle semblait particulièrement odieuse venant de lui. Ce n'était pas juste d'être beau à ce point-là, et il le savait. Il me souriait avec insolence comme pour déclarer : *Alors, ils vous plaisent, mes cheveux noirs ? Regardez donc mes grands yeux marron. Mes sourcils noirs bien dessinés. Ma légère fossette au menton et mes dents blanches, solides et régulières.* À son accent, il semblait d'origine irlandaise. Heureux pour lui qu'il ne cherchât pas un emploi chez Mrs. Benchley.

Mais, puisqu'il avait remarqué Louise, il pouvait avoir une idée de l'endroit où elle était.

— Savez-vous où je pourrai la trouver ?

— La dernière fois, elle était entourée d'oiselles bien intentionnées qui tentaient de lui mettre du baume au cœur.

— Où, exactement ?

— Près d'une plante en pot.

Renonçant, je me dirigeai vers la salle. Il souleva la caisse et m'emboîta le pas.

— Comment c'est, alors, de bosser pour les Benchley ? Un riche mariage en vue. Louise est l'aînée, c'est ça ? Elle n'a pas de quoi se réjouir...

— Excusez-moi, je dois trouver Miss Benchley.

— Attendez, je vais vous aider.

— Non, merci.

— Suivez-moi.

Il affermit sa prise sur la caisse et marcha droit vers les portes, puis pénétra dans la salle. Il posa son fardeau et, d'un signe du menton, indiqua les tentures qui masquaient les immenses fenêtres.

— Il y a plus de place qu'il n'en faut pour se cacher, par là-bas.

Cette fois, il me souriait de toutes ses dents, m'encourageant à disparaître derrière les draperies. Je le remerciai d'un bref sourire avant de le quitter.

Les rideaux me permirent en effet de longer la salle discrètement tout en tâchant de repérer Louise. Mrs. Benchley demeurait invisible, toutefois j'aperçus son mari qui endurait les bavardages d'un Vanderbilt de la branche inférieure.

— Quel scandale ! s'indignait celui-ci. Des bombes à l'opéra, un attentat contre le maire[1], l'affaire du journal et, maintenant, des menaces de mort !

Quelques instants plus tard, je remarquai Lucinda Newsome, silencieuse, entre Mrs. Hayes-Smith et Emily Tyler. Je m'arrêtai, pensant que Louise avait pu trouver refuge dans ce groupe. Mrs. Hayes-Smith était une petite femme sérieuse qui se croyait timide, en dépit du fait qu'elle monopolisait chaque conversation. Emily était une jolie écervelée au rire facile, et seule la gravité de Lucinda l'obligea à se contrôler quand Mrs. Hayes-Smith décréta :

— Quels nouveaux droits réclament donc ces suffragettes ? Ma foi, j'ai déjà bien assez à faire sans cela. Et je pense que beaucoup de femmes seront d'accord avec moi.

— Moi, je suis d'accord, approuva Emily avec espièglerie. Absolument.

Elle lança un coup d'œil à Lucinda, tentant de l'entraîner dans son jeu. Mrs. Hayes-Smith aussi tourna son regard vers elle. La voix un peu tremblante, Lucinda répliqua :

— Je dois dire que je ne partage pas ce point de vue. Aucun pays se targuant d'être civilisé ne saurait

---

1. William Jay Gaynor, maire de New York, victime d'une tentative d'assassinat en août 1910.

interdire à la moitié de sa population de participer à la vie politique.

— Mais si l'on encourage les femmes à imaginer une vie riche et gratifiante hors du foyer, quelles en seront les conséquences pour leur famille ? La famille, martela Mrs. Hayes-Smith, est la pierre angulaire de notre société.

Lucinda ne l'écoutait plus ; son attention se concentrait ailleurs. Je suivis la direction de son regard et vis Rose Newsome, auprès de laquelle s'empressaient deux admirateurs. L'un la suppliait d'accepter le cocktail créé pour elle au St. Regis, et elle refusait d'un geste poli de la main.

— Si la famille est la pierre angulaire de notre société, dit Lucinda d'une voix forte, le pays est dans une très mauvaise passe.

Elle partit, laissant Mrs. Hayes-Smith médusée et Emily la main plaquée sur ses lèvres, s'efforçant sans succès de masquer son hilarité. Cherchant autour d'elle une autre cause de divertissement, elle me repéra.

— Jane, dit-elle en souriant, que faites-vous, cachée au milieu des plantes vertes ?

Emily Tyler n'était pas de celles à qui l'on confie impunément une faute de savoir-vivre. « L'histoire irrésistible des gants manquants » aurait fait le tour de la salle avant même que j'aie pu dénicher Louise.

— J'ai à transmettre un message à Mrs. Benchley. L'auriez-vous aperçue ?

— Non, répondit Emily, puis, avec une gravité inattendue, elle ajouta : Ce n'est pas vrai, n'est-ce pas, ce qu'on raconte au sujet de Norrie et Charlotte ?

Elle s'approcha de moi. Alors, je pris conscience que sa robe vert et or m'était familière. Elle n'était pas au goût du jour ni même, en fait, au goût de l'année précédente. La dentelle du corsage était raide à force d'avoir été nettoyée, les revers des manches élimés. Je sus que, si je baissais les yeux, je verrais les coutures là où la jupe avait été reprise pour lui aller, Emily étant de plus petite taille.

N'obtenant de moi aucune réponse, elle lança :

— En tout cas, j'espère que ce n'est pas vrai ! Ça vaudrait mieux pour tout le monde.

Et elle replongea dans la foule.

L'atmosphère de la fête était tendue. La nouvelle des menaces de mort contre la famille, combinée aux rumeurs d'une union peu souhaitable pour Norrie, aiguisait les nerfs des invités.

Un serveur maladroit heurta légèrement une dame avec son plateau et elle hurla d'effroi, croyant sentir le canon froid du pistolet d'un anarchiste. Près d'une composition raffinée d'hellébores, Helen Lauder sermonnait Mrs. Tyler :

— C'est entièrement votre faute, Florence. Donnez-en un peu à de nouveaux venus et ils accaparent tout. Autant confier votre argenterie à des cambrioleurs.

Je remarquai alors Norrie, qui zigzaguait entre les dessertes où les couples déposaient leur boisson avant d'aller sur la piste. Il prenait les verres et les finissait un par un. L'ébriété n'améliorait pas son apparence. Rouge, échevelé, les vêtements froissés, il avait l'air de sortir d'une rixe.

Je m'attendais à voir Charlotte à proximité, mais il n'en fut rien. Étrange... Il était presque vingt-trois heures ; elle était vraisemblablement en haut, en train de s'assurer qu'elle était parfaite.

Rose s'approcha de Norrie. Elle lui prit le verre des mains et le passa à un serveur auquel elle ordonna de débarrasser tout ce qui traînait. S'armant de courage,

elle se tourna vers son beau-fils qui, pensai-je soudain, était plus âgé qu'elle.
— Où est Charlotte ?
— Avec sa mère grotesque ou sa gargouille de sœur, j'imagine.
— C'est le moment d'aller la chercher, non ?
— J'ai mieux à faire.
Elle serra les poings, puis les détendit.
— Vous feriez bien d'aller à la cuisine boire un peu de café.
Il éclata de rire.
— Allons, Norrie. Vous... Vous allez bientôt offrir la bague à Charlotte, et votre père compte faire l'annonce à minuit.
— « Votre père compte faire l'annonce », l'imita-t-il. Il devrait plutôt annoncer son propre mariage s'il veut que tout le monde le congratule.
J'eus de la peine pour Mrs. Newsome, sans doute déchirée entre l'envie de flanquer à ce sale gosse la bonne claque qu'il méritait et le désir de préserver la paix.
— Pensez à Charlotte, dit-elle doucement. Un seul cœur brisé ne suffit-il pas ?
Norrie répondit par un rire railleur. Avec une force soudaine, la jeune femme le raisonna :
— Puisqu'elle vous importe si peu, pensez au moins à votre père. Vous nous avez mis dans une situation fort embarrassante. Tâchons de nous en sortir avec grâce. Il se tourmente déjà assez à cause de ces menaces.
— Qu'ils le fassent ! Qu'ils nous tuent un à un.
Imitant du pouce et de l'index la forme d'un pistolet, il fit mine de tirer sur plusieurs danseurs. Puis il visa sa belle-mère. Posant la pointe de son doigt entre les yeux sombres, il murmura :

— Qui sera la première personne à partir ? Mais, bien entendu, celle qui n'a pas sa place...

J'émergeai de derrière le rideau.

— Mr. Newsome ? Je suis terriblement désolée, mais Miss Benchley vous demande.

D'abord saisie par mon interruption, Rose comprit que je venais à la rescousse. Elle réprima un sourire de conspiratrice.

— Là, vous voyez ? Pauvre Charlotte ! Elle doit avoir très envie de danser, et elle fera une si charmante partenaire.

Avec calme, elle prit la main de Norrie et la mit dans la mienne.

— Amenez-le tout de suite auprès de Miss Benchley. Et, poursuivit-elle plus bas, rendez-le présentable dans la mesure du possible.

— Oui, madame.

Alors que nous étions sur le point de quitter la salle, Lucinda apparut.

— Norrie, il faut que nous parlions, dit-elle en tendant la main vers lui.

— Pas si c'est pour me sortir la même rengaine, soupira-t-il. Désolé, Lu.

Elle paraissait contrariée – pour ne pas dire plus – par ma présence, mais n'eut d'autre choix que de nous laisser partir. Au début, Norrie s'amusa d'être mené par le bras par une domestique. Ensuite, il comprit que je comptais tenir ma promesse et commença à faire des difficultés. Il se dégagea plusieurs fois, mais il était ivre et moi déterminée.

Finalement, il gronda :

— Posez la main sur moi encore une fois et je vous défonce la mâchoire.

J'aurais dû prendre peur, car il pensait ce qu'il disait. Mais, dans sa méchanceté et sa veulerie, il me rappelait

les ivrognes du Bowery, qui fulminaient contre le monde et l'accusaient de leur misère, sans songer à la misère qu'ils infligeaient aux leurs. J'oubliai que je n'étais que Jane Prescott et ripostai :
— Voilà qui ferait un joli spectacle.
Nous allions découvrir si sa menace était fondée quand Beatrice Tyler arriva derrière nous, les pommettes empourprées et les lèvres frémissantes. Elle domina son agitation.
— Bonsoir, Jane. Puis-je vous emprunter Mr. Newsome ?
— Certainement, répondit Norrie.
Il lui tendit une main qu'elle s'abstint de prendre.
— Quoi ? Vous ne voulez pas de ma main ? dit-il.
— Je n'en veux plus, voulez-vous dire ?
— Prenez-la maintenant, au moins.
Beatrice le fixa, puis saisit sa main. Pendant que tous deux se dirigeaient vers la piste, je la vis chuchoter à l'oreille de Norrie. Il s'esclaffa. Charlotte avait été peu judicieuse dans le choix de sa rivale. Beatrice était aussi spirituelle que sa mère et deux fois plus impitoyable.

Que faire ? Norrie se trouvait en compagnie de Beatrice, pas de Charlotte, et onze heures avaient sonné. Ces trois faits pouvaient engendrer une situation épouvantable, à minuit. Alors que je débattais intérieurement pour décider si mieux valait chercher Charlotte ou séparer Norrie de Beatrice, une voix derrière moi m'invita à danser et un bras robuste m'enlaça.
Le serveur irlandais. Machinalement, je fis quelques pas avec lui puis le repoussai.
— Quelle grossièreté ! protesta-t-il. Moi qui m'apprêtais à vous faire une fleur !

— Comment ? interrogeai-je d'un ton cassant.

— Votre pauvre bichette perdue erre près des hors-d'œuvre. Ses sabots semblent bien nus.

Louise ! Je partis en toute hâte et entendis à peine le serveur me lancer : « À charge de revanche ! »

Louise se tenait bel et bien près du buffet, assiégée par trois amatrices de ragots. Elle gardait les mains derrière son dos, les yeux écarquillés, avec cet air de bête traquée que je connaissais bien. Je brisai le cercle.

— Excusez-moi, Miss Louise. Miss Charlotte désire que vous la rejoigniez sur-le-champ.

— Charlotte ? Où est-elle ? interrogea une des commères aux yeux perçants.

— Là où elle doit être, répondis-je.

L'orchestre entama un air à la mode, et les jeunes filles furent distraites par la recherche de partenaires.

— Charlotte est bien là, finalement ? s'enquit Louise pendant que je l'entraînais à travers la foule.

Je m'arrêtai net.

— Que voulez-vous dire ?

— On la cherche en vain. Mère est dans tous ses états. Je vais lui annoncer que vous savez où elle est.

— Non, je l'ignore. C'était un prétexte pour vous donner ceci.

Je lui tendis les gants, ce qui, pour le coup, semblait fort dérisoire au regard de la situation.

Mon esprit soupesa diverses priorités et en choisit une : retrouver Charlotte.

— Miss Louise, voulez-vous faire quelque chose pour moi ? Afin que je puisse aider votre sœur ?

Louise déglutit nerveusement à la perspective d'avoir à « faire » quoi que ce soit, mais acquiesça.

— Norrie est sur la piste avec Beatrice Tyler. Proposez-lui la prochaine danse.

— Je suis une piètre cavalière.

— Pas du tout, et de toute façon peu importe. Ce qui compte, c'est de tenir Norrie éloigné de Miss Tyler jusqu'à ce qu'on mette la main sur votre sœur.

C'était beaucoup exiger de Louise. Néanmoins, elle redressa le menton et avança en direction des danseurs. Oui, sans gants.

Ma première mission consistait à m'assurer que Charlotte n'avait pas quitté les lieux. Elle ne serait jamais rentrée à pied, même en proie à une extrême détresse. Je m'aventurai de l'autre côté de la cour, dans le garage des Newsome – une cathédrale d'automobiles. O'Hara, le chauffeur des Benchley, dormait à poings fermés derrière le volant, une bouteille de champagne vide par terre.

Charlotte était donc toujours à la fête. Pourquoi, en ce moment de triomphe, demeurait-elle introuvable ? Le cœur battant, je passai en revue les possibilités. Elle se cachait, outrée de quelque affront commis par Norrie. Ou par Beatrice. Qui, à bien y réfléchir, affichait un petit air victorieux quand elle avait demandé à « emprunter » Norrie.

Il se pouvait aussi que Charlotte fût déjà au rendez-vous, dans la bibliothèque, et que nous nous fussions inquiétées pour rien.

Tandis que je rebroussais chemin vers le bâtiment principal, je distinguai une forme dans l'ombre. Je la scrutai, pensant que ce pouvait être Charlotte. Non, la taille paraissait à peu près la même, mais la silhouette était nettement masculine. À ma vue, l'homme tourna à l'angle et disparut.

Je traversai rapidement les cuisines, où le personnel entamait la vaisselle des piles de plats et de couverts sales. Je parvins dans le couloir de la bibliothèque au premier coup de minuit. Je m'attendais à entendre les coupes s'entrechoquer et le maître de céans réclamer une minute d'attention. Mais non, la musique et le brouhaha flottaient toujours.

Devant la porte à double battant, je fus prise de scrupules. Je n'avais pas à me mêler de cette affaire. Si Charlotte se trouvait de l'autre côté, impatiente ou désemparée, mon arrivée ne serait pas la bienvenue. Et si Norrie était en train de lui offrir la bague de sa grand-mère, mon intrusion serait encore plus inopportune.

Je tendis l'oreille. Aucune voix ne résonnait à l'intérieur.

J'entrai et sentis sous mes pas un tapis moelleux. Un feu brûlait dans l'âtre ; seules les flammes crépitantes éclairaient la pièce. Chaque événement familial marquant, du baptême à la veillée funèbre, avait eu lieu ici, sous les yeux du fondateur, James Newsome, qui présidait, grave et patriarcal dans son sobre habit de drap noir, depuis son cadre doré au-dessus de la cheminée. La bibliothèque était vaste et dotée de deux entrées ; l'une conduisait aux cuisines, l'autre à la salle de bal. Des rangées de livres trônaient derrière leur vitre. De lourds rideaux dissimulaient les fenêtres. Les recoins étaient plongés dans l'ombre. N'osant me hasarder trop loin de la porte, j'appelai : « Miss Charlotte ? » Le silence me répondit. *Mais pas*, pensai-je, *un silence né de l'absence.*

J'allais prononcer de nouveau le nom de Charlotte quand je le vis. Je ne saurais vous expliquer pourquoi sa main reposant par terre m'emplit de terreur. La raideur des doigts, du bras tendu avec désespoir ne devait rien au sommeil. Avec appréhension, mon cœur battant la chamade, je m'approchai de Norrie.

L'héritier des Newsome gisait, sans vie, sous l'œil réprobateur de son ancêtre.

Un massacre.
Le mot ne cessait de résonner dans ma tête même après que j'eus détourné les yeux du visage défiguré. Sous la lueur des flammes, les quelques dents sanguinolentes qui subsistaient permettaient d'identifier la bouche. Seul leur emplacement laissait deviner dans ces cavités rouges, à vif, les orbites des yeux. Le nez avait disparu.

Derrière la grille du foyer, le feu craqua et jeta une lueur vive sur le front de Norrie, toujours haut et parfait, hormis la coulée sombre à la racine des cheveux. Je me surpris à espérer qu'il avait reçu ce coup-là en premier et n'avait pas eu conscience de la suite. Hébétée, je ne pouvais détacher mon regard de ce qui restait des yeux. On s'était acharné sur eux avec une violence particulière ; non content de les crever, on les lui avait arrachés.

Je me forçai à regarder ailleurs, descendant vers les souliers, puis remontant. Chaussettes de soie, pantalon, boutons. Des objets neutres. La main rentra dans mon champ de vision, et mon regard s'en détacha vivement. Une tache. Une tache pâle et pâteuse sur le revers de la veste. *De la sauce du dîner*, pensai-je, et je pressai mes doigts contre mes lèvres pour ravaler la bile.

Prévenir quelqu'un. Voilà, c'était ce qu'il convenait de faire. Mr. Benchley. Lui saurait agir, informer les Newsome, contacter la police. Il fallait faire vite, tant qu'on pouvait encore prendre l'assassin...

Une bûche éclata avec un bruit sec, et je poussai un cri. Le souffle court, je n'arrivais plus à respirer.

Dans ma confusion, j'eus l'impression exacerbée de ne pas être seule.

Je courus à la porte donnant sur l'escalier par où l'on descendait à la salle de bal. Je serrai les mâchoires pour empêcher mes dents de claquer, le cœur douloureux tant il battait fort. Je tentai de me reprendre, de marcher avec calme.

— *Hello !*

Le serveur – l'Irlandais infernal. Je continuai à marcher, mais il m'attrapa par le bras.

— Qu'y a-t-il ?

Pour toute réponse, j'essayai de me libérer, mais il tint bon.

— Vous tremblez comme une feuille.

— Laissez-moi.

— Qu'est-ce qui s'est passé ? Dites-le-moi.

— Non. Lâchez-moi !

Peut-être répondit-il : « Laissez-moi vous aider », mais je ne l'entendis pas car, tout à coup, je ne pouvais plus que répéter : « Lâchez-moi » d'une voix de plus en plus perçante, au bord de l'hystérie. Je n'arrivais pas à m'arrêter. Même quand il m'eut lâchée en disant : « D'accord, d'accord… »

— Jane.

Au son de la voix de Mr. Benchley, je me retournai et le découvris en haut des marches, grand et imposant dans son habit de soirée.

— Cet homme vous importune-t-il ?

Je m'efforçai de me contrôler.

— Non, monsieur.

— Retournez travailler, ordonna-t-il au serveur.

Jetant un coup d'œil vers moi, celui-ci acquiesça et se dirigea d'un pas réticent vers l'escalier.

— Tout de suite ! lança Mr. Benchley, et le serveur disparut à travers les doubles portes.

Je murmurai :

— Mr. Benchley, voudriez-vous venir avec moi, s'il vous plaît ?

Comme si je ne lui avais pas parlé, il m'interrogea :

— Avez-vous vu Miss Charlotte ? Personne n'arrive à la trouver. J'espérais qu'elle serait dans la bibliothèque.

— Mr. Benchley, il faut venir avec moi.

Faisant quelques pas dans le couloir, j'esquissai un geste vers la porte close.

Cependant, Mr. Benchley n'était pas du genre à se passer d'explication.

— Jane, qu'est-ce que cela signifie ?

Je n'avais pas envie de prononcer ces mots, mais si c'était nécessaire pour le décider à aller dans cette pièce avant Charlotte, très bien.

— C'est Norrie.

À la mention de ce nom, Mr. Benchley se rembrunit et parcourut le couloir d'un pas déterminé. Nous étions à deux doigts d'entrer quand une femme poussa un hurlement. Trop tard ! Toutefois, ce ne fut pas Charlotte, mais Rose, que nous découvrîmes, agenouillée, impuissante, près du cadavre. De l'autre accès, resté ouvert, tombait une lumière jaunâtre.

— N'entrez pas ! cria-t-elle en direction de la porte. N'entrez pas, mon chéri, je vous en prie !

Elle nous regarda, effarée, et murmura :

— Son père ne doit pas le voir dans cet état. S'il vous plaît, empêchez-le de venir jusqu'à...

La lumière jaune fut obscurcie par la silhouette massive de Mr. Newsome qui s'encadrait dans l'embrasure de la porte. Il tituba, s'appuya contre la moulure en chêne et parvint à conserver l'équilibre, mais ses jambes se dérobèrent sous lui. Rose courut vers son mari ; son chignon se défit, et ses cheveux tombèrent en cascade le long de son dos. Elle se laissa choir avec lui, l'empêchant de regarder le spectacle atroce en lui pressant le visage contre le velours noir de sa robe. Les sanglots de Mr. Newsome la faisaient trembler de tout son corps.

Mr. Benchley me donna l'ordre de fermer la porte.

Les détectives étaient là, nous informa Mrs. Newsome. Il fallait les conduire à la bibliothèque. Elle indiqua à Mr. Benchley leurs noms et l'endroit où ils étaient postés. Son époux restait muet, éperdu de douleur.

Nous étions toujours dans le corridor qui reliait la bibliothèque à la salle de bal. Non sans hésitation, je proposai :

— Dois-je chercher Miss Charlotte ?

Mrs. Newsome me fixa.

— Comment cela, la chercher ?

La mâchoire crispée, Mr. Benchley expliqua :

— Il semblerait que ma fille...

Sur ces entrefaites, la porte la plus éloignée s'ouvrit et une voix résonna :

— Désolée, vraiment ! Norrie est-il furieux contre moi ?

De prime abord, je crus que ce n'était pas Charlotte qui s'avançait vers nous. Puis je me dis : *Si, c'est elle, mais elle paraît différente.* Peut-être avais-je rêvé les événements des deux dernières heures. Les Benchley et les Newsome venaient de finir de dîner et montaient se changer pour le bal.

Tout à coup, je compris : Charlotte arborait la même robe qu'au repas. Tirant sur ses gants, elle déclara :

— Cette horrible Beatrice Tyler ! Je n'arrive pas à croire...

Elle leva les yeux et son regard pénétrant découvrit l'expression des Newsome, de son père, et nota l'absence de Norrie.

— Non, murmura-t-elle. Oh, non...

# CHAPITRE VII

New York comptait onze grands journaux, qui tous titraient sur l'affaire Newsome en première page. Au milieu des joyeuses annonces de saison et des réclames colorées des magasins, la nouvelle d'un meurtre dans une des familles les plus en vue de la ville jetait une note discordante.

Certains articles s'en tenaient sobrement aux faits, d'autres employaient un ton plus mélodramatique. Le *Herald*, par exemple :

> La nuit dernière, Robert Norris Newsome Jr. a été retrouvé, assassiné, dans la résidence familiale de la 5$^e$ Avenue. Bien que l'on ignore l'identité du coupable, les autorités subodorent que ce terrifiant crime de Noël est l'œuvre d'ANARCHISTES.
>
> Le *Herald* tient de source sûre que, ces dernières semaines, les Newsome ont reçu des menaces de mort à plusieurs reprises. Ces messages mentionnaient le désastre de la mine de Shickshinny, qui fit cent vingt et une victimes, dont huit enfants. Quoique Mr. Newsome ait été lavé de toute responsabilité, cet incident est devenu le cri de ralliement d'éléments subversifs.

Dans l'esprit de la plupart d'entre nous, le meurtre est indissociable des anarchistes, ces destructeurs anonymes de la vie et de la propriété, ces êtres sans pitié qui vouent leur existence à une cause infâme.

Le silence avait envahi la demeure des Benchley. La mère et la fille cadette étaient sous sédatifs sur ordre du médecin. Mr. Benchley se retranchait dans son bureau. Dans la rue, devant l'immeuble, une nuée de reporters attendait dans le froid qu'un membre vulnérable de la maison apparaisse. La cuisinière s'était trouvée encerclée quand elle avait voulu se rendre à la messe, et un petit livreur avait été poussé à bas de son vélo. Pour une fois, je me félicitais que nous manquions de personnel.

Louise ne prenait pas de calmants. Ou plutôt, on eût dit qu'elle s'était naturellement administré un tranquillisant sitôt qu'elle avait appris la nouvelle. Elle n'était pas descendue au petit déjeuner et avait passé la matinée dans sa chambre, à prendre tour à tour chacune de ses poupées sur ses genoux. Elle arrangeait leurs cheveux, leur descendait les manches sur les poignets, lissait le devant de leur robe. Une fois, en passant, je l'entendis murmurer :

— Tu as été une vilaine fille. C'est mal, ce que tu as fait...

J'attendis pour en entendre davantage, mais elle se tut.

En défaisant la malle de Charlotte, je pestai en découvrant qu'une seule de ses robes était revenue avec nous, celle qu'elle avait portée au dîner. Cela n'avait probablement pas d'importance ; Charlotte préférerait ne jamais revoir l'autre. Néanmoins, j'étais exténuée, irritable, et j'avais besoin de passer ma mauvaise humeur sur quelque chose. Je me mis donc en quête de Mary, la petite domestique qui avait été si heureuse d'assister au bal.

Je la trouvai dans le salon, où elle polissait sans conviction une lampe en cuivre. Comme elle était nouvelle, on ne lui avait pas accordé de jour de congé, et les festivités de Noël étaient annulées, en bas à l'office comme en haut, chez les maîtres. Son attitude maussade et nonchalante, s'ajoutant à la disparition de la robe, me mit en colère.

— Où est passée la toilette de Miss Charlotte ? demandai-je d'un ton cinglant.

— Quelle toil… ?

— Elle avait emporté deux tenues. Une pour le dîner, l'autre pour le bal. Où est sa robe de bal ?

— Je n'ai pas réussi à la trouver.

— Ce n'est pas une excuse.

— Mais elle était abîmée, miss.

— Abîmée ?

— Oui, miss, c'est pour ça que Miss Charlotte portait l'autre. On avait renversé quelque chose sur sa robe. Elle était contrariée parce qu'il était minuit, et elle n'arrêtait pas de me crier dessus pour que je me dépêche.

Voilà donc pourquoi Charlotte était en retard à la bibliothèque ! Je ne renonçai pas pour autant à mon indignation.

— Vous auriez dû la prendre. On aurait pu tenter de la récupérer.

— Ç'aurait été difficile, miss. Tout le devant était trempé de vin rouge.

Surprise, je demandai :

— Miss Charlotte a-t-elle expliqué ce qui s'est passé ?

— Non, mais elle était folle de rage.

Ça, je pouvais l'imaginer. Si quelqu'un avait renversé du vin sur la robe de Charlotte, c'était un miracle qu'on n'eût pas eu à déplorer deux meurtres la veille. Qui avait pu commettre une pareille chose ? J'eus le souvenir fugitif de Beatrice Tyler, sa main dans celle de Norrie.

— Très bien. Merci, Mary. Je suis désolée de m'être emportée contre vous.

Peu enthousiaste à l'idée de manier le chiffon, elle répliqua :

— Quelle horreur de penser que nous étions dans cette maison avec un meurtrier !

— C'est vrai.

Je songeai à lui demander si elle avait remarqué quoi que ce fût d'inhabituel – par exemple, un homme hagard, couvert de sang et criant : « Mort aux patrons ! » Toutefois, elle était restée en haut, et l'assassin était certainement sorti par la cuisine ou par la cave. Telle était du moins la théorie des membres de l'agence Pinkerton, quand, après avoir cherché le criminel, ou même son arme, ils étaient revenus bredouilles.

Par la fenêtre, j'observai la foule de journalistes.

— Vous savez qu'il ne faut pas leur parler, n'est-ce pas ? Quelle que soit la somme qu'ils vous offrent, cela ne vaudra pas votre emploi.

Elle fit « non » avec vigueur et ajouta d'un ton de regret :

— De toute façon, je n'ai rien à leur raconter.

— Aucune importance, à leurs yeux. Ils inventeraient.

Mes pas me conduisirent à l'office, où la cuisinière écoutait Bernadette lui lire le journal.

— « Le fringant célibataire, surnommé Norrie par sa famille et ses *très nombreuses* connaissances intimes, était un des partis les plus convoités de la ville. On avait vu à son bras certaines des plus charmantes débutantes de la saison, mais, comme nous l'avons rapporté dans nos colonnes tout récemment, le jeune Newsome avait donné son cœur à Charlotte Benchley, la sirène de Scarsdale. Cette ténébreuse et sanglante affaire n'a pas fini de livrer tous ses secrets. *Town Topics*, le premier, vous révélera toute la vérité, rien que la vérité ! »

En posant le menton au creux de sa main, la cuisinière commenta :

— Cette allusion à Scarsdale ne plaira pas à Miss Charlotte.

— Elle aura de la chance s'ils s'en tiennent à ça, répondit Bernadette.

— Débarrassez-vous de ce torchon, dis-je la mine sévère. Vous imaginez, s'il tombe sous les yeux de quelqu'un de la famille ?

Toutefois, ce ne fut pas le dernier journal introduit dans la maison. Ce soir-là, après le dîner, Mr. Benchley me tendit une poignée de feuilles chiffonnées et dit sans me regarder :

— Jetez-moi ça, s'il vous plaît, Jane.

— Bien sûr, monsieur.

Je m'apprêtais à monter quand il ajouta :

— Un inspecteur vient, demain, s'entretenir avec Miss Charlotte. J'aimerais que vous soyez présente.

— Devrai-je répondre à ses questions, monsieur ?

— Seulement s'il vous en pose. Je préfère tenir les membres de cette maisonnée à l'écart de l'enquête autant que faire se peut. Mais vous êtes plus au courant que moi des faits et gestes de Miss Charlotte cette nuit-là. Elle est en état de choc et ne sera pas à même de tout se remémorer correctement.

— D'autant plus qu'elle n'était pas à proximité de la bibliothèque quand c'est arrivé. Comment pourrait-elle se rappeler quoi que ce soit ?

— Exactement, rétorqua-t-il pour toute explication. J'avais eu l'intention de jeter le journal. Pourtant, lorsque les membres de la famille furent couchés, je l'emportai dans ma chambre. Je fis ma toilette, enfilai ma chemise de nuit et me glissai sous les couvertures. Puis j'étalais les feuillets grisâtres sur le lit.

AFFAIRE NEWSOME :
PUBLICATION DES MENACES DE MORT !
*Sombre serment de venger les 121 victimes,
dont 8 enfants, du désastre de Shickshinny*

Le 19 janvier 1899, 121 ouvriers périrent dans la mine de Shickshinny, à Schuylkill (Pennsylvanie). Peu avant midi, une explosion provoqua l'effondrement de la voûte, condamnant les galeries et rendant le sauvetage difficile. Un rescapé rapporta qu'il avait entendu les voix de plusieurs jeunes garçons, bloqués près d'un conduit d'aération. Les appels se multiplièrent pour secourir les enfants, âgés de sept à dix ans. Mais la Elkins Mining Company, dont la société mère appartient aux Newsome, estima trop dangereux de tenter un sauvetage dans cette partie de la mine. Les petits cadavres furent découverts une semaine plus tard ; tous les enfants étaient morts de suffocation. Les griffures sur les parois, les doigts cassés et sanglants témoignaient qu'ils avaient essayé de survivre jusqu'à l'épuisement. D'après un témoin, « ils étaient blottis les uns contre les autres, enlacés pour se réconforter, comme endormis. Jamais vous n'auriez vu aussi triste spectacle ».

## LES GARÇONS AURAIENT-ILS PU ÊTRE SAUVÉS ?

Maintes voix accusèrent la Elkins Company d'avoir préféré faire des économies plutôt que de sauver des vies, et soutinrent que les enfants auraient pu être secourus. Au terme de l'enquête, le directeur, Howard Coogan, fut renvoyé pour négligence.

### DES MESSAGES MEURTRIERS

Le jour marquant le dixième anniversaire du désastre, un message arriva à la résidence new-yorkaise des Newsome. Sur ce message figuraient la date de l'éboulement ainsi que l'empreinte d'une main sanglante, symbole répandu dans les milieux anarchistes. « Ils ont commencé à arriver le 19 de chaque mois », a déclaré une source proche de la famille. Le deuxième message réclamait « Sang pour sang. » Un autre, « Justice pour les Huit de Shickshinny. » Le suivant énumérait les noms des jeunes morts. Le dernier message, reçu juste avant le bal de Noël, contenait une promesse : « Vous avez assassiné nos enfants. À notre tour d'assassiner les vôtres. »

D'aucuns estimeront qu'une terrible vengeance s'est exercée.

Il y avait des images du désastre. Des hommes plantés, impuissants, autour de la mine, des femmes retenues par des policiers, des rangées de cadavres recouverts de bâches. Au bas de la page, une rangée de petites dépouilles dont seuls les yeux étaient dissimulés par des linges, comme si leurs mères avaient voulu les préserver de ce qu'ils ne devaient pas voir.

Je pliai le journal, le poussai sous mon lit, puis je soufflai la chandelle et remontai mes couvertures.

Mais, dans le noir, je ne pus penser à rien d'autre qu'à la mort. Aux traits défigurés de Norrie sous la lumière des flammes, à ses doigts recourbés crispés sur le tapis. Aux petits garçons aux yeux masqués, les mains jointes sur leur poitrine. Le flot de mes pensées marqua un à-coup : les yeux mutilés de Norrie faisaient-ils écho à ceux, cachés, des enfants ? L'ombre que j'avais aperçue dans la cour tandis que je cherchais Charlotte... Josef Pawlicec demandant si je travaillais chez les Newsome...

*Dans l'esprit de la plupart d'entre nous, le meurtre est indissociable des anarchistes.*

Je me redressai et rallumai la chandelle. Je n'y parvins pas du premier coup tant mes mains tremblaient, de froid et de nervosité. Dès que j'eus obtenu une petite flamme tremblotante, j'ouvris ma porte. La demeure était sombre et silencieuse. La chandelle jetait des ombres autour de moi. À l'étage où dormait la famille, l'escalier craquait, et je dus marcher à pas de loup.

J'atteignis le rez-de-chaussée. Attenant à la cuisine, un couloir au plafond bas servait de cellier. C'était aussi là que se trouvait le téléphone des domestiques, car la cuisinière pouvait inventorier ce dont elle disposait avant de passer commande au boucher ou au laitier. (Mr. Benchley détestait, certes, les dépenses inutiles, toutefois il était partisan d'utiliser les dernières inventions.) Cet appareil était réservé à l'intendance, mais il était entendu que le personnel pouvait, à l'occasion, passer un appel personnel.

J'étais tendue en m'approchant du téléphone. J'imaginais l'inspecteur m'interroger, le lendemain, me dominant de toute sa taille :

— *Avez-vous appelé ce numéro hier soir ?*

— *Oui, monsieur.*
— *Savez-vous qu'il appartient à un certain Salvatore D'Amico ?*
— *Oui, monsieur.*
— *Et qu'il est l'oncle d'Anna Ardito ?*
— *Oui, monsieur.*
— *Savez-vous qu'Anna Ardito est une anarchiste ?*
Ce à quoi je serais contrainte de répondre par l'affirmative.
— *Quelle affaire aviez-vous avec cette personne ?*
— *Aucune. Nous sommes amies.*
Je décrochai le combiné et demandai à être mise en relation. Il était tard, mais l'oncle d'Anna restait ouvert jusqu'à une heure avancée de la nuit. Plusieurs sonneries s'égrenèrent avant qu'une voix masculine réponde. Ce n'était pas celle de son oncle, qui me connaissait. Bafouillant, je demandai :
— Anna est-elle là ?
Silence.
— Non.
— Puis-je lui laisser un message ?
Nouveau silence.
— D'accord.
Avec soin, j'épelai mon nom et indiquai le numéro où elle pourrait me joindre. À l'autre bout de la ligne, il s'impatientait ; il avait hâte de retourner à ses clients. Néanmoins, j'ajoutai :
— Dites-lui...
— Quoi ?
— Que j'aimerais avoir de ses nouvelles.
Sur ce, l'homme raccrocha.

Certains pourraient s'étonner qu'une journée entière eût passé avant que la police n'interroge une des principales personnes impliquées dans le meurtre. C'est que l'état des services de police de l'époque ne leur est pas familier.

Certes, ceux-ci avaient été réorganisés vingt ans plus tôt sous Theodore Roosevelt, qui insistait pour que les policiers effectuent des rondes, refusent les pots-de-vin et entretiennent leur condition aussi bien physique que mentale. Cependant, Mr. Roosevelt avait évolué vers de plus hautes fonctions, et la police de New York était retombée dans ses travers. (Son chef de l'époque, James Church Cropsey, allait démissionner, affirmant qu'il subissait des pressions pour recruter des incompétents.)

Les policiers les plus en vue étaient les champions de la vertu, les héros des tabloïdes qui juraient de livrer les malfaiteurs à la justice. L'inspecteur Thomas J. Blackburn était au nombre de ces croisés. Il avait juré au Tout-Puissant de purger le monde des anarchistes, « ces ennemis des gens décents, respectueux des lois et dont les pensées reflétaient la droiture ».

Pour l'inspecteur Blackburn, le meurtre de Robert Norris Jr. constituait un appel aux armes. C'était, déclara-t-il au *Herald*, « un acte grave et lâche, typique des anarchistes ». Berkman n'avait-il pas tenté d'assassiner Henry Clay Frick dans son propre bureau ? Ce nouveau crime prouvait que les anarchistes devenaient plus forts et plus téméraires.

Même ceux qui considéraient avec répugnance les simagrées de Mr. Blackburn commençaient à penser que, finalement, il n'avait pas tout à fait tort. La fin brutale de Norrie, dans son propre foyer, avait de quoi choquer. Les instances supérieures estimèrent que cela ne nuirait pas de mettre sur l'affaire un policier qui passait pour être un enquêteur intrépide. C'est ainsi que l'inspecteur Blackburn débarqua chez les Benchley.

L'interrogatoire fut mené dans le bureau de Mr. Benchley, aux murs lambrissés de bois sombre du sol au plafond. De lourds rideaux en velours nous abritaient du monde extérieur. Des tapis turcs étouffaient les sons susceptibles de nous distraire. Charlotte s'était assise dans l'un des fauteuils en cuir disposés de part et d'autre de la cheminée. Pâle, les yeux battus, les traits tirés, elle avait entouré ses épaules d'un châle pour réchauffer sa robe gris pâle. Je sus qu'elle était nerveuse : ses mains fines ne tenaient pas en place.

L'inspecteur Blackburn – crâne chauve, yeux très bleus et nez busqué – était plutôt petit, mais vif et robuste. Il lui exprima ses sincères condoléances en lui tendant son mouchoir.

— J'ai cru comprendre que vous deviez vous marier.

Charlotte hocha la tête, les larmes aux yeux. Le mouchoir, bien que repassé, était aspergé d'eau de Cologne, et elle déclina.

— Mr. Newsome avait-il fait allusion à ces messages, avant la nuit en question ?

— Il ne les prenait pas au sérieux.

— Je vois. Et à quelle heure deviez-vous rejoindre votre fiancé ?

— Vers onze heures trente. Dans la bibliothèque. Il allait m'offrir la bague de sa grand-mère.

— Mais vous n'êtes pas allée le retrouver.

— Non. J'ai été… retenue, dit Charlotte, jetant un coup d'œil à son père.

— Par qui ? Une de vos connaissances ?

— Oui. Beatrice Tyler.

— Rien à voir avec les anarchistes, précisa Mr. Benchley.

— Que voulait Miss Tyler ?

Charlotte s'humecta les lèvres.

— Elle ? Rien.
— Vous lui avez sûrement dit que vous étiez pressée.
— Elle s'en moquait. Nous nous sommes querellées. Beatrice – Miss Tyler – était jalouse. Elle a dit…
— Je suis certain que l'inspecteur ne s'intéresse pas à ces considérations personnelles et sans rapport avec l'affaire.
— Non, en effet, assura Blackburn à Charlotte, comme si c'était elle qui avait parlé. À quelle heure a eu lieu votre conversation avec Miss Tyler ?

Troublée, Charlotte secoua la tête.

— Après onze heures. Mais je ne me rappelle pas quand exactement.
— Vous trouviez-vous à proximité de la bibliothèque, avant cette tragédie ?
— Non. Miss Tyler a fait exprès d'abîmer ma robe et j'ai dû monter me changer.

Blackburn se tourna vers Mr. Benchley.

— Et vous, monsieur ?
— Oui. Je supposais que ma fille était dans la bibliothèque et je désirais l'escorter jusqu'à la salle de bal pour l'annonce des fiançailles.

C'était presque vrai, pensai-je. Ou pas complètement faux. En tout cas, il ne voulait pas révéler à l'inspecteur que Charlotte avait été introuvable.

— Mais vous n'avez vu personne en sortir.
— Non. La bibliothèque comporte deux entrées. Je présume que le meurtrier s'est enfui par l'autre porte. Elle mène aux cuisines et lui fournissait une issue rapide.
— Qui a découvert le corps ?

Le moment était venu. Je retins mon souffle.

— Mrs. Newsome, répondit Mr. Benchley. Le temps que j'arrive, son mari et elle étaient déjà entrés.

Satisfait, l'inspecteur concentra de nouveau son attention sur Charlotte. Savait-elle si quelqu'un en voulait à son fiancé ?

Elle secoua la tête.

Avait-il fait quelque chose d'inhabituel, ces derniers temps ?

Lançant un regard à son père, elle répondit :

— Il est allé à Philadelphie.

Mr. Benchley expliqua :

— Vous le savez sans doute, la famille possède des mines en Pennsylvanie.

Charlotte avait-elle remarqué un individu à l'allure suspecte ? Quelqu'un qu'elle n'aurait pas reconnu ?

— Il y avait beaucoup de monde, murmura-t-elle.

L'inspecteur tourna le dos comme s'il en avait terminé, puis il fit volte-face et dit à la jeune fille :

— Pardonnez-moi cette question, mais le nom de pilules Peps vous est-il familier ?

Je réussis à demeurer impassible en gardant les yeux fixés sur l'horloge. Les pilules. Mrs. Benchley les avait apportées. Qu'étaient-elles devenues ? Elle en avait proposé à Charlotte, qui avait refusé.

Louise avait tendu la main. *Donnez-les-moi, Mère.*

J'entendis Charlotte répondre :

— Pas du tout.

Sur ce, l'interrogatoire prit fin. L'inspecteur Blackburn salua Mr. Benchley et lui remit sa carte. Je m'approchai de la porte, prête à le raccompagner.

Mais alors que Blackburn passait, Charlotte lui prit les mains.

— Vous les attraperez, n'est-ce pas ? Ceux qui ont fait ça à Norrie.

Il serra les mains de Charlotte entre les siennes et se pencha vers elle.

— Miss Benchley, je ne connaîtrai pas le repos avant que les vils agresseurs de votre fiancé aient été arrêtés, jugés et exécutés.

Je tressaillis à ce dernier mot. Il semblait brutal de parler d'exécution à une jeune femme si récemment éprouvée par la mort.

Mais, pour la première fois depuis le meurtre de Norrie, Charlotte sourit.

Quand l'inspecteur fut parti, je ramenai Charlotte au premier. En dépit du beau temps, sa chambre était plongée dans l'obscurité, les doubles rideaux fermés. Je m'apprêtais à les tirer, mais elle me fit signe de les laisser.

— Avez-vous besoin de quelque chose, Miss Charlotte ?

— Oui. De vêtements.

S'asseyant, elle resserra étroitement son châle autour de ses épaules.

Sa garde-robe était, je le savais, pleine à craquer.

— Je n'ai rien de noir, et je ne veux pas être vue en public autrement. Il me faut une tenue pour les funérailles.

Ce n'était pas mon rôle de dire à Charlotte qu'il était déplacé de porter le deuil pour Norrie. Non seulement ils n'étaient pas mariés, mais leur engagement n'avait jamais fait l'objet d'une annonce officielle. Rien ne garantissait qu'on proposerait aux Benchley d'assister aux obsèques.

J'avançai avec prudence :

— Nous devrions peut-être attendre de connaître les dispositions prises pour l'enterrement.

— Norrie allait devenir mon époux. Je veux que les gens s'en souviennent.

Cette formulation me parut étrange, mais avant que j'eusse pu y réfléchir, nous entendîmes crier au-dehors :
— Affaire Newsome ! Nouveaux détails sanglants ! Affaire Newsome ! Révélations exclusives !

Charlotte pâlit et remonta les plis du châle contre sa gorge. Je dévalai les marches quatre à quatre et sortis par la porte de service. Sur l'avenue, un petit vendeur de journaux s'était posté devant l'immeuble. Six ans environ, des culottes courtes qui révélaient des mollets crasseux. Un pauvre manteau déchiré, un chapeau informe rongé par les souris. La nuée de journalistes était partie avec l'inspecteur Blackburn, lui laissant la rue tout entière.

Il s'époumona de plus belle :
— Édition spéciale ! Du nouveau sur l'assassinat !

M'approchant, je le menaçai :
— Emporte tes journaux plus loin, ou j'appelle la police.

Son godillot fermement posé sur sa pile de journaux, il me tourna le dos.
— Affaire Newsome ! Un témoignage de première main ! Âmes sensibles s'abstenir !

Deux jeunes filles lui achetèrent un exemplaire. Pendant qu'elles se hâtaient de poursuivre leur chemin, l'une déplia le journal et s'exclama :
— Oh ! Ils lui ont défoncé le crâne... !

J'allai dire au gamin qu'il accroîtrait ses ventes en allant dans les rues commerçantes, quelques blocs plus loin, quand un homme s'approcha.
— C'est bon, Louie, lui dit-il.

Il lui tendit 1 dollar, et le petit vendeur s'éloigna en courant.

Je reconnus cette voix, sans pouvoir l'associer à un nom. Puis je vis son visage. Les yeux marron au regard taquin, les cheveux noirs sous le rebord d'un chapeau melon un peu râpé. Le large sourire suffisant.

— C'est Jane, n'est-ce pas ? Jane Prescott ? Michael Behan, ajouta-t-il en soulevant légèrement son couvre-chef.

— Vous n'êtes pas serveur. Je m'en doutais.

— Pour ces grandes soirées, ils doivent embaucher des extra. Hélas, ils recrutent parfois n'importe qui.

— Pour quel journal travaillez-vous ?

— *Town Topics*.

Le pire de la presse à scandale. Je tournai les talons.

— Vous aurez envie de me parler, Miss Prescott.

Je continuai à marcher.

— En premier lieu, parce que je peux tenir Louie à l'écart. Ou le faire revenir. Et Dieu sait qu'il a la voix qui porte.

Je me figeai sur place.

— Il serait regrettable que Miss Benchley entende les détails du meurtre de son bien-aimé criés à tue-tête dans les rues.

— Qu'est-ce que vous voulez ?

— Parler avec vous. Après tout, vous avez trouvé le corps, non ?

C'est un moment étrange que celui où l'on découvre que quelqu'un s'intéresse à nous. Étrange et fascinant. J'eus le bref souvenir du jour où Mrs. Armslow m'avait proposé un emploi, ce sentiment confus, grisant, que la vie pouvait être différente.

Toutefois, cela n'allait pas sans danger, pensai-je en me remémorant ma propre mise en garde à Mary.

— Vous avez raison. Je devrais en parler à la police. Et pendant que j'y suis, je leur demanderai de poster des agents devant la maison. À peu près à l'heure où Louie passe par ici. La police et les crieurs de journaux ne font pas très bon ménage, je crois.

Un des passe-temps favoris des policiers était de courser les petits vendeurs. Sans beaucoup d'efforts ni le moindre danger, ils pouvaient se prévaloir de préserver l'ordre public.

Je repris la direction de la maison. Behan me dépassa et me barra le chemin.

— Votre petite protégée est dans les journaux, Miss Prescott. Et certaines des rumeurs que j'entends... ma foi...

— Norrie Newsome a été assassiné par un anarchiste, Mr. Behan.

— Il y en a beaucoup qui le disent. D'autres pas.

— Qu'entendez-vous par là ?

— Le jeune Newsome était d'un genre particulier, et j'en connais plus d'un qui se serait fait une joie de lui régler son compte. Parlez-moi, Miss Prescott, m'encouragea-t-il en baissant la voix. J'aimerais me rendre utile.

Il paraissait sincère, mais les Irlandais sont doués pour feindre la compassion.

— Vous m'en voyez convaincue, répliquai-je en tentant de le contourner.

Il fit un pas de côté pour m'en empêcher.

— Quand la boue éclabousse, Miss Prescott, c'est difficile d'en effacer les traces. Il est toujours regrettable que le nom d'une dame apparaisse dans les journaux, mais le mal n'est pas trop grand quand elle est présentée telle l'innocente au cœur pur, privée de ses espoirs de bonheur...

— C'est ça, votre manchette ?

— Possible. Allons ! Vous ne pensez pas qu'une jeune femme a tout intérêt à avoir un ami ?

— Si, à condition que ce ne soit pas vous, répliquai-je, et je tournai au coin de la rue.

Il tira quelque chose de la poche intérieure de son manteau.

— Jetez un coup d'œil à la dernière édition.

L'encre était encore humide. Je pris le journal avec précaution et le dépliai pour lire la première page. Le gamin avait promis des détails sanglants et l'article ne le démentait pas. La une s'appesantissait avec une complaisance morbide sur l'état du cadavre. « Roué de coups avec sauvagerie ! Les yeux arrachés et réduits en bouillie ! La bouche autrefois souriante, un trou sanglant ! » Je savais que tout cela était vrai, que le témoin avait observé la même scène que moi. Mais qui était-ce ?

Alors je remarquai, au bas de la page de gauche, un en-tête plus petit, mais insidieux :

NOUVELLE DÉCOUVERTE
SUR LES LIEUX DU CRIME !

Quel rapport les pilules du Dr Forsythe peuvent-elles avoir avec le meurtre de Robert Norris Newsome Jr. ? D'après des sources bien informées, on en a trouvé un flacon près du corps atrocement mutilé. Très prisées des élégantes, les pilules Peps ont la réputation de procurer éclat du teint et regain d'énergie aux dames manquant de vitalité. Elles ne sont pas, en général, utilisées par les hommes.

POURQUOI DES PILULES PEPS SE
TROUVAIENT-ELLES À CÔTÉ DU CADAVRE ?

Voilà pourquoi l'inspecteur avait posé cette question au sujet des pilules ! Si *Town Topics* savait que Mrs. Benchley était une adepte de ce remède, la rédaction taisait l'information pour l'instant. Il était essentiel que j'agisse de même.

Je rendis au reporter le journal d'un geste brusque.

— Merci, mais la réponse est non.

Il ne le prit pas.

— Michael Behan. *Town Topics*. Rappelez-vous, Miss Prescott, si jamais vous avez quelque chose à dire, je suis votre homme.

En temps normal, une personne dans ma position aurait dû en référer à la gouvernante, qui aurait alors transmis mes inquiétudes à la maîtresse de maison. Or nous n'avions pas de gouvernante, et je doutais que Mrs. Benchley fût à même d'adopter une ligne de conduite efficace suite à mes explications. Néanmoins, la famille se devait d'être informée que Charlotte était dans la ligne de mire. Je résolus donc d'en aviser son père.

Les domestiques sont censés rendre leur présence discrète au point de passer inaperçus. Se comporter différemment revient à faire intrusion dans la conscience de l'employeur. Jamais auparavant je n'avais abordé de moi-même Mr. Benchley, pourtant, ce soir-là, je frappai à sa porte. Après un long silence, j'entendis un « Entrez » méfiant.

— Je suis désolée de vous déranger, monsieur. Un reporter m'a donné ceci, et j'ai pensé que vous devriez le voir.

M'approchant, je posai l'exemplaire de *Town Topics* sur son bureau, l'article sur les pilules Peps bien en évidence.

Il plaqua le doigt tout au bas de la page et l'attira à lui, puis parcourut l'article des yeux.

— Bien. Merci.

— Mrs. Benchley utilise ce remède, dis-je avec circonspection (et il en convint d'un signe de tête). Je crains que le reporter ne cherche à explorer cette histoire.

Mr. Benchley repoussa le journal.

— D'ici peu, il n'y aura plus rien à explorer. Les anarchistes n'ont de considération pour personne. L'un ou l'autre dénoncera le coupable.

Il ne me semblait pas qu'Anna correspondait à cette description, mais à quoi bon m'illusionner ? Ceux qui éprouvaient de la considération pour les autres répondaient aux messages. Ils racontaient à leurs amis ce qu'ils faisaient, partageaient avec eux leur opinion sur les récents événements. Ils les rassuraient, leur confirmaient qu'ils n'avaient pas été arrêtés pour meurtre – et même qu'ils n'en avaient commis aucun.

À ce jour, Anna n'avait rien fait de tout cela.

Le lendemain, la vénérable Mrs. James Newsome arriva à New York, et l'on apprit que les obsèques auraient lieu au domaine familial de Rhinebeck. Les Newsome demeureraient quelque temps sur leurs terres, l'attention de la presse étant devenue insupportable. Plusieurs des familles les plus huppées de New York y assisteraient. À notre vif soulagement, les Benchley étaient du nombre. Charlotte et Louise furent même invitées à rester après l'inhumation.

Vu la jeunesse et la célébrité du défunt, on aurait pu s'attendre à des funérailles en grande pompe, avec un office à St. Bartholomew, la crème de la crème pour porter le cercueil, des cordons de policiers retenant les foules avides d'entrevoir le gotha. On aurait pu s'attendre à ce que la haute société déployât sa puissance au nez et à la barbe de ceux qui souhaitaient la détruire.

Mais, dès son arrivée, l'aïeule décida que la famille Newsome avait déjà suffisamment suscité d'intérêt et que Robert Norris Newsome Jr. serait pleuré dans l'intimité, parmi les siens. Les souvenirs qu'ils garderaient de lui, et les sentiments qui y seraient attachés, cela aussi demeurerait... privé.

## CHAPITRE VIII

Le manoir des Newsome et les jardins attenants avaient naguère été décrits par un chroniqueur du *New York Times* comme « un coin paradisiaque de notre monde déchu ». Construite dans le style Beaux-Arts sous les auspices de la première Mrs. Newsome, la demeure ne comptait pas moins de cinquante-quatre pièces. J'avais découvert ce temple de l'opulence du temps où je travaillais chez Mrs. Armstrong. Posée sur une immensité de verdure bordée par l'Hudson, elle semblait dominer le monde naturel, comme si les dieux pouvaient émerger de derrière les vastes portiques pour bannir les nuées d'orage ou convoquer les vents.

Les dieux n'étaient en vue nulle part le jour de notre arrivée. Des nuages gris pesaient sur le fleuve aux crêtes moutonneuses ; des plaques de boue et de givre parsemaient le sol. La roseraie tant célébrée était nue. Le caveau familial où gisait la mère de Norrie, et où il reposerait, se dressait, pâle et solitaire, à quelque distance de la demeure, le nom « Newsome » gravé dans la pierre.

Les dispositions avaient été prises pour qu'un train Pullman escortât le cercueil et les proches. À la requête de Mrs. Newsome mère, les intimes et le personnel voyageaient séparément ; le Pullman était réservé à la famille. Toute une journée s'écoula dans l'angoisse chez les Benchley, tandis que nous attendions d'apprendre si Charlotte serait à bord du Pullman. Elle ne le fut pas. L'influence de la grand-mère se faisait sentir.

Les Benchley voyagèrent donc séparément, leur personnel et leurs malles les précédant en train. Dans l'omnibus qui partait de la gare, j'étais assise à l'étroit entre cette perle de Maude et Jack, le valet de Mr. Benchley. Mrs. Farrell, la gouvernante, nous accueillit derrière l'aile sud. La quarantaine bien sonnée, maigre et l'œil acéré, ses ternes cheveux bruns mêlés de fils argentés, elle affichait des manières dédaigneuses et je me sentis accusée, comme un boucher vendant de la viande avariée ou une souillon prise la main dans le tiroir à bijoux. Je me sentais capable d'accomplir ma besogne sans son aide, cependant il est utile de gagner les faveurs de la gouvernante lorsqu'on est en visite, car elle a le pouvoir de faciliter ou de compliquer les tâches telles que la blanchisserie.

Laissant Maude et Jack dans la chambre attribuée à Mr. et Mrs. Benchley, Mrs. Farrell me conduisit à celles réservées à leurs filles. Charlotte disposait d'une belle pièce dominant le fleuve.

— C'est très attentionné de la part des Newsome d'installer Miss Charlotte dans cette chambre ravissante.

Mrs. Farrell ouvrit les rideaux d'un geste sec.

— Il y a eu une sacrée dispute pour décider s'il fallait inviter Miss Benchley, je peux vous le dire.

— Ah bon ?

Elle se dirigea vers la seconde fenêtre, visiblement déchirée entre le devoir d'être discrète et le désir de me remettre à ma place. L'arrogance prit le dessus.

— Mrs. Newsome y était opposée.
— Rose Newsome ?
— Mrs. James Newsome. Elle disait que ce n'était pas un parti convenable et que, si elle avait été là, tout ça ne serait jamais arrivé.
— Mais elle n'était pas là et c'est arrivé.
— Avec le joli résultat que l'on sait.

Elle ouvrit la porte de la salle de bains pour me montrer cette pièce essentielle.

— Alors, m'enquis-je, à qui les Benchley doivent-ils l'honneur d'être invités ?
— À elle.

Le simple fait de prononcer le nom de Rose lui aurait écorché la bouche.

— Elle a dit que Norrie l'avait choisie pour épouse et que l'exclure était aller contre ses vœux. Mrs. Newsome a répliqué que de tels vœux ne méritaient pas mieux. Mais qui se ressemble s'assemble. Rose Newsome s'est rangée du côté de votre maîtresse.
— Merci, Mrs. Farrell. Maintenant, je peux me débrouiller.

N'appartenant pas à la maisonnée, je n'assistai pas aux funérailles, le lendemain. Ce genre de cérémonie était suivi d'une réception, d'ordinaire, mais Mr. Newsome était trop souffrant, si bien que la famille et les invités retournèrent au domaine après l'office. De la fenêtre de Louise, j'observai Mr. Newsome qui empruntait le sentier. Il avait vieilli en l'espace d'une semaine ; son visage et son corps s'affaissaient comme dans l'anticipation de l'ultime retour à la terre. Sa jeune épouse le soutenait par le bras tandis qu'ils poursuivaient leur triste et lente progression vers la maison.

Lucinda marchait à côté de sa grand-mère. En dépit de sa canne, la vieille dame semblait avoir conservé toute sa vitalité. C'était plutôt Lucinda qui s'appuyait sur elle, son visage sans grâce figé par l'affliction.

Les Benchley avançaient à distance.

La soirée se passa dans les limbes qui suivent un grand événement. Officiellement, il ne reste rien à faire, pourtant personne ne se sent prêt à retourner à la vie quotidienne. Tous étaient las et malheureux. Ils auraient préféré se retirer pour la nuit, mais il fallait bien converser, prendre le dîner, lire, compléter des puzzles et partager des souvenirs mélancoliques.

De la chambre de Louise, je guettai les premiers pas dans l'escalier. Vers neuf heures du soir, j'entendis les lames craquer ; une jeune fille gravissait lentement les marches. Je me postai à la porte, cependant quand elle entra dans mon champ de vision je m'aperçus que ce n'était ni Charlotte ni Louise, mais Lucinda. Curieuse de savoir ce qu'elle faisait dans l'aile des invités, je refermai la porte, la laissant à peine entrebâillée.

Arrivée à l'étage, elle jeta un regard à la ronde comme dans une maison inconnue. Tout en l'observant, je tentai d'imaginer à quels artifices je recourrais pour compenser le menton fuyant, les dents de lapin et la poitrine tombante. Toute sa beauté résidait dans ses grands yeux et dans ses cheveux bruns, épais bien qu'un peu rêches.

Examinant chaque porte avant de passer à la suivante, elle finit par s'arrêter devant celle de Charlotte et l'ouvrit. De l'endroit où je me tenais, je pouvais juste distinguer la chemise de nuit étalée sur le lit et les pantoufles en satin posées par terre.

Lucinda s'appuya contre les deux côtés de l'encadrement, les doigts crispés sur les moulures en chêne, le souffle court. Puis elle rejeta la tête en arrière et cracha de toutes ses forces.

Alors, elle referma la porte et se hâta de redescendre.

Le lendemain, Mr. et Mrs. Benchley partirent. Soit par bravade, soit qu'elle se refusât à renoncer au peu qui subsistait de Norrie, Charlotte était déterminée à rester. Elle semblait se satisfaire de demeurer assise près de la fenêtre du boudoir, les mains jointes sur un livre fermé.

Louise passa la matinée occupée de la même façon. Après le déjeuner, toutefois, elle me rejoignit à l'étage.

— J'ai prétendu que j'avais besoin de faire un somme, m'expliqua-t-elle. J'ai dit absolument tout ce dont je me souviens sur les oiseaux. D'après Mère, c'est de cela qu'on parle à la campagne. Mais cela n'avait l'air d'intéresser personne.

— Ils ont l'esprit ailleurs. Et puis, j'imagine qu'ils n'en savent pas plus que vous au sujet des oiseaux.

— Vous ne croirez jamais qui vient dîner ce soir. Eux, entre tous !

Mon esprit passa en revue toutes les possibilités et trouva la réponse avec terreur, juste au moment où Louise précisait :

— Les Tyler. À propos, William était parmi ceux qui portaient le cercueil. Je ne savais pas que Norrie et lui étaient amis.

— Oui, répondis-je distraitement. À Newport, Mrs. Armslow avait une maison non loin de chez les Newsome, et les Tyler venaient souvent y séjourner. William, Beatrice, Lucinda, Emily… et Norrie passaient leurs étés ensemble.

Je me rappelai un été en particulier, où je venais d'entrer au service de Mrs. Armslow. À l'époque, elle ne quittait déjà plus le lit. Les Tyler étaient pour un mois chez leur tante et, entre les trois jeunes gens

– Beatrice, Emily et William – et les fréquentes visites des Newsome, la maison débordait d'énergie juvénile. Je voyais William plus que les autres, car lui seul rendait visite à sa grand-tante tous les jours. Son père avait été le préféré de la vieille dame, qui portait un intérêt marqué au jeune homme. Il répondait à ses questions saccadées sur le collège. Non, il n'avait pas été accepté dans le club où son père l'avait précédé, mais dans un autre qui comptait des garçons très bien. Oui, il faisait partie de l'équipe de football, comme son père avant lui… Enfin, pas tout à fait au sein de l'équipe, mais en tant qu'assistant il veillait à ce que les joueurs aient tout le nécessaire durant les matchs. D'après l'entraîneur, dès l'année suivante, il serait peut-être en mesure de jouer pour de bon.

Ce fut seulement quand Mrs. Armslow demanda s'il fréquentait beaucoup Norrie, qui étudiait dans le même établissement, que la belle humeur de William vacilla.

— Oh ! Il est très populaire mais je m'arrange pour le voir quelquefois.

Il croisa mon regard. Je sus aussitôt qu'il mentait et craignait d'être pris sur le fait, même par une domestique. Sans que ma patronne le remarque, je souris, et il se détendit.

Un matin, de la fenêtre de Mrs. Armslow, je vis la joyeuse bande en train de courir. Norrie et les petites Tyler étaient en tête, avec Lucinda un peu à la traîne. William, la tête basse et mains dans les poches, marchait derrière sur le sentier. Lucinda l'encouragea d'un « Allez, William ! ». Norrie cria : « Oui, remue-toi, espèce d'ours mal léché ! », et les autres éclatèrent de rire. En réponse, William allongea le pas puis ralentit, comme s'il avait tenté de faire plaisir, mais que le cœur n'y était pas.

Un autre jour, j'entendis des sanglots près de la remise à calèche. Je fis le tour et découvris William, accroupi, rouge et barbouillé de larmes.

— Mr. William ?

Paniqué, il pressa les poings contre ses joues pour dissimuler l'évidence. J'avais sur moi un gant de toilette propre que je comptais utiliser pour le bain de Mrs. Armslow. Je le lui tendis.

Il l'accepta avec reconnaissance et se frotta la figure tout en se levant. Il portait des culottes courtes, une chemise blanche et une veste légère en coton gaufré à rayures. Son chapeau de paille gisait sur le sable.

— Je suis désolé, dit-il.

Je répondis avec embarras :

— Vous n'avez pas à vous excuser, Mr. William.

Sur une impulsion, j'ajoutai :

— Ne les laissez pas vous rudoyer. C'est seulement qu'ils s'ennuient et ne trouvent rien de plus intelligent à faire...

Je me tus, glacée. J'avais insulté un des leurs. J'allais être tancée et probablement renvoyée. Je n'aurais su dire ce qui était le pire.

Mais William sourit.

— Il n'est pas très malin, hein ?

Nous n'échangeâmes plus un mot pendant le reste du séjour, mais, à la fin du mois, William me chercha et me donna 5 dollars.

— Pour votre gentillesse, dit-il d'un air compassé, puis il bredouilla : Je regrette, ce n'est que de l'argent. Cela semble vulgaire de... J'ai du mal à exprimer... J'aurais voulu que ce soit plus...

Il poussa un gros soupir, puis conclut :

— Nous nous reverrons à Noël.

Louise interrompit le cours de mes pensées.

— Vous connaissez bien William Tyler, Jane ?
Elle était devenue toute rose.

— Un peu. C'est un excellent jeune homme, Miss Louise, répondis-je avec sincérité.

Charlotte montrait un calme surprenant à la perspective de rencontrer Beatrice. Quand j'entrai dans sa chambre pour l'habiller, elle cherchait quelque chose dans sa boîte à bijoux.

— Avez-vous apporté mes boucles en onyx ?
— Oui, Miss Charlotte, dis-je en les lui montrant.
Elle les plaça devant ses oreilles.

— Si cette vieille peau me pose encore une seule question sur Scarsdale, je ne réponds plus de mes actes. Bien entendu, elle a invité les Tyler à dîner. Rien que pour rappeler à tout le monde qui Norrie aurait dû épouser.

Malgré son ton désinvolte, elle avait les mâchoires crispées et les yeux durs. Elle n'était au fond qu'une très jeune fille qui prenait sur elle pour montrer du sang-froid.

Je regardai dans le coffret.

— Quelle couleur portiez-vous quand Mr. Newsome a fait sa demande ?
— Du bleu. Norrie m'aimait en bleu.

Je choisis une paire de boucles en saphir, étincelantes.

— Vous devriez porter celles-ci en souvenir de lui.

Les boucles susciteraient immanquablement les commentaires de la vieille Mrs. Newsome. Charlotte sourit. Pendant que je les fixais à ses oreilles, elle dit avec douceur :

— Merci, Jane.

Quand les dames furent descendues pour dîner, je disposai leurs pantoufles et leurs robes de chambre comme il convenait puis m'installai sur une chaise, chez Louise, afin de piquer un somme. Je m'éveillai des heures plus tard en entendant des éclats de voix. Ouvrant la porte, je découvris Louise pâle et tremblante et Charlotte rouge de colère.

— J'espère que les Newsome le jetteront dehors ! tonna-t-elle.

Louise avala sa salive.

— Il n'a fait que dire la vérité.

— Comment oses-tu... ? répliqua Charlotte, s'avançant vers sa sœur.

— Miss Charlotte, Miss Louise ?

— Demandez-lui ! me dit Charlotte. Demandez-lui de répéter ce qu'a dit cet imbécile !

— Miss Charlotte, vous haussez le ton.

— Je m'en fiche ! Je me fiche de qui m'entend. Cela ne peut pas être plus obscène que...

Fondant en larmes, elle entra dans sa chambre et claqua la porte.

Tout s'éclaircit tandis que je démêlais les cheveux de Louise, qui, assise en chemise de nuit, inclinait la tête sous la pression de la brosse.

— C'est ma faute, commença-t-elle. Je ne sais jamais quoi dire et je finis toujours par lâcher une maladresse.

— Il n'y a pas grand-chose de bon à dire en pareille occasion.

— Mais j'ai dit exactement ce qu'il ne fallait pas !

Elle leva les yeux vers moi, une mèche de cheveux châtain clair en travers du visage.

— Parce que je voulais l'impressionner...

— Qui donc ?

— William Tyler, avoua-t-elle, rougissante. Il parlait des grèves, des difficultés des ouvriers, des mauvais traitements qu'ils subissent. Je le trouvais merveilleux. Alors j'ai voulu lui montrer... je ne sais pas... que je comprenais, même si ce n'est pas vrai. Idiote que je suis, j'ai sorti : « C'est ce que disaient les messages ! »

Je réprimai un sourire. De toutes les remarques maladroites que l'on pouvait prononcer au dîner suivant ces funérailles, Louise avait véritablement choisi l'une des pires.

— Et alors Mrs. Newsome – la vieille – a répliqué qu'elle refusait d'écouter de telles inepties, que les messages étaient provoqués par la méchanceté et par l'envie. Certains étaient jaloux parce que, voyez-vous, ils ne possédaient pas autant que les Newsome, alors qu'ils ne le devaient qu'à leur propre paresse...

— Et ensuite ?

— Tout le monde est resté muet. Charlotte a demandé à la vieille Mrs. Newsome si la traversée avait été agréable, et Mrs. Newsome n'a pas pipé mot. Rose a répondu que la mer avait été très calme, sur quoi William a dit... Il a dit : « J'ai oublié. Combien d'enfants sont morts, dans cette mine ? »

J'en eus le souffle coupé.

— Alors le pauvre Mr. Newsome s'est levé et a crié que William était un invité sous son toit, et William a répliqué qu'il était navré, mais que c'était absurde de faire comme si Norrie était mort parce que les gens convoitaient leurs chandeliers. Charlotte a riposté que Norrie était le meilleur des hommes et que les voyous qui l'avaient assassiné finiraient sur la chaise électrique. Mr. Newsome a dit que William n'était pas trop vieux pour être rossé à coups de canne, et on aurait cru qu'il allait tenter de le faire...

— Oh, mon Dieu !

— Mais Rose a ordonné aux domestiques de débarrasser, de sorte que personne ne pouvait plus parler. William a présenté ses excuses, Mr. Newsome a rétorqué qu'il ne les acceptait pas. Et nous sommes tous restés assis, en silence.

Je repris mon brossage.

— Ce n'est pas votre faute, Miss Louise.

— Je n'aurais jamais dû évoquer ces messages.

— Mr. William aurait trouvé le moyen d'exprimer son opinion de toute façon.

Elle acquiesça et sembla chasser la soirée de son esprit pendant que je démêlais ses cheveux.

Toutefois, en se glissant sous les draps, elle murmura :

— Quand vous verrez Charlotte, voulez-vous lui dire que je regrette ?

Elle parlait d'un air si coupable que je ne compris pas tout de suite à quoi elle faisait allusion. À l'évidence, Charlotte lui avait donné l'impression d'avoir commis une faute effroyable.

— Oui, Miss Louise. Ne vous tourmentez plus à ce sujet.

Traversant le couloir, j'entrai chez sa sœur, qui était assise à sa coiffeuse, déjà en chemise de nuit. La robe qu'elle avait portée ce soir-là était jetée par terre tel un mauvais souvenir. Je l'étalai sur une banquette basse près de la porte.

— Miss Louise regrette terriblement, Miss Charlotte.

La jeune femme posa son front dans sa main et soupira « Louise » comme on eût parlé d'un chien qui a sali le tapis et qu'on envisage d'abattre faute de pouvoir lui apprendre à se tenir.

Quand elle fut au lit, j'éteignis les lumières. Dans le noir, j'entendis :

— Je l'aimais vraiment. Malgré tout ce qu'ils disent.

— Je sais, Miss Charlotte.

Je fermai la porte sans bruit.

Une minute plus tard, je rencontrai William qui gravissait l'escalier. Il sourit avec soulagement en me voyant.

— Jane... Je désirais m'excuser.

— Je crains qu'on ne vous lance des objets à la tête si vous essayez. Quelle mouche vous a piqué ? ajoutai-je en baissant la voix.

Il lança un regard coupable vers les portes des deux sœurs, puis me demanda :

— Que diriez-vous d'une cigarette ?

## CHAPITRE IX

À ce stade, je me dois de confesser une faiblesse qui m'aurait valu d'être arrêtée, à New York, si je m'y étais adonnée en public. Je fumais, très occasionnellement, des cigarettes. Pour ma défense, je ne le faisais qu'en compagnie de William Tyler. Cette habitude commença un certain soir de Noël, quelques années plus tôt, alors que la famille séjournait chez Mrs. Armslow. J'avais découvert William, dans le jardin derrière la maison, en train de fumer en cachette.

— Pas un mot à votre tante, avais-je recommandé.
— Non. Vous non plus.

Et il m'avait tendu son porte-cigarettes pour m'en offrir une.

Nous allâmes nous promener sur le domaine, exhalant des petits nuages de fumée. À la vue du mausolée, d'une blancheur crue au clair de lune, nous empruntâmes une autre direction.

Nous trouvâmes bientôt un coin tranquille, un banc en fer forgé sous un berceau de verdure. Il faisait froid, mais c'était beau de contempler le ciel nocturne empli d'étoiles. Recroquevillés dans nos manteaux, ne gardant qu'une main libre, nous ressemblions presque à des enfants. Nous n'étions guère plus âgés, à l'époque.

William fuma une cigarette en silence, puis, d'une chiquenaude, projeta le mégot dans l'obscurité. Tout en allumant la deuxième, il admit :

— C'était stupide, je sais.

— Stupide et cruel.

Il inspira profondément.

— Vous ne vouliez pas les blesser, ajoutai-je.

— Au contraire. Ils étaient tous si... suffisants. À croire que Norrie était une espèce de héros ou de saint. Savez-vous ce que j'ai pensé, quand j'ai appris qu'on l'avait tué ? *Bien.*

Après avoir expiré une longue bouffée, je répondis :

— Il ne se montrait pas très gentil envers vous.

William eut un sourire amer.

— Charlotte ne mesure pas sa chance. Ni Bea, soupira-t-il. Enfin, peu importe. Il est mort.

Il tira sur sa cigarette, puis jeta le mégot dans l'herbe. Je me promis de le ramasser avant de rentrer. Ce manque de considération ne ressemblait pas à William. D'ordinaire, il avait à cœur de ne pas causer de travail supplémentaire aux domestiques.

Prenant une autre cigarette, il sourit en regardant le mince cylindre blanc entre ses doigts.

— Norrie préférait les cigares.

— Vraiment ?

— Oui. Vous rappelez-vous cet été-là, chez ma tante ? Il avait pris l'habitude de les dérober à son père et affectait de les partager. « Vas-y, prends ! Qu'est-ce que tu es, une femmelette ? » Les deux premières semaines, il m'ignora. Et puis, un après-midi, il me proposa de sortir à la nuit tombée et de partir à l'aventure. Je ne me tenais plus de joie.

Sa bouche se tordit en un rictus.

— La première fois, j'ai eu la nausée. J'ai vomi sur le sable après deux bouffées. Norrie en riait aux larmes. Il m'a tendu du brandy et m'a dit : « Bois ça et réessaie. »

— Ça vous a rendu encore plus malade, devinai-je.

— À la longue, je m'y suis habitué. J'étais même fier de moi ! Regardez-moi, l'ami de Norrie Newsome !

Son regard se perdit dans les ténèbres. Puis il remonta sa manche de chemise et me montra l'intérieur de son poignet. Malgré la pénombre, je distinguai un petit cercle de chair pâle. J'en avais quelques-uns sur le bras à cause du repassage. Des cicatrices de brûlure.

William tira sur le tissu pour le remettre en place.

— Ça, c'était la première fois.

— La première...

— Un défi comme en lancent les gamins. Combien de temps tu peux le supporter ? Ça fait mal si je le fais sur ton bras ? Et sur ta jambe ?

Il s'interrompit. Dans le noir, je vis que sa main tremblait.

— De temps en temps, il se l'infligeait à lui-même. Il l'appliquait sur sa main, sur sa cheville. Une fois, il a baissé son pantalon et l'a pressé sur... Enfin.

Il jeta la cigarette à moitié consumée et se reprit.

— Voilà pourquoi je me réjouis au plus haut point qu'il n'ait épousé ni Bea ni Charlotte. Et qu'il n'épouse jamais personne.

William gardait la tête baissée. Il se rapprocha peu à peu de moi sur le banc ; l'arc large de son dos s'incurvait près de ma main. Je me surpris à le toucher, mue par l'impulsion de ne pas le laisser se sentir abandonné.

Tout aussi vite, je m'écartai, me détournai légèrement et contemplai ma cigarette.
— Merci, dit-il.
— C'est naturel.
— N'en parlez à personne.
Un instant, je crus bêtement qu'il faisait allusion à ce bref contact, puis je compris.
— Non, bien sûr. Jamais.
Quelle histoire croustillante cela aurait fait pour Michael Behan !

### LES ÉTRANGES PRATIQUES DES JEUNES GENS DE LA HAUTE.

William se leva. De la position avantageuse que lui conférait sa grande taille, il proposa de me raccompagner jusqu'à la maison.
— Non, allez-y seul, ça vaut mieux.
— Je laisserai la porte des cuisines entrouverte.
M'offrant une dernière cigarette, il se tourna pour partir, puis hésita.
— Quand je serai en ville, il se peut que je rende visite à Louise Benchley.
— Elle en serait charmée.
Elle en exploserait de joie.
Il partit. Tout en tirant sur ma cigarette, je déambulai en songeant aux confidences de William, tabagiques et autres. Je frissonnai au souvenir de la trace pâle sur son poignet. À quel enfer Charlotte avait échappé !
Une question me traversa l'esprit. Telle une volute de fumée, elle se dissipa.
— Pssst !
Je sursautai et me retournai avec le sentiment d'être revenue dans le monde de l'enfance. Je découvris

Rose en pardessus d'homme, un foulard noué autour de la tête. Elle pouvait toujours tenter de se donner une allure quelconque ; les grands yeux brillants, les lèvres pleines et une boucle tombée sur son front la trahissaient.

La mythologie grecque abonde en légendes où les divinités apparaissent aux mortels stupéfaits. Je crus savoir ce que ces derniers ressentaient quand elle s'approcha en disant :

— Une autre pécheresse ! Dieu merci !

Elle me montra un petit paquet.

— Vous avez envie d'essayer ? Des gauloises. Elles sont terriblement fortes. Mon mari n'en supporte pas l'odeur, c'est pourquoi je sors discrètement.

Je levai ma propre cigarette à moitié intacte en guise d'excuse.

— Non, mais merci, madame.

Certaine que Rose Newsome voulait profiter en paix de son jardin, j'inclinai la tête avec déférence pour lui souhaiter bonne nuit avant de m'en aller.

— Ne partez pas.

Quelque chose dans le ton de sa voix exprimait, plus que de la bonté, un réel besoin.

— Restez. S'il vous plaît.

— Vous êtes sûre ?

— Tout à fait. Vous êtes peut-être la seule personne au monde qui n'est pas fâchée contre moi, en ce moment.

Allumant sa cigarette, elle murmura :

— Je bavarde tout le temps avec les domestiques. Robert a beau me dire d'arrêter, je ne peux m'empêcher de penser que je devrais être des vôtres. Une fille de Schuylkill, dans une maison pareille ? Sa place est aux cuisines, pas vrai ?

Je sentis que ces mots-là, ou d'autres du même genre, lui avaient été adressés par un membre de sa belle-famille.

— Vous ne seriez pas du tout à votre place aux cuisines, madame.

— Dites-moi, comment est la pauvre Charlotte ?

Je réfléchis, puis répondis avec franchise :

— Affligée.

— J'allais la voir dans sa chambre quand j'ai été happée par Beatrice Tyler, elle aussi dans tous ses états parce que j'ai prié Charlotte de rester. J'ai failli lui dire : « Parlez-en donc avec ma belle-mère, elle est entièrement de votre avis. » Je croyais que les Tyler et les Benchley s'entendaient bien.

— Oui. Avant.

— Je vois.

Elle souffla la fumée par les narines.

— Personne ne m'a rien expliqué, mais je crois qu'il y a eu un imbroglio sentimental ?

Apparemment, Mr. Newsome n'avait pas jugé bon d'informer sa nouvelle épouse des démêlés entre les deux familles.

— Les Newsome et les Tyler sont liés depuis des années. Ils espéraient que le jeune Mr. Newsome et Miss Tyler...

Elle hocha la tête.

— Le problème, avec les espérances, c'est qu'elles ne se réalisent pas souvent. Les jeunes femmes ont eu des mots, le soir du bal.

Prenant mon silence pour de l'ignorance, elle ajouta :

— Échange d'insultes, robe abîmée, crêpage de chignons... J'en conserve une tache affreuse sur mon tapis.

*Le vin que Beatrice a lancé sur Charlotte !* pensai-je.

— Et, bien entendu, continua-t-elle, Lucinda est fâchée contre moi depuis mon mariage. Norrie m'a détestée dès le début. J'ai eu la sottise de croire que, si je prenais son parti, pour Charlotte, il aurait une meilleure opinion de moi. Ça n'a servi qu'à mettre tous les autres en rage. Lucinda n'a jamais pu être objective au sujet de son frère.

Elle sourit.

— Mon Dieu, je me suis montrée bien indiscrète. Il est facile de vous prendre pour confidente, Jane. On doit vous le dire tout le temps.

Je souris. Et me demandai ce qu'elle voulait dire en prétendant que Lucinda n'était pas objective au sujet de son frère.

— La police a-t-elle progressé ? m'enquis-je.

— Ils travaillent sur les messages. Un expert en graphologie est en train de les analyser. Mais vu que l'individu s'est enfui... Ils sont certains qu'il a bénéficié de complicités, d'un réseau, comme ils disent. Il se pourrait qu'il soit déjà à Chicago. Ou au Canada. L'inspecteur Blackburn affirme que ses informateurs l'apprendront, tôt ou tard.

Elle exhala la fumée avec nervosité.

— D'après lui, ils vont réessayer.

— A-t-on reçu d'autres messages ?

Elle hésita.

— Oui, un, pas plus tard qu'hier. Il disait : *À présent, votre fils est mort.* Cela ne signifie pas qu'ils en resteront là...

Elle sembla prendre conscience du froid et resserra son manteau autour d'elle.

— Je vous en prie, n'en parlez pas aux Benchley. Je ne l'ai même pas appris à mon mari. Ses médecins insistent pour qu'il reste au calme.

— Comment va-t-il ?

— Pas très bien. Norrie et lui se disputaient souvent, mais il n'existe pas de lien plus fort, n'est-ce pas ? J'ai perdu mon père toute jeune. Cela a été la fin du monde.

Finissant sa cigarette, elle conclut :

— Je ferais mieux de rentrer. Venez, je vais vous ouvrir la porte de service.

Pendant que je la suivais vers l'arrière de la maison – quel spectacle inhabituel elle offrait, se promenant dans la propriété en manteau d'homme ! –, elle dit avec espièglerie :

— J'ai vu William revenir au moment où je sortais. Fumiez-vous ensemble ? Il semble animé d'une véritable passion pour les classes ouvrières.

Nous parvînmes à la porte, que William avait laissée entrouverte comme promis. Rose fronça les sourcils.

— Ce n'est pas prudent.

Elle avait raison. Quelqu'un menaçait la jeune génération des Newsome, et il restait une fille. Deux, si l'on prenait au sérieux les plaisanteries qui circulaient sur la différence d'âge de Rose avec son mari.

Prenant mon sentiment de culpabilité pour de l'inquiétude, elle déclara :

— Des hommes de la sécurité surveillent la maison. Vous n'avez rien à craindre. Nous sommes protégés à tel point que c'en est ridicule.

La pensée m'effleura qu'ils avaient bénéficié d'un service de protection la nuit du bal, et que cela n'avait pas suffi. Je notai qu'elle verrouillait la porte avec soin une fois que nous fûmes à l'intérieur.

Puis, comme incapable de résister à une dernière confidence, elle dit à mi-voix :

— Ma belle-mère fait face en déversant son fiel dans toutes les directions. J'aimerais présenter des excuses à Charlotte pour les remarques venimeuses qu'elle a dû endurer. Après le dîner, je lui ai dit : « Vous avez tout de même conscience que ce n'est pas Charlotte Benchley qui a tué Norrie. » Savez-vous ce qu'elle a répondu ? « Bien sûr que si. » Vous voyez, cela dépasse l'entendement. Pas moyen de discuter avec ces vieilles bonnes femmes.

Je déglutis pour faire passer le nœud qui m'obstruait la gorge.

Nous traversâmes le rez-de-chaussée encombré. Je me demandai si Mrs. James Newsome pouvait être au fait des insinuations de *Town Topics* concernant les pilules. Cela semblait insensé qu'on pût soupçonner Charlotte d'assassiner celui-là même qui lui offrait un avenir radieux. Mais certains jugeaient bien insensé qu'elle prétende l'épouser.

En passant devant la buanderie, l'idée me vint que le ou la coupable avait probablement eu ses vêtements tachés de sang.

— Mrs. Newsome ?

Elle se tourna vers moi.

— Auriez-vous retrouvé la robe de Charlotte ? Celle qu'elle portait au bal. C'est embarrassant, mais nous l'avons oubliée.

Rose ouvrit de grands yeux.

— Non, je ne le crois pas. Vous feriez mieux de demander à Mrs. Farrell.

## CHAPITRE X

Le lendemain ressembla beaucoup à la journée précédente. Grisaille hivernale, pièces silencieuses que seuls animaient le craquement du bois dans la cheminée et le tic-tac régulier de l'horloge. Louise tentait de se rendre agréable, mais elle « oubliait » souvent des choses dans sa chambre et mettait un bon moment à les retrouver. Lucinda lui proposa une promenade, peut-être par gentillesse. Louise détestait l'exercice, néanmoins elle accepta avec gratitude.

Charlotte ne donnait à Mrs. Newsome mère aucun motif de critique. Elle lisait et parlait à Rose de la pluie et du beau temps. (J'eus la nette impression que cette dernière mourait d'envie de griller une gauloise.) Néanmoins, l'aversion de la vieille femme était plus aiguë que jamais. Croyait-elle réellement à la culpabilité de Charlotte ? Ou avait-elle simplement voulu dire qu'en se mariant au-dessous de sa condition Norrie s'était attiré une sorte de châtiment cosmique ? Je repensai à Mr. Behan et aux pilules Peps. Il avait fait allusion à d'autres histoires concernant Norrie ; la moindre allusion à une liaison causerait du tort à Charlotte. Entre les insinuations des journaux et les commérages de la bonne société, elle risquait de ne plus avoir d'avenir à New York. Sans parler d'être jugée pour meurtre.

La disparition de la robe me turlupinait. Dans une demeure aussi bien tenue que celle des Newsome, on n'égarait ni ne jetait une toilette coûteuse. Où était-elle passée ? Je ne me sentais pas de taille à interroger la formidable Mrs. Farrell, mais je pouvais m'adresser à une autre. Celle-là même qui avait abîmé la robe.

Je profitai de la promenade de Louise pour demander à Charlotte la permission de faire une course, si ma présence n'était pas indispensable. Je prétendis que sa mère avait prêté quelque chose à Mrs. Tyler et désirait le récupérer.

Toute proche du centre de Rhinebeck, la résidence d'été des Tyler était loin d'être aussi grandiose que celle des Newsome. En comparaison, elle faisait presque l'effet d'un cottage. Le vestibule était un cocon richement meublé. Un côté menait à une salle à manger confortable et à la cuisine, l'autre, à un couloir qui se divisait pour aboutir au minuscule bureau de Mrs. Tyler et au boudoir. Je connaissais les chambres, en haut, petites mais claires et agréables.

J'appréhendais un peu l'accueil qu'on me réserverait, toutefois la maîtresse de maison s'adressa à moi avec la bonne humeur un peu carnassière qu'elle me montrait toujours.

— Jane ! Quel plaisir ! Je crains cependant que, si vous cherchez une place, nous ne soyons pas en mesure de vous en offrir une.

— Non, merci. Je suis très heureuse avec les Benchley.

— Eh bien, tout le monde ne pourrait en dire autant...

Elle laissa sa phrase en suspens, avant d'ajouter :

— On ne vous a pas chargée de rapporter la tête de William sur un plateau, j'espère ? Je vous la donnerais volontiers, mais il est parti ce matin.

— En fait, j'avais une faveur à demander à Miss Beatrice.

L'expression de Mrs. Tyler m'apprit que j'aurais eu plus de chances en réclamant la tête de son fils.

— Essayez. Tout ce qui peut lui changer les idées sera le bienvenu. Elle est en haut, troisième porte dans le couloir. À votre place, j'éviterais de prononcer le nom de Charlotte.

L'étage était encore plus modeste que le bas, avec son plancher simple couvert de petits tapis élimés par endroits. Le toit était pentu, et je devais prendre garde de ne pas me cogner au plafond. Arrivée devant la troisième porte peinte en blanc, je toquai. Un « Oui ? » interrogateur s'éleva.

— C'est Jane.

Durant le silence qui suivit, je priai afin que Beatrice se souvienne que j'avais travaillé pour sa grand-tante et ne m'associe pas entièrement aux Benchley.

À son attitude quand elle m'ouvrit, je sus qu'elle se souvenait des deux. Un jour, sa mère m'avait confié qu'elle trouvait sa Bea difficile à comprendre, et j'avais répondu :

— Ce sont ses yeux sombres, Mrs. Tyler. Ils vous transpercent.

À présent, ses yeux sombres me perçaient de part en part. Néanmoins, elle me laissa entrer et ferma la porte derrière nous. Elle était vêtue d'une robe bleue banale et avait l'air de passer de mauvaises nuits. Cheveux cassants, teint brouillé.

— Je tenais à vous présenter mes condoléances pour la perte de Mr. Newsome, Miss Tyler.

— Pourquoi à moi ? répliqua-t-elle en plissant les paupières.

— Parce que vous l'aimiez bien.

— Je ne l'aimais pas « bien » – cette expression m'est odieuse. Je l'aimais tout court.

Interloquée par sa candeur, je mis un moment à réagir.

— Oui, je comprends.

— Ah ? Cela semble échapper à la plupart des gens.

Elle s'assit sur une chaise en bois près d'un petit bureau.

— Je n'arrive pas à croire qu'elle ait le toupet de porter le deuil. Vous êtes trop fine pour ça, Jane. Vous n'auriez jamais dû la laisser faire, me reprocha-t-elle, puis, affectant l'indifférence, elle ajouta : Comptent-ils réclamer l'argent ? J'aurais cru qu'ils en avaient déjà assez.

— Je l'ignore.

— Vraiment ? N'est-ce pas pour cela qu'elle est là-bas, à jouer les veuves éplorées ? Je ne sais pas comment les Newsome peuvent la supporter.

Respirant un bon coup, je me lançai :

— C'est au sujet de la robe de Miss Charlotte. Celle qu'elle portait au bal. Et qui a été abîmée.

Beatrice haussa une épaule.

— En quoi cela me concerne-t-il ?

— C'est vous qui l'avez endommagée.

— Moi ? Oh, pour l'amour du Ciel ! Ce n'était presque rien. Je suis sûre que vous arrangerez ça sans peine.

— On m'a dit que la robe était trempée.
— Absurde.
— De vin rouge.
— De...

Beatrice pivota sur son siège pour me regarder en face.

— Vous imaginez que j'aurais bu du vin rouge au bal des Newsome ? Et que je l'aurais jeté au visage de Charlotte Benchley ? C'est cela qu'elle raconte ?

Je réfléchis. Charlotte n'était pas la seule à affirmer que la robe était fichue. Mary aussi l'avait vue, et elle n'avait aucune raison de mentir.

— D'après une des femmes de chambre, la robe était irrécupérable.

Beatrice se détourna.

— Eh bien, je n'y suis pour rien.

— Mais vous vous êtes querellée avec Miss Charlotte.

— Si vous voulez dire que je l'ai détrompée sur les intentions de Norrie et qu'elle s'est muée en furie, alors oui, nous nous sommes querellées.

Je pesai mes mots avec soin.

— Charlotte Benchley n'était pas la seule à s'illusionner là-dessus.

— Elle avait réussi à mettre quelques personnes dans sa poche, au point que Norrie envisageait presque d'en passer par là, vous imaginez ? Cela agaçait tout le monde, donc l'idée lui plaisait. Mais je savais qu'il n'irait jamais jusqu'au bout.

— Cela aurait été une façon bien cruelle de traiter une jeune femme qui ne lui avait fait aucun mal.

— Aucun mal ?

Elle saisit un taille-plume sur le bureau et martela la lame mince sur la surface.

— Qui, d'après vous, a fait fuiter ces affreuses histoires dans la presse ? Charlotte Benchley ! Qui ne cessait de le harceler ? De lui demander quand il parlerait à son père ? Quand il lui offrirait la bague ? Quand elle pourrait l'annoncer à tout le monde ? Honnêtement, je ne sais comment il se retenait de lui flanquer des claques.

Je crus entendre parler Norrie. À l'évidence, il avait apaisé les sentiments de Beatrice en se plaignant de sa rivale.

— Vous voulez dire qu'il ne l'a jamais demandée en mariage, en réalité ?

Le coupe-plume marqua un temps d'arrêt.

— Si. Il se peut qu'elle l'ait poussé à le faire. « Tu devrais m'épouser, Norrie, minauda-t-elle, imitant avec une exactitude glaçante la voix que Charlotte prenait avec les hommes. Alors, tu n'aurais plus jamais besoin d'écouter ton père. » Norrie était séduit par cette idée, jusqu'à ce qu'il comprenne que cela l'obligerait à l'écouter, elle, le reste de sa vie.

J'ai dit que Beatrice avait des yeux capables de vous transpercer. Ce n'était pas mon cas, car j'aurais été bien en peine pour dire si c'était la vérité, ou seulement ce qu'elle espérait être la vérité. Ou encore un mensonge éhonté pour dissimuler qu'elle-même avait des raisons de nuire à Norrie. Et si, la nuit du bal, il lui avait annoncé que, même s'il n'appréciait pas le son de la voix de Charlotte, il comptait les épouser, elle et sa fortune ?

Je pris un air naïf.

— Je l'admets, j'ai été surprise quand Miss Charlotte m'a appris qu'elle était fiancée à Mr. Newsome. Mrs. Armslow m'avait toujours dit que ce serait vous...

Je m'interrompis, comme honteuse de mon impertinence. Mais cela suffit à provoquer Beatrice.

— Peut-être qu'il l'a fait. Et peut-être que j'ai dit oui.

Entourant des bras le dossier de la chaise, elle reprit :

— Et peut-être que c'est ce qu'il a dit à Charlotte Benchley le soir de Noël. Et peut-être que c'est pour cette raison qu'elle l'a tué. Car c'est elle, et vous le savez.

— Je ne sais rien de la sorte, Miss Beatrice.

— Non ? Norrie n'aurait jamais annoncé ses fiançailles avec Charlotte Benchley, il me l'a assuré lui-même. C'est pour cela qu'il est mort. Voilà pourquoi c'est indécent que les Newsome accueillent Charlotte Benchley sous leur toit.

La marche du retour fut longue et froide. Courbée pour résister aux bourrasques cinglantes, l'écharpe sur le nez, les mains au fond des poches, je réfléchissais aux paroles de Beatrice. Y croyait-elle elle-même ? Avait-elle exposé ses soupçons à la police ? Ou aux tabloïdes ? Dieu sait que les Tyler avaient besoin d'argent.

Toutefois, Beatrice ne se trouvait pas à proximité de la bibliothèque quand le meurtre avait eu lieu, donc ce n'était pas elle qui avait parlé à Behan des pilules Peps. Et pourquoi affirmait-elle avec tant d'insistance qu'elle n'avait pas abîmé la robe de Charlotte ? La réponse s'imposa avec une clarté aveuglante : cette toilette était hors de prix. Si Charlotte réclamait un dédommagement, les filles n'auraient plus de quoi renouveler leur garde-robe pendant des années. Il se pouvait que Beatrice ait caché la robe pour supprimer la preuve qu'elle était irrécupérable.

L'entrée de service se trouvait du côté nord de la maison. Tout en empruntant le chemin gravillonné, je cherchais des yeux Louise et Lucinda, ou Rose promenant son mari en fauteuil roulant. Je ne vis personne. Du moins, jusqu'à ce que j'approche du mausolée.

Elle était seule, Antigone vêtue de noir devant la tombe de son frère. Instinctivement, je montai sur la pelouse pour qu'elle ne m'entende pas. Le regard de Lucinda était rivé sur la porte de bronze, dont les ciselures figuraient, sous un ange impavide, un pécheur égaré tendant la main vers le ciel alors même qu'il tombait.

Je poursuivis mon chemin.

Beatrice Tyler avait jugé indécente la présence de Charlotte sous le toit des Newsome. Celle-ci ne se prolongea guère. Le lendemain, une coupure de presse arriva au courrier, réexpédiée par la maison de Manhattan. Elle était ainsi rédigée :

BATAILLE DES BEAUTÉS !
NORRIE REGARDAIT-IL LES FILLES DE TROP PRÈS
POUR SON PROPRE BIEN ?

Notre journal a fidèlement rapporté les fiançailles secrètes de Robert Norris Newsome Jr. et de la débutante Charlotte Benchley. Mais Miss Benchley était-elle la seule rose de son jardin ?

D'après un témoin oculaire présent lors de cette fatale nuit de Noël, deux délicates demoiselles se sont disputées à coup de griffes le cœur du jeune Mr. Newsome. Les mots « promesse »,

« mariage » et « menteuse » ont été entendus distinctement.

Qu'avait promis au juste Norrie Newsome ? Et à qui ? Cela aurait-il quelque chose à voir avec la découverte macabre faite plus tard cette nuit-là ?

Tout le monde jugea préférable que Charlotte et Louise rentrent chez elles l'après-midi même.

# CHAPITRE XI

De retour en ville, nous trouvâmes la maison en état de siège. Les journalistes se pressaient sur le trottoir, lorgnaient par les fenêtres, frappaient aux portes voisines et questionnaient haut et fort quiconque s'aventurait au-dehors. Était-il vrai que Miss Tyler avait frappé Miss Benchley ? Miss Benchley avait-elle eu vent des sentiments de Norrie envers Miss Tyler ? À la foule de reporters s'ajoutaient des badauds qui se tordaient le cou, tâchant d'apercevoir la femme au cœur de l'affaire qui défrayait la chronique.

À l'intérieur régnait le chaos. La dernière gouvernante en date avait rendu son tablier. Mrs. Benchley, hystérique, était soignée par cette perle de Maude qui leur servait du brandy, à sa maîtresse et à elle-même, en égale mesure. Mary traînait du côté de l'entrée de service, charmée par un jeune homme aux grandes dents armé d'un carnet. Jack, le valet de Mr. Benchley, chuchotait dans le téléphone du bas, tandis que Bernadette et la cuisinière lisaient avec des yeux ronds les journaux déployés sur la table.

Je coupai d'un doigt sur le téléphone la connexion de Jack, tirai Mary loin de la porte, ramassai les journaux et recommandai à la cuisinière de préparer le déjeuner avant que Mrs. Benchley n'entonne des chansons de matelots. Après quoi je montai déballer les affaires.

Charlotte s'était assise au bord de son lit comme si c'était le seul endroit sûr de la maison. Elle était restée étrangement calme quand Mrs. Newsome mère lui avait conseillé de rentrer chez elle – et de s'y calfeutrer – jusqu'à ce que ce dernier désagrément fût oublié. À Louise, qui, sur la route, voulait lui témoigner de la compassion, elle avait répliqué :

— Je refuse d'en discuter. C'est un fieffé mensonge. Inutile d'ajouter un mot.

Au moment où j'entrai, elle serrait les poings, les yeux brillants de colère, et murmurait :

— Je la tuerai.

— Miss Charlotte ?

— Beatrice Tyler. Je sais que c'est elle qui a parlé aux journaux. Elle a désespérément besoin d'argent et ferait n'importe quoi pour m'humilier.

— Miss Charlotte, pardonnez-moi d'y faire allusion, mais vous rappelez-vous la toilette que vous portiez pour le bal ?

Je vis bien qu'elle savait exactement de quelle robe je parlais.

— Celle sur laquelle on a renversé du vin.

Elle haussa les épaules.

— Que m'importe, à présent ?

— Je me demande si on pourrait la récupérer.

— Elle était fichue, croyez-moi.

— Alors, nous devrions présenter la facture aux Tyler.

Elle se leva et s'approcha de son bureau, dans un mouvement d'humeur – et pour éviter le sujet.

— C'est bizarre, repris-je. Je n'ai jamais vu Miss Beatrice se départir de son calme quand je travaillais chez Mrs. Armslow.

Charlotte se retourna.

— Ne prenez pas son parti ! Vous auriez dû entendre ce qu'elle m'a sorti !

— Qu'a-t-elle dit ?

Elle était tiraillée par son amour-propre, mais le besoin de blâmer sa rivale fut le plus fort.

— Elle m'a attrapée par le bras et m'a dit que Norrie et moi ne pouvions nous fiancer. J'ai répondu qu'elle en jugerait par elle-même à minuit, et qu'elle ferait une drôle de tête quand, forcé de choisir entre elle et mon argent, Norrie n'aurait pas une hésitation.

— C'est là qu'elle a vidé son verre de vin sur vous ?

Charlotte finit par admettre :

— Non, c'est moi. Elle avait déchiré ma robe en essayant de me retenir. On n'aurait pas le temps de la raccommoder car elle m'avait retardée. Je ne voulais pas que Norrie se fâche contre moi, alors j'ai eu l'idée de la rendre responsable. Qu'il voie quelle mégère elle est.

Il se pouvait qu'elle dise la vérité ; l'étoffe était d'une extrême délicatesse, le moindre geste brutal avait pu l'endommager.

— Qu'avez-vous fait de la robe, Miss Charlotte ?

Elle rougit.

— Je l'ai poussée sous le lit, vers le coin tout au fond, afin que personne ne la trouve. À en juger par la poussière, les domestiques ne nettoient pas souvent les chambres d'invités.

— Pensez-vous qu'elle y soit encore ?

— Peut-être. Pourquoi tenez-vous tant à le savoir ?

*Parce que certains pourraient dire que vous avez renversé du vin sur la robe pour masquer le sang.*

— Pour aucune raison particulière, dis-je en souriant comme si cela n'avait pas la moindre importance.

Le lendemain, *Town Topics* révéla que Charlotte n'avait jamais reçu de bague de fiançailles et suggéra lourdement que le bijou en question ornait un autre doigt, vraisemblablement celui de Beatrice Tyler. En conséquence, Charlotte fut plus déterminée que jamais à s'imposer, aux yeux du monde, comme la femme que Norrie avait voulu épouser. Je fus envoyée chez Macy's afin d'acheter encore d'autres vêtements de deuil.

Je détestais Herald Square en temps ordinaire ; un après-midi où l'humidité glacée vous transperçait jusqu'aux os était peu fait pour me rendre la course plus plaisante. Il s'était mis à bruiner et, j'avais beau tenter de me protéger sous mon parapluie, la pluie coulait du rebord de mon chapeau le long de mon cou. Mon manteau était trempé, mes pieds gelés dans mes souliers mouillés. Le train de la 6$^e$ Avenue passant au-dessus dans un bruit de ferraille ébranlait mes nerfs. Des hordes de clients survoltés me bousculaient. Je fus soulagée d'arriver sous l'auvent de Macy's.

Les vitrines imposantes avaient une allure festive avec leurs décorations. Dans l'une, un Père Noël aux joues rouges s'élevait sur fond de ciel nocturne dans son traîneau, où s'entassait une montagne de paquets-cadeaux multicolores. Dans une autre, un train miniature montait et descendait à une allure vertigineuse sur un décor en plâtre reproduisant Herald Square. Une affiche encourageait les passants à offrir à leurs enfants quelque chose qui leur plairait vraiment.

Une troisième vitrine montrait un sapin magnifiquement décoré, entouré de rangées de poupées dans leurs boîtes. Les poupées étaient toutes de la même taille, toutes vêtues de la même robe chasuble blanche ; seules leurs coiffures différaient. Certaines étaient blondes, d'autres brunes. Les unes avaient des boucles, d'autres une frange ou de longues tresses lisses. Elles étaient couchées, les bras sur les côtés, les yeux ouverts. Ce spectacle aurait charmé Louise, mais la vue des petits corps dans leurs boîtes me rendait nerveuse.

Quand j'eus fait l'acquisition de trois tenues et de deux toques noires puis indiqué l'adresse des Benchley pour la livraison, je quittai le magasin. Sous l'auvent, je m'évertuai à ouvrir mon parapluie, car il pleuvait à verse, mais il avait rendu l'âme. La maison se trouvait à moins de deux kilomètres, cependant le trajet me semblait interminable.

Un homme apparut devant moi, armé d'un grand parapluie en parfait état de marche. Son sourire m'invitait à le partager. J'allais détourner les yeux quand je me rendis compte que c'était Michael Behan.

— Rien qu'une tasse de thé, Miss Prescott. Vous n'aurez aucune confidence à me faire. C'est moi qui parlerai.

Je regardai des deux côtés de la rue. D'où avait-il surgi ?

— Est-ce que vous me suivez ?

— Je l'avoue. Mary – une très gentille fille – m'a appris où je pourrais vous trouver.

J'étais sur le point de braver les intempéries sans le moindre parapluie quand je me rappelai l'histoire des pilules. Mr. Behan avait marqué un point : Charlotte avait bien besoin d'un ami dans le monde de la presse.

Elle ne manquait pas d'ennemis, dont un au moins alimentait la une de *Town Topics*.

Et puis, il pleuvait très fort.

Ainsi, je me retrouvai assise au Porter's Café. Sans être tout à fait un bar, c'était un endroit minable – sciure de bois par terre et longues tables avec des bancs de part et d'autre. J'étais la seule femme. Mr. Behan me laissa m'installer du côté du mur, ce qui m'éviterait d'être frôlée quand des clients passaient.

Il commanda à l'homme derrière le comptoir :

— Une bière, s'il vous plaît. Et une douzaine d'huîtres.

Il me lança un regard interrogateur, et je secouai la tête.

— Je n'ai que dix minutes.
— D'accord.

La bière arriva, et il se désaltéra. Puis, posant la chope, il commença :

— Donc, les pilules Peps.
— Beaucoup de gens ont recours au remède du Dr Forsythe.
— Peu d'hommes, néanmoins.

Je perçus à nouveau la trace de son accent.

Je m'apprêtai à répliquer que nombre de femmes, au bal, avaient pu perdre ce flacon, mais cela nous aurait conduits à nous demander lesquelles avaient pu en avoir en leur possession, question que je préférais éviter. Je ne me rappelai pas avoir vu le flacon de pilules par terre cette nuit-là, et cela continuait à me tracasser.

Je changeai de sujet.

— Est-ce vous qui avez écrit l'article sur la bague de fiançailles ?

Il sourit de toutes ses dents.

— Qu'est-ce qui peut bien vous donner cette impression ?

J'attendis qu'il me dise d'où il tenait l'information. Il se borna à siroter sa bière puis me demanda :

— Avez-vous vu une bague à son doigt ?

— Qui était votre « témoin oculaire », celui qui a décrit le corps de Norrie ?

— J'ai un ami à la morgue.

— Ce ne sont ni la sensibilité ni la discrétion qui l'étouffent.

Il leva un sourcil.

— Savez-vous combien il est payé pour trimballer un corps qui a passé trois jours dans l'East River, Miss Prescott ? Pas assez pour qu'on lui reproche de faire preuve d'un peu d'esprit d'entreprise.

— Et qui vous a dit qu'on avait trouvé des pilules Peps à proximité ?

— Ah ! Sur ce point, impossible de vous révéler ma source.

Il se pencha vers moi et murmura :

— Les flics ont pigé que c'est vous qui avez trouvé le corps ?

Je secouai la tête.

— C'est bien ce que je pensais. La presse n'est pas forcément votre ennemie, vous savez.

— Qu'est-ce que ça veut dire ?

— Eh bien, par exemple : pourquoi donner gratuitement le scoop à la police, alors que mes associés se feraient une joie de vous rétribuer pour l'obtenir ?

Je voulus me lever, mais il posa la main sur mon poignet.

— Votre oncle dirige la mission dans le Lower East Side, n'est-ce pas ?

— Comment le savez-vous ?

— Je suis un bon enquêteur. Rasseyez-vous, Miss Prescott. Je comprends que vous êtes une jeune femme de principes qui n'accepterait pas un *cent* pour raconter ce qu'elle a vu, et je vous admire presque pour ça. Néanmoins, je parie que votre oncle ferait bon usage de cet argent pour son travail admirable auprès des filles perdues.

— Oui, mais il n'en voudrait pas.

Vaincu, il se redressa avec un soupir et abandonna sa posture effrontée.

— Je n'arrive pas à vous cerner. Vous m'avez suivi ici, donc vous voulez quelque chose. Quoi ?

— Je veux savoir qui vous fournit des renseignements.

— Je parle à beaucoup de gens.

— L'histoire sur la dispute pendant la réception, qui vous l'a racontée ?

— Je ne vous le dirai pas.

— Parce que vous ne le pouvez pas ou vous ne le voulez pas ?

— Quelle importance ?

Je tentai une approche différente :

— Les autres journaux ne parlent que d'anarchistes qui en voudraient aux Newsome à cause de Shickshinny.

— Ah ! Les mystérieux messages ! Eh bien, pour les gars du *Times* et du *Herald*, la piste des anarchistes, c'est du tout cuit. Ils ont les moyens d'envoyer des journalistes en Pennsylvanie pour interroger les familles des mineurs, et même si mon journal avait assez d'argent, on ne m'y enverrait pas. Je n'ai aucune prise sur la police, qui est à la botte des Newsome. Alors, j'adopte l'angle de la femme au cœur brisé.

— Qu'est-ce qui vous fait penser qu'une femme a eu le cœur brisé ?

— Ces deux jeunes filles ne se sont pas crêpé le chignon pour de la politique.

Il se pencha à nouveau vers moi.

— Avez-vous une idée de tout ce que j'aurais pu écrire sur Norrie Newsome ces dernières années, si ce n'avait pas été trop chaud pour l'imprimer ? Pour employer un euphémisme, disons qu'il savait s'y prendre avec les femmes. Et que ses façons n'étaient pas toujours très plaisantes.

— Donc, vous lancez des rumeurs au sujet d'une jeune fille innocente simplement pour avoir un bon papier.

— Non, simplement parce que c'est mon métier. Entre nous, ces méthodes vous semblent être le style des anarchistes ?

— Comment le saurais-je ?

— Je lis peut-être trop les journaux à sensation, mais j'ai l'impression qu'ils se servent plutôt de bombes et d'armes à feu.

— Elles font du bruit. Le meurtrier ne voulait pas attirer l'attention.

— Pourtant, c'est étonnant qu'on n'ait pas retrouvé l'arme du crime. Vous croyez qu'il l'a emportée ? Toute dégoulinante de sang ?

— Ça pouvait être un marteau. Petit, facile à dissimuler, comme en ont les ouvriers.

— Peut-être. Ou peut-être qu'il a utilisé un objet de la maison, aisé à manipuler, qu'il pouvait laisser sur place.

— Et quand bien même ? Quelle différence cela fait-il ?

— À coup sûr, votre anarchiste vindicatif serait venu préparé pour sa tâche.

Je pensai à Mr. Pawlicec, les lourdes pinces à glace à la main.

— Il y avait un monde fou, cette nuit-là. N'importe qui pouvait s'introduire à l'intérieur. Comme vous, d'ailleurs.

— Touché. Néanmoins, ce crime me fait penser à un geste impulsif, sous l'effet de la haine ou de la passion.

Malgré moi, je me sentais gagnée par ces arguments. Oubliant ma réserve, je remarquai :

— Comment une jeune femme aurait-elle maîtrisé un homme jeune et vigoureux ?

Il leva le doigt.

— Objection retenue, Miss Prescott ! Repensons aux pilules Peps. On aurait pu glisser dans le verre de Mr. Newsome un petit quelque chose permettant d'éviter toute résistance.

C'était donc cela, sa grande théorie : un jeune homme de bonne famille, mais sans scrupule, se compromet dans une union regrettable. Il rompt avec la malheureuse le soir où leurs fiançailles vont être annoncées. En retour, elle le drogue et lui fracasse le crâne.

— Je peux écrire une tout autre histoire, Miss Prescott. Si vous me révélez ce dont vous vous souvenez, un seul petit détail qui prouve que j'ai tort, je ne suis pas du genre à m'acharner sur une innocente. Il faut reconnaître que quelquefois les victimes méritent leur sort.

Au souvenir des yeux de Norrie, je répliquai :

— Personne ne mérite une chose pareille, Mr. Behan.

— Que faisiez-vous dans la bibliothèque, Miss Prescott ?

— Je cherchais Charlotte.

— Vous en êtes sûre ?

Sa voix était douce, son regard préoccupé.

— Oui.

— Il n'y a rien d'autre que vous souhaitiez me dire ?

Les images de cette nuit-là repassèrent dans mon esprit, trop rapides et fragmentaires pour que je les comprenne. C'était comme une silhouette entrevue dans la forme d'un nuage, qui s'estompe au premier souffle de vent. Je répondis par la négative.

Behan soupira, puis enfonça sa main dans sa poche et me tendit sa carte.

— J'ai pour théorie que ceux qui préparent les repas et nettoient les vêtements voient et entendent beaucoup plus de choses que leurs employeurs. Et je parierais que vous en remarquez encore plus que les autres. Puis-je vous abriter jusqu'au trolley ?

Il respecta sa promesse et tint son parapluie au-dessus de moi tout le long du chemin, jusqu'à l'arrêt.

— Qu'est-ce qui vous a fait sortir par ce temps de chien ? s'enquit-il.

Il semblait peu correct de ne pas répondre à un homme qui me gardait la tête au sec.

— Des vêtements de deuil pour Miss Charlotte.

— Elle veut se mettre dans la peau du rôle.

Il disait vrai, ce qui ne m'empêcha pas de le foudroyer du regard.

Le trolley arriva. Soulevant son chapeau, Behan ajouta :

— Une dernière chose. Votre jeune maîtresse aurait-elle, par hasard, fait un voyage à Philadelphie avant la mort de son fiancé ?

— Pourquoi ?

— Parce que Mr. Newsome s'y est rendu, et quand il s'est présenté à l'hôtel, il était en compagnie d'une amie.

Il sourit.

— Si vous vous rappelez quoi que ce soit, appelez-moi. Mon patron vous remerciera.

Une demi-heure plus tard, j'étais de retour chez les Benchley, trempée, gelée et démoralisée. Je me débarrassai de mon manteau dans le vestiaire des domestiques. Je tâchai de faire la part entre ce qui était crédible, ce que les gens croyaient et ce qu'on voulait leur faire croire pour déterminer si les Benchley couraient un réel danger. Je replongeai par la pensée dans cette soirée du réveillon, en évitant de songer aux traits de Norrie. Je revis le tapis, les pieds de la table basse, le plaid abandonné sur une chaise, la lumière des flammes bondissantes. Je ne me rappelai pas les pilules, mais peut-être ce détail m'échappait-il. Chaque fois qu'une image ou un sentiment devenait trop net, mon esprit se fermait, comme s'il claquait la porte.

Alors que je montai, épuisée, vers ma chambre, j'entendis quelqu'un descendre en courant. Je levai les yeux et vis Louise. Elle écartait les bras de bonheur, son long visage tsout animé.

— Jane ! On m'a dit que vous étiez revenue.

— Que faites-vous dans l'escalier de service, Miss Louise ?

Elle me tendit un petit paquet enveloppé de papier bleu et de ruban argenté.

— Je tenais à vous l'offrir. Nous n'avons pas eu de vrai Noël, n'est-ce pas ? Alors, joyeux Noël, Jane.

Consciencieusement, je l'ouvris et découvris un peigne, un objet ravissant et non dénué de prix – il semblait être en argent. Une rangée de petites pierres violet foncé que j'espérai être des strass était incrustée le long du bord.

— J'ai pensé que le violet irait avec la couleur de vos cheveux et de vos yeux. S'il ne vous plaît pas...

— Je n'ai jamais rien possédé d'aussi joli, dis-je sincèrement. Merci, Miss Louise.

Une petite partie de moi aurait dû se sentir insultée. Anna aurait dit que Louise tentait d'acheter mon affection, alors qu'elle n'avait droit qu'à un service zélé. Néanmoins, il m'était impossible de ne pas être touchée par cette jeune fille solitaire qui se réjouissait d'offrir un présent à sa femme de chambre. Louise débordait de générosité. Si j'étais la seule de la maison capable de l'apprécier, je n'avais pas à en rougir. Cette situation me donnait en revanche le privilège de poser une question.

— Miss Louise, vous rappelez-vous les pilules que votre mère vous a confiées la nuit de la fête ?

— Bien sûr.

— J'ai voulu les ranger dans son armoire de toilette et je ne les ai pas trouvées. Avez-vous une idée de l'endroit où elles pourraient être ?

Louise secoua la tête.

— Les auriez-vous données à quelqu'un ?

— Je ne m'en souviens pas. Cette soirée a été tellement...

Ce n'est jamais agréable de se rendre compte qu'on nous ment. Encore moins quand toutes les raisons qui motiveraient ce mensonge sont troublantes. Je ne pouvais associer Louise à ces raisons. Pourtant, je savais qu'elle mentait.

— Aucune importance, nous en commanderons de nouveau. Merci encore pour le cadeau, Miss Louise. Je le garderai toujours précieusement.

Avant de monter, je me rendis à la cuisine. L'heure du dîner approchait, et le personnel déployait une intense activité, hachant, remuant, découpant.

Le moment n'était pas des plus propices pour importuner l'acariâtre cuisinière par des questions, mais je ne pus m'empêcher de demander si j'avais reçu des appels en mon absence. Je retins mon souffle, dans l'espoir qu'Anna aurait enfin téléphoné.

— Aucun, jeta la cuisinière par-dessus son épaule.

## CHAPITRE XII

Tout au long de la semaine suivante, les journaux suivirent l'enquête avec avidité. Plusieurs articles éclairèrent les lecteurs sur la sauvagerie des anarchistes. D'autres se livrèrent à maintes spéculations concernant l'arme du crime, que l'on n'avait toujours pas trouvée. Chaque jour, en première page, l'inspecteur Blackburn menait des raids contre les bastions anarchistes, faisait allusion aux secrets dévoilés à la police par ses informateurs et promettait une avancée spectaculaire d'un jour à l'autre. Je ne voyais nulle part le nom d'Anna, ce qui ne m'empêchait pas de m'inquiéter.

« L'angle féminin » était généreusement couvert par *Town Topics*. On s'y interrogeait sur les relations entre l'intimidante grand-mère du défunt et sa jeune belle-mère ; on décrivait en détail la dernière mode en matière de vêtements de deuil et l'on discutait des variétés de fleurs choisies pour le service. Le journal mentionnait aussi les « romances » passées de Norrie. Des rumeurs évoquaient une serveuse de New Haven et une demoiselle de vestiaire au Waldorf-Astoria. Pour l'instant, rien de plus sur Charlotte, mais ce n'était qu'une question de temps.

En attendant, j'étais aux prises avec la possibilité que soit la jeune femme pour laquelle je travaillais, soit ma plus vieille amie ait commis le meurtre. Anna. Charlotte. Les pilules. À peine m'étais-je tranquillisée concernant l'une que mon esprit s'agitait concernant l'autre. Le désœuvrement nourrissait mon anxiété ; j'avais trop le loisir de m'inquiéter. Aucune des demoiselles Benchley ne sortait plus, et nous recevions peu de visiteurs. En public, les Newsome soutenaient Charlotte, mais le reste de la société n'était pas aussi généreux.

Charlotte pouvait-elle avoir tué Norrie ? Pendant que je cousais, repassais et pliais, je luttais contre cette idée. Le principal argument en sa défaveur était que nul ne l'avait vue au moment du meurtre. Non, le pire était l'attitude de son fiancé. Toujours à la blesser au cours des semaines précédant la fête. Et il avait flirté avec Beatrice le soir même du bal.

Toutefois, Charlotte était arrivée par la porte faisant face à la bibliothèque. Elle n'aurait pu traverser la salle de bal sans se faire remarquer après avoir assassiné Norrie. Il y aurait eu du sang sur sa robe. Mais je me rappelai que la bibliothèque comportait un autre accès, vers les cuisines et l'escalier de service. Elle aurait pu passer par là ; les serviteurs auraient discrètement détourné les yeux. À l'étage, elle se serait changée...

Voilà. Le pire argument était qu'elle s'était changée. Pour quelle raison ? Et où était passée la robe, à présent ?

Enfin venait la question des pilules. Elles promettaient un regain de vigueur, non l'engourdissement, mais quels pouvaient être leurs effets quand elles étaient ingurgitées avec beaucoup d'alcool ? Louise avait le flacon ; je l'imaginais le passant à Charlotte à un moment ou à un autre de la soirée. Norrie étant mort, elle taisait peut-être ce détail pour protéger sa sœur.

Et puis il y avait Anna. Je pouvais songer à de multiples arguments qui la désignaient comme coupable.

Par un morne après-midi, j'informai Mrs. Benchley que Louise avait besoin d'un tonique capillaire. Pouvais-je aller lui en chercher ?

J'ajoutai, comme si je venais d'y penser :

— Et pendant que j'y suis, je pourrais vous acheter des pilules Peps. À moins que vous n'en ayez assez...

Son visage s'illumina.

— Excellente idée, Jane ! J'ai cherché mon flacon partout en pure perte. J'imagine que nous l'avons laissé chez les Newsome, et je ne peux certes pas leur en parler maintenant. Merci, vous pensez à tout.

Cet après-midi-là, je pris la direction du Lower East Side. En arrivant au métro aérien, je dépassai le kiosque à journaux au pied de l'escalier montant vers les quais. Sur plusieurs tables s'étalaient les dizaines de journaux et de revues qu'on trouvait en ville, du *Herald* au *Gaelic* en passant par le *Staats-Zeitung*. L'affaire Newsome demeurait en première page de nombre d'entre eux. Je m'arrêtai pour examiner des magazines féminins exposés sur l'éventaire et repérai un style de coiffure qui irait à Louise. Comme toujours, un effet naturel impliquait de longs et patients efforts.

En empruntant l'escalier, je tombai sur une publicité pour les cigares Floradora, avec la jolie fille qui les représentait. Cela me rappela le dernier crime qui avait défrayé la chronique : le meurtre de Stanford White par Harry K. Thaw, dans un accès de jalousie. Sa femme, la belle Evelyn Nesbit, avait été une des « Gibson Girls ». Son visage avait orné la couverture de *Vanity Fair*, de *Harper's Bazaar* et du *Ladies' Home Journal*. Le témoignage d'Evelyn Nesbit sur sa relation avec White, entamée alors qu'elle n'avait que quatorze ans, avait scandalisé le pays. En attendant le métro, je me demandais ce qu'elle était devenue, elle autrefois si célèbre.

Comme toujours lorsque je me promenais dans le Lower East Side, je fus frappée par l'immense différence entre ce monde-là et celui des Armslow et des Benchley. On aurait cru se trouver dans deux contrées différentes. Dans l'une, l'abondance allait de pair avec l'absence d'efforts, comme si le confort matériel poussait du sol. Dans les rues, le silence. On flânait à l'aise. On entendait bruire les arbres du parc, le discret « Bonjour » des passants. Se hâter ou élever le ton eût semblé incongru. Le troc et le marchandage étaient des comportements de bas étage.

Dans l'autre, au contraire, le troc était la vie. Des devantures aux voitures à bras, des fenêtres où les femmes hélaient les hommes aux bandes de gamins dont les doigts vous tâtaient les poches, tout n'était que quête d'un petit quelque chose en plus, parce que les gens avaient si peu. Où que vous alliez, vous étiez assailli, par des cris, des coudes, des épaules, des odeurs. Dans ces rues, vous ne marchiez pas. Vous rentriez la tête dans les épaules et vous forciez votre chemin.

Le monde des Benchley bénéficiait des tendres soins de la ville. La police patrouillait pour chasser les rôdeurs. Les rues étaient nettoyées. Les réverbères allumés. Ici, les caniveaux débordaient d'immondices et de pourriture ; à l'occasion, on voyait un cheval crevé abandonné sur la chaussée. Pas un pouce d'espace ne demeurait inutilisé. Le linge séchait sur des fils tendus au-dessus des têtes. De vieux matelas s'entassaient sur les sorties de secours qui faisaient office de chambres supplémentaires. Les voisins se réunissaient sur les perrons. Rue et trottoir ne faisaient qu'un ; voitures à cheval, automobiles et passants s'engouffraient dans la moindre voie qui s'offrait à eux, heurtant, poussant, piétinant tous les obstacles au passage.

Je me rendis d'abord chez Block's Pharmacy, sur la 2ᵉ Avenue. J'avais toujours pris là-bas les toniques et les remèdes dont avaient besoin les protégées de mon oncle. Aspirine et bicarbonate de soude contre la gueule de bois, gouttes de cocaïne contre les rages de dents, et quelquefois des traitements plus vigoureux pour des maux sur lesquels je ne m'étendrai pas. Je fis l'emplette de pilules Peps et me préparai à poser les questions que j'avais répétées dans ma tête en chemin. Puis je me ravisai. Les pharmaciens de chez Block's me connaissaient. Ils savaient, par mon oncle, pour qui je travaillais. Je ne pouvais les interroger sans attirer l'attention sur les Benchley.

Contrariée, j'errai sans but et finis par me retrouver dans des rues où nombre d'enseignes étaient écrites en anglais et en hébreu. L'une arborait l'emblème séculaire de l'apothicaire, le mortier et le pilon. À travers la vitre, je constatai que l'officine était déserte, ce qui servait mes desseins. De toute façon, ici, personne ne saurait qui j'étais.

La boutique en imposait beaucoup moins que la plupart des pharmacies. Il n'y avait que deux comptoirs sur les côtés et un au fond. Quelques tabourets, fissurés et poussiéreux, s'alignaient le long du comptoir de gauche. Un homme, le dos tourné à l'entrée, disposait des flacons dans le meuble le plus éloigné.

— Excusez-moi, fis-je, espérant qu'il parlait anglais.

— Oui ? dit-il en se retournant.

Mince, de haute taille, le visage en longueur et de grandes oreilles dégagées par ses cheveux foncés coupés court, il me fit penser à un pâton de pain souple à force d'avoir été pétri. Néanmoins, derrière les petites lunettes, ses grands yeux gris clair exprimaient l'intelligence, et sa blouse blanche était immaculée.

— Une amie de ma patronne lui a conseillé les pilules Peps du Dr Forsythe. Seulement, elle n'est plus toute jeune et je crains qu'elles ne soient pas recommandées pour sa santé. Savez-vous si elles peuvent être dangereuses pour le cœur ?

— Les pilules Peps de Forsythe ?

Il avait un léger accent de je ne savais où.

Je posai le flacon sur le comptoir. Il tendit la main puis hésita, les doigts au-dessus du bouchon.

— Puis-je ?

— Je vous en prie.

Il le dévissa et inclina le flacon pour faire tomber une capsule sur le comptoir impeccable. Prenant un scalpel, il la sectionna afin que le contenu se répande sur la surface. Il porta son petit doigt à sa langue, effleura la poudre et la goûta.

— De la gélatine, déclara-t-il après quelques secondes de réflexion. Du sucre. Une très légère trace de cocaïne, pas assez pour être dangereuse. Combien le Dr Forsythe les fait-il payer ? s'enquit-il en observant les pilules.

Je lui dis le prix, qui lui fit hausser les sourcils d'incrédulité avant de me rendre le flacon.

— Ma foi, je doute qu'elles fassent du mal à votre employeuse, ni beaucoup de bien non plus. Si vous m'expliquez de quoi elle se plaint, je pourrais vous recommander mieux.

— Elle est décidée à prendre ce remède. Je m'inquiète à l'idée qu'elle se trompe et en prenne trop. Ou qu'elle les combine avec autre chose qui serait contre-indiqué. Est-ce que ça pourrait lui être nocif ?

— Tout excès peut être nocif, de même qu'une association malavisée. Mais, pour être franc, le bon Dr Forsythe a mis si peu d'ingrédients consistants dans ces capsules que le pire que risque votre employeuse, c'est le diabète. Et, ajouta-t-il, dardant sur moi son regard perçant, vous veillerez à ce qu'elle ne prenne pas une trop forte dose ?

— Bien sûr. Je craignais aussi qu'il y ait eu une erreur à l'usine. Qui sait ce qui peut entrer dans la nourriture et les médicaments ?

— Il est illégal de trafiquer les denrées alimentaires ou de mentir sur l'étiquette, expliqua-t-il doctement, puis il ajouta d'un ton amical : Cependant, c'est une loi récente, encore rarement appliquée.

Je n'avais aucun moyen de savoir si elle avait été respectée la nuit du meurtre, mais il semblait improbable que la mort de Norrie fût imputable aux pilules Peps.

Je remis le flacon dans mon sac.

— Merci beaucoup, monsieur... Ou est-ce docteur ?

— À Łódź, presque docteur.

Je crus entendre « Lotch » et restai perplexe.

— Une ville de Pologne, précisa-t-il. Mais ici, c'est monsieur. Mr. Rosenfeld.

Il s'inclina très légèrement, comme si nous venions d'être présentés dans un salon.

— Et vous-même ?

— Miss Jane Prescott.

— Cela ne vient pas de Łódź.

— Non, dis-je en souriant. Merci encore.

Je m'approchais de la porte quand Mr. Rosenfeld me lança :

— Vous êtes peut-être inquiète parce que ces pilules sont liées à l'affaire Newsome.

Je me retournai, surprise.

— C'est vrai ? dis-je.

— Oh, oui ! On en a retrouvé un flacon près du corps. « Son contenu répandu sur le sol dans la lumière vacillante des flammes qui éclairait aussi le visage du mort. »

Il agita les doigts, mimant des guillemets en produisant un effet comique.

— Mais, tentai-je de répondre sur le même ton, vous ne croyez pas que ces pilules avaient le moindre rapport avec le meurtre.

— Non. Bien sûr, il se peut tout de même que l'assassin ait perdu son flacon. J'espère que les policiers ont pris la peine de relever les empreintes, malgré leur obsession pour la piste anarchiste.

Les empreintes digitales. Je n'y avais pas pensé. Mais tout le monde, ce soir-là, avait porté des gants. Excepté Louise, évidemment.

— D'après les journaux, c'était une très grande réception. N'importe qui aurait pu le faire tomber.

— Sans ramasser un remède aussi précieux ?

— Vous êtes amateur de journaux à scandale ?

— De crimes, qui sont souvent le sujet des journaux à scandale. Donc, oui, d'une certaine façon.

— Pour quelle raison ? demandai-je en me rapprochant du comptoir.

— L'aspect scientifique.

— Scientifique ?

Un meurtre semblait un acte brutal, irréfléchi, très éloigné de la démarche rigoureuse de la science.

— Mais oui. Vous ne lisez donc pas *Sherlock Holmes* ?

— Des histoires de détective pour gamins.

— C'est maintenant une réalité. Les empreintes digitales, les tests chimiques pour établir la présence de taches de sang ou de certaines substances dans les vaisseaux sanguins, l'analyse des balles qui révèle de quel type d'arme à feu elles ont été tirées… En France, ils ont créé le tout premier laboratoire du crime. En Angleterre, un médecin américain vient d'être exécuté pour le meurtre de sa femme. Il l'a empoisonnée, lui a coupé la tête et l'a enterrée dans la cave. Vous savez comment ils ont démontré qu'il était coupable ?

Fascinée par cette histoire sordide, je secouai la tête.

— Il avait recouvert le torse de chaux, pour masquer l'odeur, je suppose, mais celle-ci a préservé les tissus et, en même temps, les traces de poison. La police a retrouvé la victime, on a pu prélever un fragment du foie et en extraire les alcaloïdes. On en a mis quelques gouttes dans l'œil d'un chat. Sa pupille s'est dilatée, dénotant un certain type d'alcaloïde associé à la hyoscine. Un poison. De plus, conclut-il d'un air réjoui, ils ont pu identifier l'épouse grâce à une cicatrice qu'elle avait à l'abdomen.

— J'aurais cru qu'un corps décapité dans la cave et une épouse disparue étaient déjà assez compromettants.

— Assez pour soupçonner, pas assez pour prouver.

Il sourit.

— Pourquoi vous intéressez-vous à l'affaire Newsome, Miss Prescott ?

— Pure curiosité, j'imagine.

Il acquiesça, mais je savais que je ne l'avais pas convaincu.

Sur ce, il tendit la main, avec l'air d'un garçon de douze ans à qui l'on a dit qu'on doit se conduire ainsi.

— Eh bien, même si c'est improbable, j'espère que nous nous reverrons.

— Oui. Bonne journée, Mr. Rosenfeld. Merci encore.

Donc, les pilules Peps n'avaient joué aucun rôle dans la mort de Norrie. J'avais l'esprit plus tranquille concernant Charlotte, mais Anna continuait à me tourmenter.

Tout en marchant vers le restaurant de son oncle, je me répétais que je perdais mon temps. Elle n'y serait pas. Elle serait absorbée par son travail. Toutefois, je voulais entendre de la bouche de son oncle que ce n'était rien d'autre qui l'en empêchait. Qu'elle ne s'abstenait pas de me rappeler parce que l'inspecteur Blackburn l'avait emmenée pour interrogatoire.

J'étais tellement convaincue de ne pas la trouver que ce fut un choc, en franchissant la porte de Morelli, de la voir attablée avec deux femmes et trois hommes. Je reconnus parmi ceux-ci Mr. Pawlicec. L'oncle d'Anna me remarqua, du fond de la salle, et détourna la tête. Je sus alors qu'il lui avait transmis mes messages.

Mr. Pawlicec se leva, le sourire aux lèvres et la main tendue.

— Miss Prescott, plaisir de vous voir.

Mais Anna resta assise sans mot dire. Je me heurtai à ce mur de silence.

— Désolée, je ne voulais pas vous interrompre. Je tenais simplement à voir si tu étais…

*Saine et sauve. En liberté. Ou en danger. Ou dangereuse.*
— Visiblement, tu l'es.
Je tournai les talons et partis.
J'avais parcouru la moitié du pâté de maisons quand j'entendis crier mon nom. Je m'arrêtai.
Anna me rattrapa.
— Je regrette de ne pas t'avoir répondu.
Son ton monocorde n'exprimait pas le moindre regret.
— Je me faisais du souci.
— Je sais.
— La police est venue te voir ?
— À propos de quoi ?
Je la fixai sans un mot.
— Oh ! ça... Le meurtre. Tellement drôle qu'ils l'appellent ainsi. Cent vingt-neuf personnes meurent à Shickshinny, c'est une catastrophe minière. Un richard meurt – là, c'est un meurtre.
— J'ai vu le corps. C'était un meurtre.
— Tu l'as vu ?
Je hochai la tête.
— Ça devait être terrible.
— Ça l'était.
Elle hésita.
— Tu as envie de m'en parler ?
— Tu as envie de l'entendre ?
— Non, répondit-elle. Si tu veux la vérité, je n'en ai pas envie. Voilà pourquoi je n'ai pas pris tes appels. Parce que je savais que tu voudrais en parler, comme si cela avait de l'importance. Et ça n'en a pas. Pas pour moi, nuança-t-elle par gentillesse.
Je pensai aux gros titres quotidiens évoquant les anarchistes.
— Je ne vois pas comment tu peux dire ça.

Elle ne me comprit pas. Levant les mains au ciel, elle articula :

— Un sale et stupide gosse de riche. Un gosse comme lui meurt et, oh ! les cris, les larmes, les « Pourquoi mon Dieu, pourquoi ? » Moi, je ne demande pas pourquoi. Je m'en fiche.

J'eus envie de demander : *Tu ne le demandes pas parce que tu t'en fiches ou parce que tu sais pourquoi ?*

— La famille a pourtant reçu des menaces de mort...

— Ah bon ? répliqua-t-elle, sarcastique. Tu les as vues, ces menaces ?

— Non.

— Mais tu es certaine qu'elles existent.

— C'était dans les journaux, répondis-je, et je me sentis stupide.

— Assez ! Je suis sûre que cette mort importe beaucoup à tes Benchley. Alors, bien entendu, elle compte pour toi. C'est de ça que tu veux parler. Ou, si nous n'en parlons pas, c'est à ça que tu penseras, même quand tu souriras et que tu me poseras des questions aimables. Je ne bavarderai pas avec Jane, mais avec...

Elle passa la main sur son visage, puis la posa sur mon bras.

— Écoute, quand cette histoire sera finie, qu'elle aura cessé de te tourmenter et que tes Benchley seront retournés à... ce à quoi ils passent leurs journées, nous dînerons ensemble. Et nous parlerons pour de bon. Je ne veux pas que tu fasses semblant. Ni moi non plus. OK ?

Elle me regardait dans les yeux, et je sentais qu'il n'y avait rien de... faux dans ses paroles. Cependant, certains mots manquaient, certaines choses n'étaient pas dites.

— J'ai interrompu une réunion ? demandai-je.
— Oui.
— À quel sujet ?
— Tu veux que je te le dise ?

Sans doute pas, car je ne répondis pas. Anna hocha la tête et rebroussa chemin. Au bout de quelques pas, elle se retourna.

— Je suis désolée que tu aies vu le corps. Je ne l'aurais voulu pour rien au monde. Mais, crois-moi, tu devrais te réjouir qu'il soit mort.

Alors elle poursuivit son chemin et moi le mien.

À peine fus-je rentrée que Bernadette me lança :
— Vous avez reçu un appel, quand vous n'étiez pas là. D'un homme.

Elle leva un sourcil.

— Ça n'avait pas l'air d'être un parent à vous.

Elle me tendit un bout de papier où était griffonné un numéro que je ne reconnus pas. Quand je fus mise en relation, j'entendis : « Michael Behan. »

Je soupirai d'exaspération.

— Jane Prescott ? Ne raccrochez pas.

Ma main s'arrêta au-dessus du téléphone.

— Vous vous êtes souvenue de quelque chose ?
— Oui. Que je tiens à mon travail. Au revoir, Mr. Behan.

Cette fois, je réussis presque. Mais juste avant que je coupe, il dit :

— Il y a du nouveau.

Je remis le combiné à mon oreille. Je sentais bien que le nom de Charlotte n'était pas apparu dans les journaux depuis longtemps. Ça ne pouvait durer.

— Quoi ?

— Soit vous me parlez, soit vous le lisez en première page.

*Du chantage*, pensai-je. Il me faisait chanter.

— Je vois que vous avez des doutes à propos de la piste anarchiste, ajouta-t-il.

Je me rappelai les paroles d'Anna – *Tu devrais te réjouir qu'il soit mort* – et songeai : *Moins qu'avant*.

— Ce n'est pas une « histoire ». Les messages montraient clairement...

— ... que quelqu'un haïssait Robert Newsome de façon viscérale et que c'est un patron pourri. Mais ce n'est pas lui qu'on a assassiné.

— Ils disaient qu'ils s'en prendraient à ses enfants.

— Bien sûr, c'est une version. Et puis il y a la mienne. Laquelle est plus plausible, selon vous ?

— Aucune. Elle ne l'a pas fait.

Tout en parlant, je me rendis compte que je n'étais pas certaine de savoir à qui je faisais allusion.

— Alors aidez-moi à le prouver. Racontez-moi ce dont vous vous souvenez.

Je tentai de reconstituer l'image dans ma tête, mais tout ce qui me revint fut la sensation aussi vive que passagère que quelque chose ne concordait pas.

Frustrée, j'admis :

— Je n'arrive pas à mettre le doigt sur ce dont je me souviens.

Silence à l'autre bout de la ligne.

— Cette scène avait... quelque chose d'étrange.

— En plus du cadavre sur le sol ?

— Je me rappelle m'être dit : *Comment est-ce arrivé ?* Mais je ne souviens pas de ce que je regardais.

— Si vous pouviez le revoir, pensez-vous que la mémoire vous reviendrait ?

— Vous voulez parler de la bibliothèque ?

— Je peux vous proposer mieux que ça, Miss Prescott. Vous savez que j'ai un ami à la morgue ?
— Oui.
— S'il vous montre quelque chose et que cela vous aide à retrouver la mémoire, me le direz-vous ?
— Que pourrait-il me montrer ?
— En échange, je vous apprendrai ce que j'ai d'autre sur votre protégée.

Je réfléchis.

— Et vous me révélerez le nom de votre source.
— Non. Ça ne vaut pas cette information.

Je désirais vivement laver les Tyler de toute complicité.

— Si, moi, je propose un nom, pourrez-vous me dire si c'est ça ou pas ?
— Va pour un nom. Marché conclu ?

Je n'en étais pas sûre. Behan voulait me montrer quelque chose qui me rafraîchirait la mémoire. L'autre nuit, j'avais rêvé que Norrie Newsome marchait vers moi, la main tendue, son visage réduit à une masse de chair grouillante de vers. Ses yeux, des puits rouges aveugles...

J'avalai ma salive.

— Marché conclu.

# CHAPITRE XIII

Et c'est ainsi que je retrouvai Michael Behan une deuxième fois, mais la nuit. Notre destination se situait à l'angle de Chrystie Street et de Rivington, un coin que j'évitais d'ordinaire. Certaines femmes du refuge, habituées à arpenter ces rues, racontaient que, si l'on voulait tordre le cou à quelqu'un ou lui arracher l'oreille avec les dents, là-bas on trouverait une solution à condition qu'on en paie le prix. Il y avait eu des échanges de coups de feu sporadiques entre bandes rivales, les Eastman, les Five Pointers et les Yakey Yakes. Une fois, cent gangsters s'étaient donné rendez-vous pour se tirer dessus et avaient mis en fuite les policiers qui tentaient de les arrêter. Et nous n'étions pas loin de l'endroit où le meurtre de Bav Kum, une jeune femme qui appartenait au Hip Sing Tong, avait déclenché une guerre sanglante entre les gangs de Chinatown.

Tandis que nous marchions, je demandai à Behan :

— On n'aurait pas pu faire ça de jour ?

— Mon ami est libre la nuit. Et vous travaillez toute la journée.

Les rues étaient calmes, cependant je me sentais de plus en plus anxieuse. Behan s'arrêta au pied d'un immeuble délabré et sonna. Pendant que nous attendions dans l'étroit vestibule, j'essayai de calmer ma nervosité comme dans mon enfance : je jouai à marcher sur la dalle blanche, puis la noire. De derrière la porte, j'entendis un bébé pleurer, quelqu'un crier, puis un pas lourd dans l'escalier. Levant les yeux, je vis, descendant les marches, un homme énorme dont le ventre avançait lentement devant lui, comme mû par une vie propre. L'homme pouvait avoir quarante ans. Une frange grise encadrait son visage rougeaud où perlait la sueur. Une main gonflée agrippait la rampe branlante. Des lacets défaits, une chemise déboutonnée sur un tricot de corps crasseux. Il ouvrit la porte, et je fus assaillie par l'odeur combinée du chou bouilli et des dessous de bras.

Mr. Behan tendit une main vers moi, l'autre vers le nouveau venu.

— Mr. Clops Connolly, voici Miss Jane Prescott.
— Mr. Connolly.

Je m'efforçai de sourire et obtins un rictus et un hochement de tête en retour.

Nous montâmes derrière lui. L'escalier était mal éclairé, le premier étage plongé dans une totale obscurité. Je me rendis compte, à la sensation sous mes semelles, qu'il y avait des détritus par terre. À un moment, j'écrasai quelque chose de mou et j'entendis un cri. Plissant les yeux, je distinguai un enfant : j'avais marché sur son pied nu. Un garçon ? Plutôt une fille, vu les cheveux longs. Elle portait des vêtements tachés et suçait sa manche, les yeux brillant dans son petit visage sale. Elle semblait complètement seule.

Behan me tira par le bras. Je résistai.

— On devrait…

Je ne sus comment finir ma phrase, et je me laissai entraîner. Tournant la tête, je vis que la petite me suivait des yeux, sans s'étonner d'être abandonnée.

À l'étage suivant, la plupart des portes étaient ouvertes et les appartements se prolongeaient sur le couloir. Plusieurs locataires interrompirent leur conversation pour nous jauger. Je saluai poliment du menton. Behan effleura son chapeau. Mr. Connolly ne dit rien. Enfin, nous atteignîmes sa porte, dont il tourna la poignée d'un geste sec de sa main massive.

Il n'y avait que deux petites pièces, une cuisine et une autre, sur le côté, qui semblait faire office de chambre à coucher. La cuisine était encombrée, avec une table de bois à la surface rayée et deux chaises.

Connolly dit à Behan :

— C'est le costume que vous voulez ?

— Exact. Celui dont nous avons parlé.

Pesamment, Connolly se rendit dans la pièce voisine. Je jetai un coup d'œil à Behan : il observait Connolly, en train d'ouvrir un coffre.

— Comment vais-je savoir que c'est le bon ? objecta-t-il.

— C'est le bon.

Connolly revint, tenant une masse de vêtements sombres. Aussitôt, je vis que c'était une étoffe d'excellente qualité, et je frémis de la savoir pressée contre ce linge de corps souillé.

Ce fut seulement quand il l'étala sur la table que je compris ce que je regardais : les vêtements de Norrie, la nuit où il avait été tué.

— Les chaussures sont parties, dit Mr. Connolly, mais le reste est là.

— Pourquoi ses vêtements n'ont-ils pas été remis à la police ? m'enquis-je.

Notre hôte haussa les épaules.

— Ils ne les réclament jamais. Comme c'était évident qu'il était mort le crâne fracassé, ils n'ont pas cherché plus loin.

Behan disposa les effets de sorte que la chemise se trouve sous la veste, le gilet par-dessus, le pantalon de soirée au-dessous, le tout bien net et ordonné. À l'exception des plis. Et du sang, qui en séchant était devenu marron, rouille sur le col et le plastron de la chemise blanche.

Il s'écarta.

— Prenez votre temps. Regardez bien.

Je m'efforçai de faire le lien entre ce qui se trouvait sous mes yeux et l'éclair de lucidité qui m'avait frappée à la vue du corps. Rien, dans ce que je voyais, ne me ramena à cet instant de clairvoyance où j'avais su qu'un détail clochait. Pourtant, cet instant avait bel et bien existé.

Qu'avais-je vu ? Quel avait été le détail incongru ? Je m'acharnai, repassant les images dans mon esprit, chacune plus inutile que la précédente.

Soudain, l'une d'elles revint, plus nette, plus insistante...

— Là ! Sur le revers !
— Quoi ? dit Behan.

Surprise qu'il ne voie rien, je lui montrai du doigt.

— La tache, ici.

Il se pencha, plissant les yeux. Je mis ma main au-dessus de l'emplacement sans le toucher. On avait peut-être du mal à la remarquer si l'on n'avait pas l'habitude de nettoyer les vêtements. Moi, je voyais distinctement la pellicule pâle et cassante laissée par une boisson renversée sur les fibres sombres.

La nuit du meurtre, elle avait été humide, difficile à distinguer du sang sur la veste noire. Néanmoins, elle formait une tache étendue, non une éclaboussure. À présent que le liquide avait séché, on ne pouvait s'y méprendre.

— Ce n'est pas du sang, expliquai-je.

— Il était ivre. Ça m'est déjà arrivé de renverser un verre sur moi quand j'avais trop bu.

— Ivre ? Pas tant que ça. Je l'ai vu une demi-heure avant. Il s'exprimait encore de façon cohérente.

*Et cruelle*, pensai-je, me remémorant ses remarques à Rose Newsome.

— En général, les gens ne renversent pas leur verre sur le devant de leurs vêtements, à moins qu'on ne leur bouscule le bras.

Je le savais d'expérience, ayant dû m'occuper de Louise après qu'une rencontre brutale avec le coude de Freddie Holbrooke eut couvert son décolleté de punch. J'en fis la démonstration, relevant mon coude et projetant mon bras en arrière.

— Très bien. Donc, quelqu'un l'a bousculé. Ou il a bousculé quelqu'un.

— Ou alors il a perdu connaissance.

Cela ne servait pas les intérêts de Charlotte, mais, dans ma jubilation d'avoir élucidé ce qui m'obsédait, je ne pus résister.

— Ne disiez-vous pas qu'un moyen de réduire un jeune homme vigoureux à l'impuissance était de lui faire avaler un soporifique ? Norrie boit. Il tient son verre ainsi, au niveau de sa taille. Tout à coup, il se sent bizarre. La tête lui tourne. Il vacille. Je parie que, si les policiers avaient examiné le tapis, ils auraient trouvé la même tache que celle-ci. Il tombe en arrière, et le verre avec lui. Ce qui vous donne...

D'un geste théâtral, je désignai la tache sur les vêtements.

— Cela s'est peut-être renversé au moment où il a reçu le premier coup, suggéra Behan.

Je songeai à la fois où Emily Tyler avait giflé Henry Pargeter pour l'avoir pincée. Sa tête avait basculé en arrière, et la coupe de champagne s'était brisée en mille morceaux sur le tapis de Mrs. Pargeter.

— Le verre serait tombé par terre et sur ses jambes. Je ne vois rien sur le pantalon. Dommage que vous n'ayez pas les chaussures.

Je vis bien que Behan était enthousiasmé par cette idée, cependant il conservait son sang-froid.

— Pour l'instant, rien ne prouve qu'il y avait quoi que ce soit dans le verre.

Les paroles de Mr. Rosenfeld me revinrent. *Empreintes digitales, tests chimiques pour établir la présence de taches de sang ou de certaines substances dans les vaisseaux sanguins...*

Mr. Connolly avait raison : le coroner avait vu le crâne fracassé et n'avait pas cherché plus loin. À court d'arguments, je parcourus la cuisine des yeux. Remarquant un bocal vide sur le comptoir, je déclarai :

— Je voudrais un couteau.

— Pas question ! protesta Connolly, qui ramassa aussitôt les vêtements.

Il leva les sourcils en regardant Behan, qui soupira.

— Combien ?

— Je vous l'ai déjà dit.

Behan tira une enveloppe de sa poche intérieure et la tendit à Connolly, qui s'empressa de la ranger dans un tiroir. Pendant ce temps, j'articulais silencieusement à Behan :

— Où avez-vous eu ça ?

— Le journal, me répondit-il de la même manière.

Connolly me procura un couteau. Au début, je voulus essayer d'ôter la pellicule en la grattant, puis je résolus de donner à Mr. Rosenfeld plus de matière sur laquelle travailler. Me voyant déployer la veste, Behan demanda :

— Que comptez-vous faire ?

— J'ai un ami qui étudie ce genre de chose. Je vais en couper un morceau et voir ce qu'il peut découvrir.

— Allez-y doucement. Cette veste va faire la une.

Avec soin, je découpai une bandelette de huit centimètres sur le revers, la mis dans le bocal dont je serrai bien le couvercle.

Me prenant le bras, Brehan remercia Mr. Connolly, qui lui rendit la pareille, puis déclara :

— Miss Prescott, et si je vous invitais à dîner ?

En descendant l'escalier, je cherchai l'enfant des yeux, mais elle avait disparu.

Peu après, je me retrouvai dans un restaurant modeste, mais confortable, qui accueillait surtout une clientèle irlandaise. La vue des vêtements de Norrie m'avait bouleversée, et quand Mr. Behan demanda au serveur de m'apporter un whiskey, je le bus. Lentement, en détestant le goût, mais jusqu'à la dernière goutte. L'alcool fit son effet.

— Très bien ! dis-je. J'ai fait ce que vous m'avez demandé. Dites-moi ce que vous savez sur Miss Charlotte.

Behan pianota sur le bord de la table.

— Permettez-moi de vous poser une question : pensez-vous que Newsome comptait réellement épouser votre Charlotte ?

— Pourquoi ?
— Parce que, d'après un de mes amis, il se trouvait dans un hôtel de Philadelphie avec une jeune femme peu avant d'être assassiné.
— Et alors ?
— Puisque Charlotte était à New York, elle ne pouvait être la fille de Philly.

Je haussai les épaules.

— S'il y en avait une autre, je suis sûre que Charlotte n'en savait rien. Et même dans le cas contraire, je ne crois pas qu'elle s'en serait souciée. Elle disait qu'elle épouserait Norrie et que rien ne l'en empêcherait.
— Le plus troublant, c'est qu'il ait signé « Mr. et Mrs. Newsome Jr. ».
— Eh bien... N'est-ce pas ce que font les jeunes gens ?
— Imaginez que ce soit vrai ? Qu'il se soit marié ? Et qu'il ait annoncé la nouvelle à Charlotte le soir de Noël ? S'il était allé à Philadelphie afin de se marier en secret ?
— Je vous félicite pour votre imagination, Mr. Behan. Vraiment, vous devriez écrire des romans.
— Une quelconque idée de l'identité de la vraie Mrs. Newsome Jr. ?
— Il n'y a pas de Mrs. Newsome Jr., ripostai-je, chassant de mon esprit les accusations de Beatrice. Rien qu'une fille rencontrée en ville et dont il avait oublié le nom au matin.
— Ça sera embarrassant s'il s'avère qu'elle hérite de la fortune des Newsome.
— Eh, vous n'allez tout de même pas écrire ça ?
— C'est une bonne histoire.
— Mais les gens penseront...

— Que penseront-ils, Miss Prescott ?

Je baissai la voix.

— Vous donnez un mobile à Charlotte Benchley.

— Peut-être que ce n'est pas moi qui le lui donne, et qu'elle l'avait d'elle-même, raisonna-t-il. Du nouveau depuis l'enterrement ?

Je réfléchis. La confidence de William, le crachat vengeur de Lucinda, la méchanceté de Beatrice. Le dernier message dont Rose m'avait parlé. Que disait-il, déjà ? *À présent, votre fils est mort.* Autant le sens en était clair, autant l'intention en demeurait confuse. À présent, c'est votre fils, à vous, qui est mort ? À présent, votre fils est mort – mais il vous reste une fille, une épouse ? Auquel cas le meurtrier comptait passer à un autre membre de la famille.

— Votre journal est-il au courant de nouvelles menaces ?

— Non. Pourquoi ? Vous croyez qu'ils vont s'en prendre à la sœur ?

Je pensai à Lucinda, devant le mausolée comme si elle attendait la permission d'entrer.

— Huit enfants ont péri à Shickshinny. La mort d'un seul Newsome suffira-t-elle ?

— Tout dépend de ce que le meurtre était censé venger. Huit gamins, ou une jeune fille dans une chambre d'hôtel ?

— Les Newsome ont témoigné de beaucoup de bonté à l'égard de Charlotte, lui opposai-je. Ils n'ont pas l'air de partager vos soupçons.

Il sourit et inclina son verre vers moi.

— Je vous parie que la grand-mère pense comme moi.

Tâchant de plaisanter, je répondis :

— Elle préférerait probablement que Charlotte ait tué Norrie plutôt que de les voir mariés.

La mine scandalisée, Behan écarta de moi mon verre, vide depuis longtemps.

— Miss Prescott ! Assez de whiskey pour ce soir.

Pendant qu'il réglait l'addition, mon regard tomba sur le paquet sous la table.

— Vous allez vraiment mettre ça en première page ?

— Certainement, vu le prix que mon patron a payé pour l'avoir.

— Et d'ici là ?

— Que voulez-vous dire ?

— Vous n'écrirez pas d'histoires de mariages secrets. Quelle preuve avez-vous ? La parole d'un employé d'hôtel ?

— Malheureusement, j'ai mieux que ça, répondit-il en se levant. Mon ami a conservé la feuille du registre. Soit je la prends, soit il la vend à quelqu'un d'autre. Je vous l'ai dit, les femmes impliquées dans un meurtre ont besoin d'un ami.

— Si vous la prenez, qu'en ferez-vous ?

Il haussa les épaules sans formuler de promesse.

— Venez, je vous raccompagne chez vous.

— Inutile.

— Je ne laisserai pas une jeune femme traverser la ville toute seule en pleine nuit. Ce n'est pas parce que je suis journaliste que je suis dépourvu de sens moral.

Nous nous dirigeâmes vers le métro aérien.

— Vous deviez me donner le nom de votre source.

— J'ai dit que je répondrais sur un seul nom, celui d'une personne qui n'est pas ma source.

Il n'était pas stupide, je devais le lui accorder.

— Beatrice Tyler ?

Il secoua la tête.

— Vous êtes sûr ? Alors, peut-être, un de ses proches… ?

— Je suis sûr que ce n'est pas Beatrice Tyler, dit-il, inflexible.

J'insistai pour qu'il me laisse sur le quai de la station la plus proche de chez les Benchley, en partie pour ne pas être vue avec lui près de la maison, en partie pour lui éviter de payer un second ticket.

Il cala sous son bras le paquet contenant les affaires de Norrie et mit les mains dans les poches.

— Cet ami qui a un passe-temps… vous me raconterez ce qu'il a dit à propos de la tache ?

— Ne nourrissez pas trop d'espoir. Il se peut que Norrie se soit juste essuyé les mains sur sa veste.

— Mais vous m'appellerez quoi qu'il arrive ?

— Je vous appellerai.

— Parce que j'aurais le cœur brisé de ne pas vous revoir, Miss Prescott. Pour de bon.

L'idée me traversa de ne pas avertir les Benchley qu'un certain document pouvait incriminer Charlotte. Il serait toujours temps pour eux de le découvrir, songeai-je, quand Mr. Behan publierait son histoire. Mais la loyauté est un sentiment particulier. Cela me peinait d'imaginer Mrs. Benchley et Louise exposées au scandale. Même Charlotte, pour être honnête. Une trop grande part de la mauvaise opinion des gens à son égard venait du fait qu'elle était « de Scarsdale », comme l'aurait dit *Town Topics*. De plus, c'était mon travail de mettre ces jeunes femmes en valeur. J'aurais failli à mon devoir en tolérant qu'on les couvre de boue. La preuve d'un mariage secret aurait perdu Charlotte. Une liaison, passe encore, mais une épouse eût été la fin de tout.

Même si elle n'était jamais accusée, les soupçons lui colleraient à la peau.

S'y mêlait quelque chose de plus complexe que de la loyauté. Un sentiment qui avait commencé quand Mr. Benchley m'avait confié les journaux pour que je les détruise et qu'il m'avait demandé d'être présente pendant l'interrogatoire de Charlotte. Il avait balayé d'un revers de main mes inquiétudes au sujet des pilules, cependant il ne m'avait pas reproché de lui en avoir parlé. Leur montrer, voilà qui résumait à peu près tout. Je voulais leur prouver, et à moi aussi, que je n'étais pas seulement capable de m'occuper des vêtements et de faire des chignons. Je savais des choses et, ce que je ne savais pas, je pouvais le découvrir. Anna et mon oncle avaient toujours dit que je ne devais pas me considérer comme une simple servante. Ils avaient peut-être raison. En tout cas, on n'aurait jamais vu Bernadette traîner à l'angle de Chrystie et de Rivington la nuit. Ni marchander des informations avec un journaliste.

Le soir suivant, je toquai à nouveau à la porte de Mr. Benchley. Il écouta mon histoire sans émettre de commentaire. S'il était fâché que j'eusse rencontré Mr. Behan, cela n'apparut pas sur son visage. Quand j'eus fini, il prit un stylo et griffonna d'une main nonchalante sur un morceau de papier.

— Cette feuille de registre, le journaliste l'a en sa possession ?

— Pas encore. Mais son patron semble prêt à acheter tout ce qui intéressera les lecteurs.

— Et ce journaliste a l'intention d'écrire un article là-dessus.

— Oui. Je sais que cela paraît ridicule, Mr. Benchley, dis-je après une hésitation. Mais la police n'a toujours pas trouvé l'anarchiste, et les journaux inventent de quoi remplir leurs pages. Je crains qu'ils décident que Miss Charlotte ferait un bon sujet.

J'eus peur d'être allée trop loin, mais Mr. Benchley acquiesça d'un hochement de tête.

— J'ai averti le reporter que vous risquiez de le poursuivre.

— Non, répondit-il à mon grand étonnement. Car alors, le procès deviendrait le sujet. « Le père outragé défend sa fille calomniée. » Non, merci.

Se carrant contre le dossier de son fauteuil, il ajouta :

— Toutefois, si le jeune Newsome s'est laissé embringuer dans un mariage secret à Philadelphie, je veux le savoir. Et je tiens à obtenir cette feuille de registre avant le journal.

— Allez-vous engager un détective privé ?

Il se redressa, les mains sur le bord de son bureau.

— Non, Jane. Je vais embaucher votre ami. Découvrez ce qu'il gagne en travaillant pour ce journal, et je déciderai du montant.

Behan accueillerait avec plaisir cette occasion de suivre la piste de Norrie. J'objectai pourtant :

— Un détective privé ne serait-il pas plus discret ?

— Un détective découvrira ce que celui qui le paie désire qu'il trouve, répondit-il d'un air sibyllin. Je veux des gens à moi.

— Mais comment pourrez-vous faire confiance au journaliste ?

— Pas à lui, non. C'est à vous que je ferai confiance. Je ne me tromperai pas, n'est-ce pas ?

— Non, monsieur.

— C'est bien ce que je pensais. La sœur de Mrs. Benchley habite Philadelphie. Elle est veuve et se réjouirait de recevoir la visite de sa nièce. Charlotte n'est pas encore prête à voyager, mais cela ferait le plus grand bien à Louise. Vous l'accompagnerez, retrouverez le journaliste là-bas, et vous vous procurerez la page du registre.

— Il pourrait vouloir de l'argent pour ça.

— Naturellement. De plus, je veux que vous découvriez ce que Norrie faisait à Philadelphie et s'il existe d'autres preuves de... son aventure.

J'étais aussi surexcitée que perplexe. Pourquoi Mr. Benchley ne s'adressait-il pas simplement à l'agence Pinkerton ? Parce qu'il ne pouvait compter sur leur loyauté ; ils se vendraient au plus offrant. Tandis que Michael Behan était un moins que rien. Et moi aussi. Pour peu que nous soyons indignes de sa confiance, il pourrait nous détruire en toute quiétude. Néanmoins, c'était mieux que de repasser le linge.

— Avez-vous son numéro de téléphone ?
— Oui, monsieur.
— Donnez-le-moi, je vous prie.
— Oui, monsieur.

Quelques jours plus tard, je reçus un autre coup de fil.

— On dirait que votre patron est un peu nerveux, dit Behan dès qu'il entendit ma voix.

— Si vous le connaissiez, vous ne diriez pas ça.

La cuisinière s'attardait dans le couloir, rendue suspicieuse par mes fréquentes conversations téléphoniques. Je lui adressai un froncement de sourcils, et elle s'éloigna.

— Ainsi, nous allons à Philadelphie, Miss Prescott. Qu'y trouverons-nous, à votre avis ?

Des images passèrent en un éclair dans ma tête. Charlotte jouant avec les boucles en onyx. William jetant son mégot de cigarette dans l'herbe. Rose Newsome souriant à travers la fumée. Beatrice aux yeux sombres. Louise rougissant en parlant de William.

Mr. Pawlicec. *Miss Prescott, plaisir de vous voir.*

Et Anna, qui cachait tant de choses et en rendait tant d'autres si claires. Terriblement claires.

— Je l'ignore, Mr. Behan.

La veille de notre départ pour Philadelphie, je retournai dans le Lower East Side, à la pharmacie de Mr. Rosenfeld. À ma vue, son visage s'illumina.

— Miss Jane Prescott, qui n'est pas de Łódź.

Je m'approchai du comptoir, le bocal de verre dans mon sac.

— Oui. Est-ce que... Pourrions-nous parler en privé ?

— Certainement, dit-il comme si une telle question n'avait rien de surprenant.

Il m'invita à franchir une porte qui donnait dans une petite pièce adjacente, dotée d'un bureau et de deux chaises. Me faisant signe de m'asseoir, il s'installa sur le second siège.

— Voyons, quel est le problème qui requiert de parler en privé ?

En un éclair, j'imaginai d'autres femmes assises à ma place pour discuter de leur « problème ». Gênée, je précisai :

— Ce n'est pas un problème, mais cela nécessite de la discrétion. Le secret, même.

Il hocha la tête d'un air compréhensif.

Je posai le bocal sur le bureau.

— Vous avez dit que vous aimiez les mystères.

— En effet.

— Vous avez dit, aussi, qu'il y avait des moyens... des tests pour découvrir la présence de certaines substances chimiques dans...

— Dans le sang.

— Ou sur les vêtements ?

— Sur les vêtements aussi, dit-il, posant les yeux sur le bocal.

Je poussai le récipient dans sa direction.

— Pensez-vous que vous pourriez savoir si des substances chimiques se trouvent sur ce morceau de tissu ?

Il saisit le bocal et examina l'étoffe à travers la paroi.

— Puis-je avoir une idée de ce que je suis censé chercher ?

— Une sorte de sédatif. Assez fort pour rendre un jeune homme inconscient.

Mr. Rosenfeld me fixa sans mot dire.

— Quoi que vous découvriez, assurai-je, si c'est important, j'irai à la police.

— Mais vous ne voulez pas y aller tout de suite ? Ils savent pratiquer ces tests, eux aussi.

— Non.

Si Mr. Rosenfeld découvrait le pire, les Benchley auraient besoin de temps.

— J'irai le cas échéant. Personne ne pâtit du fait que je ne m'y rende pas maintenant, je vous en donne ma parole.

Il acquiesça.

— Je couperai le tissu en deux et j'analyserai un des morceaux. Si je trouve quelque chose... d'intéressant, il en restera assez à la police pour pratiquer des analyses de contrôle.

— Merci. Combien de temps cela prendra-t-il ?
— Si on a recouru à un sédatif, tout dépend duquel. Peut-être des semaines, peut-être demain. Appelez-moi dans huit jours, dit-il en me tendant une carte. Il se pourrait que j'aie trouvé, d'ici là.

## CHAPITRE XIV

Mrs. Amelia Ramsay, Shaw de son nom de jeune fille, était, en apparence, la copie presque parfaite de sa sœur : pas très grande, une silhouette en courbes et en rondeurs et des yeux noisette brillants. Mais alors que le regard de Mrs. Benchley était bon et passionné, celui de Mrs. Ramsay était acéré et critique. Mrs. Benchley avait coutume de joindre le geste à la parole quand elle était impatiente, Mrs. Ramsay ne le faisait que pour insister et corriger. La bouche de Mrs. Benchley, quand elle ne débitait pas un flot verbal à toute vitesse, était souriante ou entrouverte en signe de confusion. Celle de sa sœur se pinçait en une ligne réprobatrice. Je n'enviais pas Louise d'avoir à lui tenir compagnie toute la semaine.

Amelia Shaw n'avait pas fait un aussi beau mariage que sa sœur, tant s'en faut. Elle vivait dans une maison de ville assez modeste, dans une des rues tranquilles d'un joli quartier résidentiel. Philadelphie était une ville plus conservatrice que New York. Ici, enfreindre les convenances ne passait pas pour chic ou excitant. Le bon et le mauvais goût étaient des domaines aux limites bien définies, et malheur à quiconque les franchissait. Louise les franchit à l'instant où elle mit les pieds chez sa tante. Mrs. Ramsay jeta un coup d'œil à sa malle et plissa les yeux.

— Pourquoi as-tu besoin de tant d'effets ?

Louise considéra d'un air dubitatif son bagage qu'elle n'avait nullement contribué à remplir. Je volai à son secours :

— Nous nous inquiétions du climat. Miss Louise a la poitrine fragile.

— Si elle se tenait droite, ses poumons auraient plus de place pour se développer, déclara sa tante.

— C'est ce que dit Jane, répondit faiblement la principale intéressée. Sans la partie sur les poumons.

L'activité essentielle de Louise consistait à faire la lecture à sa tante. Non que la semaine dût être entièrement dépourvue de réjouissances. Toutes deux assisteraient à un concert donné par un quatuor à cordes, écouteraient une conférence sur la misère sociale, fruit de l'intempérance, et rendraient visite aux connaissances distinguées de Mrs. Ramsay. Si Louise montrait un comportement exemplaire, on lui permettrait même de s'adonner aux joies du point de croix.

Ce soir-là, en me regardant déballer ses affaires dans la chambrette située à l'étage, Louise soupira :

— Si seulement vous n'étiez pas obligée d'aller voir les gens de votre famille ! Vous ne m'aviez jamais dit que vous aviez des parents à Philadelphie.

Je me sentais coupable de lui mentir. Elle croyait tout ce qu'on lui disait, ce qui rendait la tromperie encore plus vile. Toutefois, Mr. Benchley avait fermement insisté sur ce point et c'était lui qui payait les frais.

— Je l'ignorais moi-même. Ils ont contacté mon oncle très récemment, et votre père a eu l'extrême gentillesse de m'y autoriser.

— Je parie qu'ils sont plus drôles que tante Amelia, dit Louise en examinant, morose, un exemplaire du *Voyage du pèlerin*.

Mr. Behan avait fait le trajet de son côté et s'était installé à l'hôtel. Le lendemain matin, il se présenta chez Mrs. Ramsay, prétendant être mon cousin Henry. Elle le dévisagea d'un air incrédule, mais elle avait reçu l'instruction de son beau-frère de me laisser partir, ce qu'elle fit donc.

Quand nous fûmes à bonne distance de la maison, Behan me demanda :

— Comment se passe la vie chez Tantine ?

Il paraissait joyeux tel un lévrier qui flaire une piste.

— Pauvre Louise ! Elle se sacrifie pour sauver la réputation de sa sœur.

— Les matrones de Philadelphie peuvent être de vraies gorgones. Surtout celles qui vivent sur la Main Line[1].

— Mrs. Shaw ne fait pas du tout « Main Line ».

— Quelle snobinarde vous êtes !

Anna m'avait un jour lancé la même accusation. Je changeai de sujet.

— Vous ne m'avez pas dit où nous allons.

— À l'hôtel où Norrie était descendu, évidemment.

Le chauffeur nous conduisit dans le centre-ville et nous déposa sur l'avenue des Arts, devant le Ritz-Carlton. C'était l'hôtel le plus récent et le plus chic de Philadelphie, situé dans l'ancienne Girard Trust Company. Son architecture s'inspirait du Panthéon de Rome. En contemplant les colonnes massives

---

1. Banlieue résidentielle huppée, formée de riches communautés, qui s'étendait le long de la principale ligne de chemin de fer (Main Line) passant à Philadelphie.

qui bordaient la façade, j'éprouvais des sentiments très semblables à ceux d'une chrétienne sur le point d'affronter les lions. Ma tenue n'était pas appropriée à un tel décor. Pourtant, Michael Behan, avec son melon fatigué, gravissait les marches de marbre en ignorant les regards atterrés des clients.

Je le suivis en chuchotant frénétiquement :

— Je ne suis pas habillée, je n'ai pas le bon chapeau.

— Restez près de moi.

Nous dépassâmes deux portiers intimidants dans la livrée noire du Ritz-Carlton. D'un pas énergique, Behan traversa le hall de la réception, se planta devant le comptoir, s'éclaircit bruyamment la gorge et apostropha l'employé :

— S'il vous plaît, mon brave !

Je crus que l'employé appellerait les détectives pour nous jeter dehors mais, levant les yeux, il sourit et donna à Behan une poignée de main chaleureuse.

— Un peu de temps pour prendre un verre ? demanda ce dernier.

— Donne-moi dix minutes, et je te retrouve dehors.

Son regard se posant sur moi, il leva un sourcil, mais Mr. Behan lui fit comprendre d'un geste que ma présence était purement professionnelle. Un quart d'heure plus tard, nous nous trouvions dans un restaurant bruyant, et l'employé me fut présenté. Eugene O'Reilly, le cousin de Mr. Behan, me fit penser à un porcelet avec son visage rond et rose, son nez camard et ses cheveux bruns lissés en arrière – il commençait à se dégarnir. Il me serra la main en me disant : « Salut ! »

— Donc, dit Behan, venons-en à ce garçon.

Il glissa sur la table un exemplaire de *Town Topics* avec la photo de Norrie en première page, et je compris que c'était Mr. O'Reilly qui l'avait informé de sa visite à l'hôtel en mystérieuse compagnie.

Mr. O'Reilly passa un doigt dans son col qui soudain semblait l'étrangler.

— Écoute, pas un mot à mon sujet dans les journaux, Michael, je pourrais perdre mon boulot.

— Non, non, ce n'est plus pour le journal. Mon employeur est quelqu'un dont je ne peux révéler le nom.

— Vous et lui garderez l'anonymat, assurai-je afin que le pauvre homme respire plus librement.

Il m'adressa un sourire de gratitude, mais ne parut guère soulagé. D'un coup de coude, je fis comprendre à Behan de ranger le journal. Il le remit dans son manteau.

— Il était bien là, commença Mr. O'Reilly. Le jour que je t'ai dit...

Behan me précisa la date, qui correspondait à l'époque où Norrie devait être à Philadelphie. J'en donnai confirmation d'un signe de tête.

— Et la femme ? demanda Behan.

— Il y avait une femme avec lui, oui.

— Pourriez-vous nous la décrire ? m'enquis-je.

— Elle était brune.

*Beatrice Tyler*, pensai-je. Alors une idée sordide me vint : Rose aussi était brune.

Pour en avoir le cœur net, je continuai :

— Grande ou petite ?

— Grande, répondit-il aussitôt. Je l'ai remarqué tout de suite.

Rose, sans être petite, demeurait dans la moyenne. La haute taille de Beatrice, au contraire, désolait sa mère qui craignait que cela la fît paraître peu féminine. Mon estomac se retourna. Jusqu'à ce moment-là, j'avais refusé de prendre Beatrice au sérieux lorsqu'elle affirmait que le cœur de Norrie lui appartenait. Bien sûr, le teint mat de Lucinda pouvait la faire passer pour brune. Et il se pouvait que Mr. O'Reilly eût écrit Mr. et Mrs. au lieu de Mr. et Miss par accident.

Je m'apprêtais à demander si la dame était jolie quand Mr. O'Reilly ajouta :

— Elle avait un coup dans le nez, pardonnez-moi l'expression.

Certainement pas Lucinda, décidai-je. Choquant, toutefois, d'imaginer cela de Beatrice. Une femme de la famille Tyler/Armslow pompette et descendant à l'hôtel avec un homme pour la nuit. Le mépris de Beatrice pour l'espèce humaine l'avait parfois poussée à défier les usages, mais jamais à un tel degré.

À moins que Behan eût raison et que Norrie et elle se fussent mariés le jour même. Ce qui provoquait un choc d'un calibre différent.

— Et le jeune homme dans le journal, vous êtes sûr que c'est celui que vous avez enregistré ?

— Il a signé le registre.

*Même s'il était ivre, l'écriture demeurerait assez semblable*, pensai-je.

— Tu as la page ? demanda Behan.

O'Reilly opina du chef.

— Sur toi ?

Il acquiesça de nouveau.

À ce stade, deux enveloppes furent placées sur la table. Behan glissa la sienne vers O'Reilly ; O'Reilly glissa la sienne vers Behan. Chaque homme enfonça une enveloppe dans sa poche intérieure.

— C'est le seul exemplaire ? insista Behan.

— L'unique. Si vous voulez bien m'excuser...

Pendant que Mr. O'Reilly allait se soulager, je désignai du menton la table où les enveloppes s'étaient croisées.

— Qu'est-ce que ça va devenir ?

— Votre patron a payé pour l'avoir, alors maintenant c'est sa propriété. Il préfère conserver tout document compromettant en lieu sûr. Je comprends son point de vue.

Donc, la preuve matérielle que Norrie avait apprécié la compagnie d'une autre serait bientôt en la possession de Mr. Benchley. Mais cela ne prouvait pas que le mariage n'avait pas eu lieu. Je repensai à ma discussion avec Beatrice, à ses mains sur ses genoux ou sur le haut de la chaise. Je n'y avais pas vu de bague.

Quand il revint, j'avais une autre question pour lui.

— Mr. O'Reilly, puisque la dame n'était plus... dans son état normal, avez-vous pensé à réclamer une preuve qu'ils étaient mariés ?

Il déglutit.

— Non. Non, je n'y ai pas pensé.

Behan esquissa un sourire.

— Le jeune homme a-t-il laissé entendre que vous aviez avantage à ne rien demander ?

Son cousin ne répondit pas mais, à son regard, j'eus la quasi-certitude que de l'argent avait changé de main. Voilà qui était rassurant ; Norrie n'aurait pas soudoyé un employé d'hôtel pour laisser entrer sa femme.

— J'ai remarqué qu'elle gardait ses gants, ajouta O'Reilly.

— A-t-elle dit quoi que ce soit ?

— Oui. Elle s'est mise à pouffer et a dit : « Que penserait Mère ? »

Pas « Que pensera Mère ? », comme Beatrice l'aurait demandé si elle avait fait allusion à son mariage. « Penserait » indiquait une nouvelle que Mrs. Tyler était censée ne jamais apprendre. Nous allions devoir vérifier à l'hôtel de ville si une licence matrimoniale avait été accordée, néanmoins je commençais à me détendre. Désormais, on ne pouvait prouver que Charlotte avait eu un mobile pour assassiner Norrie.

J'éprouvais un pincement de cœur en songeant à Beatrice. En dépit de son amour-propre, elle s'était laissé abuser par un bellâtre qui prenait plaisir à infliger de l'embarras et de la peine. Par amour et, peut-être, en un geste désespéré pour retenir celui sur qui reposaient les espoirs de la famille Tyler.

Soudain, une autre idée me vint. Si Norrie lui avait promis de rompre avec Charlotte, puis était revenu sur sa parole la nuit du bal, Beatrice avait dû ressentir non seulement de la rage, mais de la peur. Savoir un tel secret entre les mains d'un individu sans scrupule aurait suscité un terrible sentiment d'impuissance. Un sentiment tel que Beatrice ne pouvait l'accepter.

Behan interrompit le fil de mes pensées :

— Qu'ont-ils fait le lendemain matin ?

— La jeune femme est partie.

— Et lui ? Tu as une idée de la façon dont il a employé son temps ?

— Principalement, à appeler le service d'étage et à organiser une fête monumentale. Ah ! non, attends. Je lui ai commandé une voiture. Je m'en souviens car sa destination était peu courante, un vrai trou perdu. Je ne comprenais pas ce qui pouvait l'intéresser là-bas au point d'entreprendre ce long trajet. Je lui en ai fait la remarque, mais il a répliqué qu'il faisait ce qu'il voulait de son argent.

— Où est-il allé, au juste ? interrogea Behan.

— Je ne me le rappelle pas. Mais je connais quelqu'un qui le saura.

Pendant que nous retournions au Ritz, j'essayai d'attirer l'attention de Behan. Notre prochain arrêt devait être, en principe, l'hôtel de ville ; les lieux où Norrie menait ses sombres visées ne nous concernaient pas. Toutefois, mon compagnon regardait devant lui sans détourner les yeux.

O'Reilly nous conduisit à une rangée de cabs Elmore prêts à emmener les clients de l'hôtel où bon leur semblait. Mr. O'Reilly avança le long de la file et s'arrêta près de la cinquième voiture.

— Burt ?

Le cocher nous considéra d'un air d'espoir.

— On essaie de retrouver la trace d'un gentleman. Un jeune homme chic, séduisant, cheveux bruns.

Burt resta dubitatif.

— Vous l'avez pris pour une longue course, il y a environ un mois.

— Ah ! Je m'en souviens.

— Vous croyez que vous pourriez nous conduire au même endroit ? Nous vous dédommagerions pour la peine, bien entendu.

— D'accord, je vous y emmène.

— Excusez-nous un instant, intervins-je, et j'entraînais Mr. Behan à l'écart. Qu'est-ce que vous faites, là ?

— Votre patron m'a dit de découvrir ce que Norrie Newsome fabriquait à Philadelphie. Je m'y emploie.

— Il ne se souciait que de ce qui pouvait concerner Charlotte.

Je pressai son manteau, entendis le bruissement du papier.

— Nous avons ce que nous sommes venus chercher. Il faut aller à l'hôtel de ville, voir s'il a demandé une licence de mariage.

— Nous irons. Mais nous devons aussi découvrir où Norrie s'est rendu après sa soirée romantique.

— C'est vous que cela intéresse, pas Mr. Benchley.

— Nos intérêts se confondent, jusqu'à preuve du contraire. J'ai renoncé à un beau papier, avec cette feuille de registre. Mais quelque chose me dit que je trouverai mieux encore pourvu que je cherche au bon endroit. Rien ne vous oblige à venir, si vous ne le voulez pas.

Il retourna près de la rangée de cabs. Dans une seconde, il s'en irait Dieu sait où avec l'argent de Mr. Benchley, pour apprendre Dieu sait quoi sur Norrie. On m'avait recommandé de garder l'œil sur lui ; à présent, je comprenais pourquoi Mr. Benchley m'avait envoyée faire ce voyage.

Je courus à toutes jambes et grimpai sur la banquette arrière non sans bousculer Mr. Behan, puis demandai à Burt :

— Ça prendra beaucoup de temps ? Je dois être en ville avant la nuit.

— On sera rentrés. Une heure aller, une heure retour.

Il referma la portière.

En voyant s'éloigner la ville, je me sentis extrêmement mal à l'aise. D'une part, je me trouvais en compagnie de deux hommes qui m'étaient inconnus, emportée je ne savais où. De l'autre, je ne supportais pas les automobiles. Elles allaient trop vite, au moins à quatre-vingt-dix à l'heure, et paraissaient trop fragiles pour ne pas être dangereuses. Les gens les utilisaient de plus en plus pour leurs trajets quotidiens, mais, selon moi, ce n'étaient encore que de gros jouets pour jeunes gens riches, avec lesquels on circulait à folle allure et, une fois sur deux, on avait un accident.

Gardant la main agrippée sur le bord de la portière, je me penchai vers le siège du conducteur.

— Le jeune homme voyageait seul ?

— Oui, tout seul, confirma Burt, se concentrant ensuite sur la route.

Je m'adossai à mon siège. Où allions-nous ? Que voulait voir Norrie en Pennsylvanie, sinon un hôtel ou un club élégant ? Si c'était un manoir, pourquoi n'avait-il pas pris le train jusqu'à la gare où ses hôtes auraient envoyé une voiture le chercher ?

La voiture fit une embardée sur une bosse. Je m'accrochai au rebord de la banquette et Behan se demanda tout haut :

— Pourquoi Newsome a-t-il pris un cab ? Je pensais qu'il avait sa propre voiture. Sans parler de l'auto et du chauffeur de Papa.

— Il ne voulait pas que « Papa » soit au courant de ce qu'il tramait, expliquai-je. De plus, il avait l'habitude de casser ses jouets, si bien que Papa lui serrait les cordons de la bourse.

Alors que nous passions devant un champ, une carriole tirée par un cheval arriva dans notre direction. Lorsque nous la croisâmes, je remarquai les sacs de grain et les outils de ferme – pelle, corde, pioche. Je me rappelai alors quelles affaires Norrie était supposé inspecter : les mines familiales. À l'époque, j'avais rejeté l'idée qu'il pût s'intéresser si peu que ce fût à ce qui avait trait au travail. Mais peut-être avait-il visité le lieu du désastre qui allait probablement lui coûter la vie.

Nous roulâmes longtemps. Je frissonnai dans le froid, les bras croisés sur ma poitrine. La campagne environnante ne ressemblait pas à une région minière. Notre route nous fit traverser un village coquet bien entretenu, où des demeures cossues ponctuaient le paysage. Nul signe de pauvreté.

Nous empruntâmes la rue principale.

— Comment s'appelle cette ville ? demandai-je.

— Haddonfield, répondit Burt.

Haddonfield... Ce nom sonnait familièrement à mes oreilles, mais je ne parvenais pas à savoir pourquoi.

Enfin, Burt annonça :

— C'est ici.

Devant nous se dressait un beau bâtiment blanc semblable à un petit hôtel. Des volets vert foncé encadraient les fenêtres. Une porte du même vert donnait accès à l'intérieur. Quelques filles vêtues de jupes et de chapeaux assortis se hâtaient d'entrer, pressées d'échapper à la morsure du froid.

Ce n'était ni une mine hantée ni une église pour un mariage clandestin, mais l'Académie Phipps pour jeunes filles. Depuis plus d'un siècle, elle était fréquentée par les demoiselles de bonne famille, à l'instar de Lucinda Newsome.

Et, très rarement, par celles issues de milieux moins fortunés.

Telle Rose Newsome. Née Briggs.

## CHAPITRE XV

— Un pensionnat pour jeunes filles ? s'étonna Behan. Que diable venait-il faire dans un pensionnat ?

Nous étions dans la salle à manger de l'auberge du village. Burt avait été payé pour attendre à la taverne, de l'autre côté de la route. Je soupçonnais que Behan aurait préféré être avec lui, mais la matinée avait été longue, et j'avais besoin d'un vrai déjeuner.

— Une autre petite amie, d'après vous ? me demanda-t-il.

Norrie n'avait jamais fait autant d'efforts pour voir une conquête.

— Sa sœur étudiait ici, mais elle a quitté l'école l'an passé.

— Il ne me donne pas l'impression d'avoir été un frère dévoué.

— Non.

Je me rappelai la silhouette solitaire devant le mausolée.

— Elle, au contraire, devait être une sœur aimante. Néanmoins, ce n'était pas à elle qu'il rendait visite.

— Qui d'autre pouvait-il y connaître ?

J'hésitai.

— Sa belle-mère aussi vient de ce pensionnat.

— Ah, c'est vrai ! gloussa-t-il. J'avais oublié que toutes deux étaient camarades de classe.

La porte du restaurant s'ouvrit, laissant s'engouffrer une rafale glacée, des éclats de rire et des voix joyeuses. Un groupe de filles venait d'arriver, se frictionnant les bras et tapant des pieds pour se réchauffer. Elles aussi arboraient l'uniforme du pensionnat.

Sans un mot, nous les observâmes tandis qu'elles prenaient une table au fond. À leurs murmures surexcités et leurs regards alentour, on devinait qu'elles s'étaient échappées pour manger dehors sans permission. Elles pouvaient avoir dix-sept ans, un âge suffisant pour montrer toutes les audaces. Suffisant, aussi, pour se rappeler Rose Newsome.

Elles étaient encore assez jeunes, toutefois, pour préférer aller aux toilettes à deux. Quand elles se levèrent, je les suivis et les attendis près des lavabos. Elles ne me remarquèrent pas quand elles sortirent des cabinets, leurs doigts lissant leurs cheveux soyeux.

D'une voix que je voulais calme, je demandai :

— Vous êtes de l'Académie Phipps ?

Dans le miroir, les filles échangèrent un regard pour accorder leurs réponses. L'une était élancée, dotée d'un teint parfait et de grands yeux, la seconde courte sur pattes et le menton enfoncé dans les épaules. Il n'était pas difficile de deviner qui des deux menait l'autre.

Coulant son regard vers moi, la grande répondit :

— C'est exact.

Sa voix était défiante, mais nerveuse. Elles croyaient que j'allais les signaler.

— Je me demande si vous pourriez m'aider.

Voyant qu'on faisait appel à elles, elles se rassérénèrent, mais devinrent aussi plus hautaines. Leur nez se releva, leurs épaules se redressèrent imperceptiblement. *Ces gens-là, toujours à quémander.*

— Mon patron cherche des informations au sujet d'une ancienne élève de Phipps.

Une étincelle d'intérêt, mal dissimulée.

— Il projette de l'épouser. Bien sûr, il veut s'assurer que cette jeune fille n'a rien qui, dans ses relations, puisse entacher sa réputation. Il est prêt à dédommager quiconque pourra lui être d'assistance.

J'agitai le dernier appât.

— Elle s'appelle Lucinda...

À la façon dont les filles se regardèrent, je sus qu'elles la connaissaient. Elles hésitèrent à peine, puis la grande s'exclama :

— Oh ! Il n'y a rien à dire de scandaleux sur ce bas-bleu, sinon qu'elle est assommante.

L'autre ferma à demi les yeux pour l'imiter, puis éclata de rire.

— Impossible de l'imaginer avec un garçon.

— Excepté son frère, dit la première, et elles s'esclaffèrent de plus belle.

Je feignis l'ignorance.

— Son frère ?

— Elle a un frère aîné qu'elle aime beaucoup, expliqua la grande.

— Avait, corrigea l'imitatrice.

— Ah, mais oui ! C'est vrai !

Malgré elle, elle considéra sa camarade avec respect, puis ajouta :

— Il a été assassiné. Une histoire de politique.

— Ça serait drôle que ce soit elle qui l'ait tué.

La première sourit.

— C'est de ces apprenties vieilles filles qu'il faut le plus se méfier.

— Parce qu'elles gardent tout à l'intérieur.

Scandalisées par leur propre cynisme, elles hurlèrent de rire. Elles m'avaient presque oubliée. Je souris.

— Son frère lui rendait souvent visite ?

— Il avait mieux à faire, j'en suis sûre.

— Mais, tu ne te rappelles pas ? dit la petite, surexcitée. Il est venu cet hiver. Betsy Cameron-Dodge avait dû rester pour les vacances...

— Elle prétend que sa famille est à l'étranger, mais, en fait, ils sont trop pauvres pour se payer le train.

— Et elle l'a vu. Il parlait à Mr. Mayles, le prof de musique...

— Le dégoûtant ! Je déteste sa façon de me reluquer.

— Je sais. N'empêche que Betsy a raconté à tout le monde qu'elle avait vu Norrie Newsome juste avant qu'il meure. Elle n'avait plus que ça à la bouche.

La grande roula des yeux.

— Vous voyez ? Quand son frère bien-aimé est-il venu à l'école ? Pas quand Lucinda était ici. Et ce sera du pareil au même pour n'importe quel homme. Du moment que votre patron s'en fiche de mourir d'ennui, il n'a qu'à l'épouser.

Quand les filles eurent pris leur argent et quitté le restaurant, Behan m'interrogea :

— Alors ?

— Norrie a bavardé avec un certain Mayles, qui enseigne la musique à Phipps.

Behan haussa les sourcils d'admiration.

— Et comment contacte-t-on Mr. Mayles ?

— Je ne sais pas. Dans ce genre d'école, on ne nous laissera pas entrer sans bonne raison.

Behan fit la moue, puis leva les yeux au moment où notre serveuse passait.

— Excusez-moi, madame.

La femme était assez âgée pour mériter ce « madame » et pour se méfier des intentions de

l'homme qui le prononçait. Elle s'arrêta, mais ne sourit pas.
— Vous connaissez le pensionnat d'à côté ?
Elle acquiesça.
— Où pourrait-on trouver quelqu'un qui y travaille ? Ma sœur, fit-il en me désignant, souhaite vivement être embauchée dans cet établissement. Je pensais que, peut-être, si elle faisait connaissance avec un des professeurs, il verrait que c'est une excellente candidate.
La serveuse me jaugea d'un coup d'œil. Je tâchai de paraître excellente.
— Vous cherchez un des enseignants ? dit-elle enfin.
Behan hocha la tête.
— Le seul endroit où vous pourrez les trouver, c'est le bar, dit-elle, et d'un mouvement du menton elle montra l'autre côté de la rue.

Je ne pouvais entrer là-bas, aussi Behan y alla-t-il seul pendant que je reprenais du thé avec une nervosité grandissante. Pourquoi Norrie avait-il parcouru une telle distance pour poser des questions à un professeur de musique ? Il n'avait jamais paru s'intéresser à sa sœur. Mais Lucinda n'était pas la seule de la famille à être passée par l'Académie Phipps.
J'entendis soudain Behan s'exclamer :
— Tenez, la voilà !
Il s'approcha de ma table avec un homme maigrichon au crâne dégarni.
— Voici Mr. Mayles, qui enseigne la musique à l'Académie Phipps.
Le professeur me tendit une main blanche, aux doigts effilés et aux ongles soignés. La peau était douce. Toutefois, il ne serra pas la mienne, il la palpa.

Son regard me donna l'impression d'être inspectée bien plus que saluée.

— Mr. Mayles est un ami de notre ami, reprit Behan. Celui qui est venu ici il y a un mois environ.

— Très heureuse, Mr. Mayles. Désirez-vous du thé ou du café ?

— Du café, s'il vous plaît.

Il esquissa un sourire. Son regard ne me quittait pas.

On apporta le café. Je poussai l'assiette de petits gâteaux vers lui et pris soin d'ôter ma main avant qu'il n'avance la sienne.

— Maintenant, Mr. Mayles, pourquoi ne pas répéter à cette jeune femme ce que vous m'avez raconté ?

Mayles parut réticent, comme s'il se sentait perdant dans le marché qu'il avait conclu. Enfin, il lâcha :

— Il voulait des informations sur une étudiante de l'école.

Il but une gorgée de café. Behan le pressa :

— Ne nous faites pas jouer aux devinettes.

Nouvelle gorgée.

— Une très belle étudiante.

Pas Lucinda, donc.

— Qui fit plus tard un beau mariage ? devinai-je.

Mr. Mayles pointa le doigt vers moi comme si j'étais une élève brillante qui venait de fournir la bonne réponse.

— Il était curieux de savoir comment elle avait fait pour entrer au pensionnat. Nous n'acceptons que les meilleures familles, aussi notre enseignement est-il inaccessible à ceux qui n'appartiennent pas à l'élite de notre société.

Il prononçait ces paroles d'un ton ironique.

— Avez-vous pu le renseigner ? demandai-je.

— Certes. L'économe de l'école est un de mes meilleurs amis. Nous faisons partie d'un quatuor à cordes.

À sa façon d'appuyer sur le mot « quatuor », j'eus l'impression que c'était un code pour un divertissement moins musical.

— La jeune fille avait un bienfaiteur. Mon ami fut à même de fournir au visiteur l'adresse utilisée par ce bon samaritain.

— Et aussi le nom du samaritain ? interrogea Behan.

— Il n'y avait jamais de nom. Les chèques étaient signés par un homme de loi.

— Et c'est son adresse que vous lui avez indiquée ?

Mayles acquiesça.

Bien que consciente qu'il valait mieux éviter de me montrer hostile, je ne pus m'empêcher de demander :

— Vous n'avez ressenti aucun scrupule à communiquer des informations privées sur cette jeune fille ?

— Non. Pas plus à ce jeune homme il y a un mois qu'à votre compagnon il y a une demi-heure. Les jeunes filles sérieuses n'ont rien à cacher, n'est-ce pas ? À condition qu'elles le soient vraiment.

— Cette jeune fille-là semble avoir produit grande impression sur vous.

— Oh, oui ! Elle était... inoubliable, dit-il en s'adossant contre son siège.

J'eus le sentiment très net que, n'eussé-je été présente, il aurait employé un autre qualificatif. L'envie me démangeait de lui dire que, sitôt notre départ, je le dénoncerais à la direction de l'école ; je révélerais qu'il monnayait des informations sur les étudiantes, en particulier sur l'une d'elles qui appartenait désormais à une famille très puissante, capable de faire beaucoup de bien à l'Académie – ou de mal, selon son bon plaisir. Je détestais l'idée qu'il vende les secrets de Rose Newsome avec cette désinvolture. Je détestais sa façon de rouler sa langue dans sa bouche quand il parlait d'elle. Et je détestais de ne pouvoir vider la théière brûlante sur son pantalon.

— Une dernière chose, ajouta-t-il, et je vous la donne pour rien. Mon ami a aussi précisé que, sur la souche des chèques, figurait la mention que ces sommes étaient destinées aux soins et à l'éducation de Rose Briggs. Excepté qu'une fois l'homme de loi s'était trompé et avait écrit « Rose Coogan ». Cela m'a toujours intrigué.

— Donc, cette belle-mère... commença Behan sur le chemin du retour.

Je feignis de ne pas entendre. La conversation avec Mayles m'avait soulevé le cœur, et je n'étais pas d'humeur à parler.

Mais il attendait, les yeux rivés sur moi. Je répondis à voix basse :

— Elle s'appelle Rose Newsome. Ou Rose Briggs, si vous préférez.

— Ou Rose Coogan.

Ce nom remuait des souvenirs dans ma mémoire. Pourtant, j'étais incapable d'y attacher un visage ou un événement. Il se pouvait qu'une des nombreuses jeunes filles qui fréquentaient les Benchley se fût appelée ainsi.

— Pourquoi déciderait-on de se nommer Briggs plutôt que Coogan ? Ce n'est guère mieux.

— Ce n'est pas le nom choisi qui importe, mais le fait qu'elle en ait changé.

Je savais qu'il avait raison, mais je m'entêtais à ne pas l'admettre.

— Qu'est-ce que cela fait ? Nous savons que Norrie n'a probablement pas épousé Beatrice Tyler en secret. Nous savons donc que rien n'empêchait Charlotte de se marier avec lui – sauf le bon sens dont elle est dépourvue. Mission accomplie.

— Pas possible, vous, critique envers les Benchley ? demanda-t-il, amusé.

— Non. Si, je suppose. Je suis fatiguée.

J'étais plus que fatiguée. J'étais furieuse. La manière dont Mayles parlait de Rose Briggs – ou Coogan – à seize ans, insinuant qu'aucune jeune fille vertueuse n'avait besoin que l'on préserve sa vie privée quand lui-même était ivrogne, lubrique et indiscret, me mettait en rage. Avec quel mépris il foulait aux pieds sa dignité ! S'il se permettait cela envers elle, que m'eût-il fait, à moi ? Ce stupide, insignifiant, vicieux... professeur de musique.

Quant à Behan, il n'aurait jamais osé remuer ainsi le passé de Mr. Newsome ou même de Lucinda. Mais Rose, une jeune fille pauvre qui avait eu l'audace de faire un beau mariage, était une cible légitime. Les Coogan étaient sans doute des rustres traînant d'épouvantables histoires, toutefois on ne découvrirait pas là la clef de l'énigme. Norrie avait cherché à semer la discorde en traquant ceux qui avaient connu Rose... Briggs ? Coogan ?... avant qu'elle ne devienne une Newsome. Le lendemain, Behan les retrouverait et parachèverait l'œuvre de Norrie : il dévoilerait l'imposture de Rose au monde entier.

Je songeais aux « pensionnaires » de mon oncle. Maintes d'entre elles trouvaient un travail par la suite. Se mariaient. Avaient des enfants. Et si un jour un reporter décidait que le passé d'une de ces femmes ferait une histoire bien juteuse ? Que deviendrait sa vie – que deviendrait-elle –, à cause des pareils de Behan et de Mayles ?

— Je sais quand une femme me maudit dans sa tête, Miss Prescott. Autant me parler franchement.

Je fis front.

— Vous êtes bien léger lorsqu'il s'agit de la réputation d'une femme, Mr. Behan. Vous croyez pouvoir parler d'elle tant qu'il vous plaît du moment que vous ne l'accusez pas de meurtre. Il n'empêche que vous aurez gâché sa vie, juste parce qu'elle a un côté égoïste, qu'elle aime son frère plus que de raison ou qu'elle a connu une enfance triste et misérable.

Je pensais qu'il lancerait une boutade ou répliquerait qu'il écrivait ce qui lui chantait. Il n'en fit rien. Pendant plusieurs kilomètres, nous roulâmes en silence.

Enfin, à l'approche de la ville, il dit :

— Je suis désolé.

— De quoi ?

— Je ne sais pas.

— Oh ! Dans ce cas...

Je tournai la tête vers la vitre. Les paroles se bousculèrent sur ses lèvres.

— Je suis désolé parce que Mayles a été répugnant. Il ne vous a pas insultée, cependant il ne vous a guère montré de respect. Je ne l'ai pas remis en place parce que je voulais qu'il continue à parler.

— Eh bien... Nous n'étions pas allés jusque là-bas pour l'écouter jouer du piano.

— Non.

Nous étions arrivés devant chez Mrs. Ramsay. Sortant de la voiture, Behan indiqua à Burt de l'attendre. Puis il se tint devant moi, les mains dans les poches et la tête baissée.

— Il y a autre chose qui me désole. Je vais me rendre à cette adresse, et, quoi que Newsome ait trouvé, je le trouverai aussi. Parce que je ne peux faire autrement. Cette histoire mène là-bas. Je ne peux laisser inachevé ce que j'ai commencé.

Je m'apprêtais à rétorquer qu'il le pouvait fort bien, au contraire, quand il ajouta :

— Écoutez, si vous remarquiez un... un faux pli sur une robe de Louise Benchley, vous voudriez la repasser, pas vrai ? Même si vous étiez la seule à le savoir ?

— C'est mon travail.

— Oui. Et vous ne le faites pas à moitié. Norrie Newsome est venu ici parce qu'il se renseignait sur sa belle-mère. Je veux savoir ce qu'il a appris. Et si c'est pour ça qu'il a été tué.

— Non, ce n'est pas pour ça.

— Alors, elle n'a rien à craindre. Ça n'aura pas de conséquence que j'aille à cette adresse demain. Ou que je creuse dans la boue de ce trou perdu dont elle vient.

— Schuylkill, dis-je, me rappelant son aveu embarrassé. Elle vient de Schuylkill, elle s'appelle Rose Coogan, et c'est un être humain, Mr. Behan.

— Bien. Alors venez avec moi et découvrons qui elle est vraiment.

— Où ?

— À l'adresse que Mayles nous a donnée. Ou à Schuylkill. Ou les deux.

J'hésitai. Même si je ne voulais pas l'admettre, notre conversation avec Mayles suscitait en moi toutes sortes de questions. Peut-être n'y avait-il pas de secret coupable dans le passé de Rose ; Norrie comptait trouver quelque chose de sale parce qu'elle n'était pas issue des quatre cents familles acceptables.

Mais j'avais envie de savoir si le changement de nom avait été volontaire ou résultait de la négligence d'un employé de banque.

Et en fin de compte, Mr. Behan avait raison. Je n'aimais pas faire un travail à moitié.

— D'abord, Schuylkill.

Je répugnais à prendre le même point de départ que Norrie. Cela m'aurait donné l'impression de suivre le chemin qu'il avait tracé pour nous.

— Il faut que je rentre. Je ne voudrais pas que Mr. Benchley ait à expliquer à Mrs. Ramsay pourquoi il confie ses filles à une femme aux mœurs douteuses.

## CHAPITRE XVI

Le lendemain, sur mon insistance, Mr. Behan et moi passâmes d'abord à l'hôtel de ville de Philadelphie où l'on nous confirma qu'aucune licence de mariage n'avait été délivrée à Robert Norris Jr.

Ensuite commença notre périple vers Schuylkill.

Nous nous y rendîmes en train. J'aurais préféré être assise seule de mon côté, mais Behan prit le siège près de moi sans me demander mon avis. Néanmoins, il s'absorbait dans ses notes et n'était pas, pour une fois, d'humeur à bavarder.

Moins d'une demi-heure plus tard, nous nous trouvions en rase campagne, loin des faubourgs distingués qui entouraient la ville. Pendant des kilomètres, seuls défilèrent des champs de pommes de terre sous un ciel pâle à perte de vue. Parfois, nous étions engloutis par le silence des arbres de chaque côté du wagon. Tout à coup, je me rendis compte que, tout bien considéré, j'étais seule. J'exhalai longuement, sentant mon corps savourer enfin la liberté. Je penchai la tête pour voir le ciel, consciente de disposer de deux heures sans rien à faire du tout.

— Ce ne sont que des arbres, dit la voix de Behan.

— Pour vous peut-être, répondis-je sans détacher mes yeux de la fenêtre.

Le paysage changea à mesure que nous approchions de Schuylkill, et pas en bien. En descendant du train, je fus tentée de demander si c'était l'arrêt, car la seule indication était un petit guichet désert sur un quai aux planches gauchies et défoncées. Mais le chef de gare revint.

Il nous trouva un buggy à cheval qui nous conduirait en ville. Les routes étaient cahoteuses ; Behan jurait chaque fois que nous passions sur des pierres et des ornières. Les arbres s'éclaircissaient. La terre se hérissait de broussailles et de souches d'arbres au milieu de la boue. Notre conducteur s'accordait avec le paysage, si sec qu'il ne semblait fait que de tendons ; sa barbe inégale grisonnait ; les coins de ses yeux étaient sillonnés de rides. Il pouvait avoir aussi bien trente que quatre-vingt-dix ans.

Behan lui lança :

— Vous ne connaîtriez pas la famille Briggs ?

Le conducteur, sans se retourner, secoua la tête.

— Ou les Coogan ? demandai-je.

Il ne daigna même pas réagir.

La grand-rue était bordée de bâtiments en briques et de promenades en bois le long des devantures. On y voyait quelques signes de modernité. Des poteaux électriques de guingois. Mais nombre de maisons étaient rustiques, bâties à la va-vite en planches de bois brut, avec des interstices qui devaient laisser pénétrer le vent. Des femmes et des enfants pauvrement vêtus nous regardaient passer. Un commerçant sortit de son échoppe pour nous observer. Un vieillard ôta sa pipe de sa bouche et nous suivit des yeux. Où étaient tous les hommes ?

Nous arrêtâmes la voiture devant un magasin d'assez belle taille. Behan paya le conducteur avec un supplément et le pria d'attendre, puis il se tourna vers moi.

— Rose Briggs a certainement fait son chemin dans le monde. En fait, tous ceux qui avaient un peu de jugeote ont dû partir d'ici depuis belle lurette. Il ne reste plus que quatre pelés et un tondu.

Je tentai de lui faire comprendre par des coups d'œil véhéments que les pelés et tondu en question nous écoutaient peut-être, et proposai :

— Demandons au propriétaire du magasin s'il sait où se trouve la maison.

C'était un bazar qui vendait de tout, aussi bien les boîtes de conserve et la farine que les marteaux et la toile cirée. Behan s'approcha du patron, un homme mince d'une quarantaine d'années dont les cheveux blond-roux se clairsemaient sur les tempes. Il lui acheta un sachet de bonbons et dit :

— Nous cherchons la maison des Briggs.

— Connaît pas, répondit le patron en secouant la tête.

Behan et moi, nous nous regardâmes.

— Des Coogan ? hasardai-je.

L'homme me fixa d'un air dur. Déconcertée, j'insistai :

— Cette famille vivait bien ici, n'est-ce pas ?

— Pour ça oui, qu'ils vivaient là. Prenez à gauche au bout de la route, montez la colline. Après un kilomètre et demi, vous verrez une maison blanche avec une girouette en forme de coq. Tournez à droite et continuez sur cinq cents mètres. Vous la verrez : c'est la troisième sur la droite. Peut-on savoir pourquoi vous vous intéressez aux Coogan ?

Behan haussa les épaules pour lui signifier que c'était notre affaire.

Dehors, il distribua les bonbons aux enfants agglutinés autour du véhicule. Il les taquinait avec un naturel qui me fit penser qu'il avait de jeunes frères et sœurs. Observant les alentours, je trouvai à la ville quelque chose d'inquiétant. Ce n'était pas tant à cause de la pauvreté, que j'avais déjà vue à New York. Ce lieu était silencieux, comme maudit. Peut-être Behan avait-il raison. Tous ceux qui avaient un peu de bon sens étaient partis. Il ne restait que les... rescapés. Le mot surgit dans ma tête.

À un moment, Behan me donna le sachet de bonbons afin de se mettre en quête du conducteur du buggy. Tendant une sucrerie à une fillette, je demandai :

— Ta maman est à la maison ?

Elle hocha la tête.

— Et ton papa, il est au travail ?

Elle acquiesça à nouveau.

— Qu'est-ce qu'il fait ?

En mâchouillant le morceau de bonbon dur, elle répondit :

— Il travaille à la mine de Shick...

Elle ne parvint pas à prononcer. Faisant passer le bonbon dans son autre joue, elle conclut :

— Shinny.

Alors je me rappelai où j'avais entendu le nom « Coogan ».


— Son père était le directeur de la mine, expliquai-je à Behan tandis que nous attendions le buggy. La compagnie l'a rendu responsable de l'éboulement.

— Où est-il à présent ?

— Le patron du bazar en a parlé au passé, mais un voisin saura peut-être où ils sont allés.

— Vous pensez que les parents vivent encore ?

— Elle m'a dit qu'elle avait perdu son père alors qu'elle était toute jeune. Je comprends, maintenant, pourquoi elle a dit ça et pourquoi elle a changé de nom.

Norrie était-il arrivé à ce stade ? me demandai-je. Ou plus loin encore ? Avait-il retrouvé Mr. Coogan et tenté de faire chanter Rose Newsome ?

Behan suivait le même raisonnement.

— Vous croyez que Norrie est venu ici ?

— Je l'ignore. Il ne savait peut-être pas de quel endroit elle était originaire.

— Et le mari ?

Je secouai la tête.

— Leur mariage a été très soudain. À l'époque, les gens étaient horrifiés qu'il ignore tout d'elle, sauf qu'elle avait été pensionnaire à Phipps.

Je me rappelai l'homme rougeaud à l'attitude péremptoire que j'avais aperçu à la réception. Pas du genre à apprécier les complications.

— Je ne peux croire qu'elle lui ait appris la vérité. En réalité, pourquoi l'aurait-elle fait ?

En un éclair, je pensai à mon père, au contact de la laine rêche arrachée à mon étreinte tandis qu'il disparaissait.

— Il est facile de se fondre dans la masse, dans ce pays.

Un cheval arriva en clopinant, et nous remontâmes dans le buggy. Était-ce un effet de mon imagination ? La nuque de notre conducteur paraissait encore plus raide et réprobatrice qu'avant. Les maisons, constatai-je avec soulagement, devenaient plus belles à mesure que nous nous éloignions du centre.

La plupart étaient peintes de frais, en bleu ou en blanc. On voyait des rideaux aux fenêtres, des palissades en bon état, des vestiges de l'hiver dans les jardins. Une femme battait un tapis de bonne qualité avec vigueur.

L'ancienne demeure des Coogan était une jolie petite maison à un étage. Les carreaux étaient propres, le porche balayé. Une maison bien entretenue. Behan sonna. De l'intérieur, une femme fit : « Oui ? »

Elle vint à la porte, et il ôta son chapeau.

— Excusez-moi, madame, de vous déranger, mais nous essayons de retrouver une famille qui vivait ici autrefois.

Elle parut soupçonneuse, ce dont je ne pouvais la blâmer.

— Quel était son nom ?
— Coogan.

La méfiance se mua en franche aversion.

— Je n'ai pas connu les Coogan et je ne sais pas où ils sont aujourd'hui. Bonne journée.

Elle referma la porte avant que j'aie la chance de demander si Norrie nous avait précédés.

Vaincu, Behan descendit du perron.

— Et maintenant ?

Je regardai la rue dans les deux sens.

— Quelqu'un a bien dû les connaître.
— C'est une ville minière. Les gens n'y restent pas éternellement.
— Dans ces maisons confortables, si. Leurs occupants y sont bien installés. Qui donne l'impression de vivre ici depuis longtemps ?

Me retournant, je scrutai les façades. Tout le monde, semblait-il, faisait ses courses au bazar ou passait commande dans le même catalogue. Les habitations se distinguaient peu les unes des autres. Je remarquai soudain une jolie maisonnette aux rideaux en dentelle, proprets et bien repassés à défaut d'être neufs. La porte d'entrée était ornée d'une belle poignée en laiton, qui avait besoin d'être polie. La peinture de la palissade s'effritait ; le toit était pire encore. La personne qui vivait là avait du goût, mais manquait des forces ou des ressources nécessaires pour entretenir la maison. À travers les rideaux, je distinguai une salle à manger, une table de belle taille astiquée avec amour et une composition de fleurs séchées. Une personne âgée vivait là, j'en étais sûre.

— Celle-ci, dis-je.

Behan franchit le portail, gravit rapidement les marches et sonna. Plusieurs secondes s'écoulèrent.

— Personne, dit-il.

— Attendez, murmurai-je. Ça peut prendre un moment.

Comme je m'y attendais, nous entendîmes le martèlement d'une canne sur le plancher, et une voix fluette cria : « Un instant ! »

La porte s'ouvrit sur une petite femme aux cheveux blancs. Elle portait un pull-over et un châle sur une jupe en lainage. Elle avait de grands yeux bleus, dont un voilé par un film trouble.

— Je suis vraiment désolé de vous déranger, madame, dit Behan. Nous recherchons une famille, et nous nous demandons si vous la connaissez.

Son œil valide s'éclaira.

— Quelle famille ? J'habite ici depuis trente ans.

— Coogan.

Elle s'appuya sur sa canne et soupira.

— Les avez-vous connus ? m'enquis-je.

— Oh, oui, je les connaissais ! Entrez donc.

Elle balança sa canne en direction du salon.

Quand nous fûmes assis dans la pièce douillette, la vieille dame, qui s'était présentée comme Mrs. Thorskill, reprit la parole.

— C'est drôle, on n'en a pas vu passer des comme vous depuis longtemps.

Elle regardait Behan, qui s'était approché du feu autant qu'il le pouvait.

— Des comme moi ?

— Des journalistes. Pas depuis l'éboulement. Je me suis fait une jolie somme en leur louant une chambre, à l'époque. Mon Isaac était un des rares gars de la ville qui ne travaillaient pas à la mine et nous n'avions pas d'enfants, alors ça n'a pas été aussi terrible, pour nous.

— Il est journaliste, confirmai-je, mais nous ne sommes pas ici pour écrire un article. Nous avons besoin d'entrer en contact avec la famille Coogan.

— Vu le métier que vous faites, vous devez pourtant savoir ce qui est arrivé.

Behan la détrompa d'un signe de tête.

— Ils ont rejeté toute la faute sur Mr. Coogan. Renvoyé pour ivrognerie et négligence. Le bruit a couru qu'il avait lésiné sur l'étayage et empoché la différence. On a parlé de le mettre en prison, mais, une fois qu'il a perdu son emploi, les instances supérieures ont dû juger que cela suffisait.

— À votre connaissance, buvait-il, avant la catastrophe ? voulus-je savoir.

La vieille dame réfléchit.

— Non, maintenant que vous m'y faites penser. Mais ce genre de chose se fait en secret, et Dieu sait qu'il a bu après. Les gens d'ici leur ont mené la vie dure. Ils balançaient des pierres sur leurs vitres, leur crachaient dessus dans la rue.

— Pourquoi n'ont-ils pas déménagé ? interrogea Behan, qui avait, remarquai-je, sorti son carnet.

— Plus personne ne l'aurait embauché. Il a fallu qu'il meure pour qu'elles quittent la ville.

Pendant qu'il notait, je pris la relève :

— Vous connaissiez Rose Coogan ?

— La petite ?

J'acquiesçai.

— Une jolie poupée. Je me rappelle qu'elle tenait son papa par la main pour l'empêcher de tituber.

*J'ai perdu mon père toute jeune. Cela a été la fin du monde.*

— Comment est-il mort ?

— Réduit à l'état de loque. Alcoolique, fauché comme les blés, un boulet. Une fois qu'il a dépensé jusqu'au dernier *cent*, mis en gage toutes les affaires élégantes de sa femme, arraché jusqu'au dernier lambeau de dignité qu'elle conservait pour le noyer dans le malheur et le gin, il a collé un pistolet contre sa tempe et s'est brûlé la cervelle. Il a laissé sa femme brisée, avec une fillette à élever. Elle est partie pour la ville, où elle a trouvé du travail dans un grand magasin.

— La mère vit-elle encore ? interrogea Behan.

— Je ne sais pas. J'ai entendu dire que, du jour au lendemain, sa situation financière s'était grandement améliorée.

Behan et moi échangeâmes un coup d'œil.

— Et la fille ?

Mrs. Thorskill secoua la tête.

— Jamais plus rien entendu à son sujet.

Ayant abouti à cette impasse, nous nous dirigeâmes vers la porte. En enfilant son manteau, Behan demanda :

— Vous ne vous rappelleriez pas le nom de ce grand magasin, par hasard ?

— Mais si, protesta la vieille dame, fière de sa mémoire. Elle travaillait chez Wanamaker's.

— Vous croyez toujours qu'elle est innocente ?

Avec une embardée, le train s'était détaché du quai de Schuylkill et prenait de la vitesse. Je regardai la ville s'éloigner. L'après-midi n'était pas encore fini, pourtant les ombres grandissaient. Nous rentrerions bien après la nuit. Sans le soleil de midi, le paysage était encore plus sinistre. Le radiateur du train se montrait apathique.

— Vous pensez qu'elle a tout machiné ? répliquai-je. Elle aurait épousé Robert Newsome dans le but d'assassiner son fils, afin de venger son propre père ? Et elle aurait attendu dix ans pour ça ?

— Elle n'avait pas eu la possibilité de le faire avant. Les messages lui fournissaient une couverture idéale. D'ailleurs, il se peut qu'elle les ait écrits elle-même, y avez-vous songé ?

— Pourquoi n'a-t-elle pas tiré une balle dans la tête de son mari pendant la nuit de noces ?

— Elle préférait vivre libre et toucher l'héritage.

— Reste Lucinda Newsome.

— Pour l'instant. Comment se porte-t-elle ?

— Bien, répondis-je machinalement, songeant aux camarades de classe méprisantes de Lucinda.

*C'est de ces apprenties vieilles filles qu'il faut le plus se méfier.* Quel enfer l'école avait dû être pour cette jeune fille sérieuse au physique ingrat ! La ravissante Rose Coogan avait-elle connu un sort plus doux ? Elles avaient été amies. À présent, Lucinda la détestait.

Je tentai d'imaginer les sentiments de Rose à son départ de la ville. Était-elle contente ? Soulagée ? Ou Schuylkill appartenait-il à tout ce qu'elle regrettait d'avoir perdu ? Pressentait-elle que, moins de dix ans plus tard, elle fumerait des cigarettes françaises dans des jardins somptueux, où elle avouerait être plus à l'aise avec les domestiques ?

Nous arrivâmes en gare, et les portières s'ouvrirent. Un vent âpre balaya le wagon. Je me recroquevillai de froid.

Behan ôta son manteau et me le tendit.

— Là. Mettez ça sur vous.

— Alors c'est vous qui aurez froid.

— Nous échangerons toutes les demi-heures.

Il le déposa sur mes genoux.

— Prenez-le.

Je me rendis compte que je serrais les mâchoires pour m'empêcher de claquer des dents. J'étendis le manteau sur moi. Il était en laine épaisse, délicieusement moelleux, et fleurait le tabac. Quelque chose, aussi, qui me fit penser à un homme auquel on coupe les cheveux : du savon et l'odeur d'une peau tiède dénudée quand on soulève les cheveux sur la nuque.

Mes muscles se dénouèrent, mon corps cessa de lutter.

— Merci, murmurai-je.

Et je m'endormis aussitôt.

À mon réveil, la nuit était tombée. Nous traversions une petite ville ; je distinguai des lumières dans des maisons lointaines, mais la vue était dominée par des champs ombreux et un vaste ciel noir. Je me sentis perdue au milieu de nulle part.

— Où sommes-nous ? demandai-je, prise de panique.

— À environ une heure.
— Est-il très tard ?
— Presque sept heures du soir. De quoi vous inquiétez-vous ? Mrs. Ramsay pense que vous êtes avec vos parents ignares, non ?
— Et si elle le disait aux Benchley ?
— Miss Prescott, ils ne vous renverront pas. Après avoir parlé dix minutes à Mr. Benchley, je peux vous assurer qu'il vous respecte infiniment plus que sa virago de belle-sœur.

Il fronça les sourcils en regardant ce qu'il venait d'écrire et ferma son carnet.

— De plus, qui les sortirait du lit et leur essuierait le derrière ?

Rassurée, je me redressai sur mon siège.

— À votre tour d'avoir le manteau.
— Je me sens bien, gardez-le. Dites-moi une chose, Miss Prescott – ou puis-je vous appeler Jane ?

Je me réchauffais grâce au pardessus de cet homme ; ce n'était que justice d'accepter.

— D'accord.
— Jane, pourquoi refusez-vous de croire que Rose Newsome pourrait être coupable ?

*Je ne peux m'empêcher de penser que je devrais être des vôtres. Elle l'était*, me dis-je. *Une pauvre fille, après tout.*

— Je me demande de quoi elle est coupable, à vos yeux : de meurtre, ou d'avoir fait un riche mariage alors qu'elle était pauvre ?
— Ce qui est arrivé à son père est un sacré bon motif.
— Si bon qu'elle a attendu plus de dix ans. Et pourquoi assassiner Norrie ? Il aurait été plus logique qu'elle tue Mr. Newsome. C'est lui qui avait brisé la vie de son père.

— Il n'est pas impossible que Norrie ait découvert qui elle était et qu'il ait tenté de la faire chanter.

— J'y ai songé. Mais qui avait le plus à perdre, dans l'histoire ? Voyons : Norrie révèle l'identité de Rose à son père. Que peut faire Mr. Newsome ? Divorcer ? Cela ramènerait la catastrophe minière à toutes les mémoires, or j'ai comme l'impression que ça ne lui plairait pas. Et si Norrie en parle à qui que ce soit d'autre, son père lui coupera les vivres pour de bon. Non, je ne la vois pas tuer Norrie parce qu'il menace de dire aux gens qu'elle est la fille d'Howard Coogan.

— Alors, il avait appris autre chose.

— Quoi, par exemple ?

— Je ne sais pas. Mais je suis curieux de savoir comment une vendeuse de chez Wanamaker's a réussi à envoyer sa fille dans un pensionnat chic.

— Vous vous lancez sur la piste du bienfaiteur ?

— Et comment !

Je jouai avec un bouton du manteau. Il était cousu solidement, avec une finition nette.

— Mr. Behan, dans votre quête de secrets honteux, vous oubliez un fait tout simple. Des anarchistes ont menacé la famille, et maintenant Norrie est mort. Cette piste est moins excitante, mais plus vraisemblable.

Je n'éprouvai aucun plaisir à lui rappeler cette réalité. L'image de Mr. Pawlicec se levant avec gaucherie pour me saluer me revint à l'esprit. Le regard vide d'Anna en me découvrant à l'entrée du restaurant de son oncle, sa froideur en me disant qu'elle préférait ne plus me revoir jusqu'à ce que l'affaire Newsome soit élucidée – tout pointait dans la même direction.

— Ça n'a pas l'air de vous réjouir.

Percée à jour, je tentai de faire illusion.

— Comment ça ?
— À l'instant, vous n'aviez pas le ton de vertueuse indignation qu'ont la plupart des gens en prononçant le mot « anarchistes ». Êtes-vous une anarchiste, Miss Prescott ? Jane ? En connaissez-vous ?
— Ce sont seulement les femmes qui n'ont pas le droit à une vie privée, selon vous ? Ou votre journal ne vous paie-t-il pas assez pour que vous vous immisciez dans la vie des hommes ?
— J'essaie de vous comprendre. Je suppose qu'une anarchiste ne serait pas dans ce trou paumé à essayer d'aider une famille comme les Benchley. Dans votre situation, la plupart auraient vendu leur histoire et démissionné le lendemain. Si Charlotte est soupçonnée d'avoir tué ce porc de Newsome, qu'est-ce que ça vous fait ?
— Au fond, les gens ne la croient pas vraiment coupable, c'est juste qu'ils ne l'aiment pas. Il ne s'agit pas de justice, mais de haine. De plus, j'aime bien Louise, et elle a déjà assez de mal à trouver un mari. Elle n'a pas besoin d'une sœur soupçonnée de meurtre par-dessus le marché.
— Pour quelle raison avez-vous tant à cœur que Louise dégote un beau parti ? Et vous, vous n'avez pas envie de vous marier ?

Un souvenir flotta dans mon esprit : mes pieds se balançant dans le vide. La sensation au creux du ventre d'être complètement seule.

— Pas spécialement.
— Une peine de cœur que vous souhaiteriez partager ?
— Non.
— Allez, vous devez bien avoir quelqu'un. Un laitier qui dépose une bouteille de crème en plus. Ou un policier – c'est ça. Un beau jeune homme qui

fait ses rondes devant chez les Benchley. Le teint frais, l'œil vif, le menton résolu...
— Nous ne voyons guère le policier du quartier. Et quand nous l'apercevons, il est soûl.
— Le chauffeur ?
— O'Hara ?
J'éclatai de rire.
— Pourquoi le dites-vous sur ce ton ?
— Quoi donc ?
— O'Hara. Avec dédain. Comme si vous n'en vouliez même pas pour essuyer vos semelles.
Le train vira, et Behan oscilla un peu sur son siège.
— Vous n'aimez pas les Irlandais ?
Ennuyée d'être accusée de nourrir des préjugés, je répondis :
— Je ne les connais pas tous.
— Et vous n'avez pas envie de faire leur connaissance, je vois. De quel coin venez-vous ?
— D'Écosse.
— Tout s'explique. Plus snobs que les Anglais, et pingres, pour couronner le tout.
J'ignorai ces insultes.
— Ce ne sont pas les Irlandais, mais l'Église catholique romaine...
— Attention, je suis catholique.
— Oh !
Nous restâmes silencieux.
— Je suppose que vous voulez votre manteau.
— Non, fit-il avec un léger sourire. Je conserverai la rectitude morale et l'abnégation qui sont les caractéristiques de ma foi. Un protestant, par contre... Lui, il réclamerait son manteau.
Peu avant d'arriver en ville, le train marqua un arrêt prolongé, et Behan descendit pour, dit-il, se mettre quelque chose dans l'estomac. La gare n'était qu'une

bicoque et je restai dans le train. Cependant, je finis par trouver le temps long. Nerveuse, je me rendis dans la gare et découvris Behan au téléphone. À l'air renfrogné de l'employé, je devinai qu'il parlait depuis longtemps.

Sitôt qu'il me vit, il abrégea.

— Le train part. Oui. Bientôt.

En remontant, je lui demandai :

— Était-ce Mr. Benchley, au bout du fil ?

— Non.

Et il ne dit rien de plus à ce sujet.

Il était tard et j'étais épuisée lorsque j'arrivai chez Mrs. Ramsay, aussi fus-je stupéfaite et un peu dépitée de voir Louise encore debout pour m'attendre. Sans doute avait-elle eu droit à une longue et douloureuse soirée du *Voyage du pèlerin*, mais je ne me sentais pas la force de tout écouter par le menu. Cependant, Louise déclara :

— Vous ne croirez jamais ce qui est arrivé.

— Quoi donc ?

— C'est Mr. Newsome. Mère m'a appelée pour me le raconter après votre départ. Vous savez comment il est depuis la mort de Norrie... malade, agité ?

Je hochai la tête.

— Les médecins lui ont prescrit un sédatif. Seulement, quelqu'un s'est trompé, il a pris une trop forte dose et a failli y rester. Son valet l'a trouvé juste à temps. C'est affreux, non ?

— Affreux, répétai-je.

Je me rendis compte que, si fatiguée que je fusse, je n'arriverais pas à fermer l'œil cette nuit-là.

## CHAPITRE XVII

Le lendemain après-midi, nous partîmes à la recherche du bienfaiteur – ou du moins de son homme de loi. L'adresse fournie par Mr. Mayles nous conduisit au cabinet d'avocats Stadtler & Carr, situé sur Chestnut Street, dans le quartier d'affaires de la ville. La firme avait ses bureaux au septième étage d'un des immeubles modernes qui dominaient les vieux édifices de brique rouge, calmes et monotones. Dans l'ascenseur, je demandai à Michael Behan :

— Pourquoi cet homme nous parlerait-il ? Nous ne connaissons même pas l'identité de son client. Le seul nom que nous ayons, c'est celui d'une jeune fille pour laquelle il signait autrefois des chèques. Il se peut qu'il ne se rappelle pas d'elle ; elle n'est peut-être qu'un des nombreux enfants soutenus par ce... bienfaiteur.

— J'ai l'impression que Norrie Newsome lui a rafraîchi la mémoire.

Certes, aucun cabinet n'aurait refusé un rendez-vous au membre d'une famille aussi riche. Nous pourrions apprendre ce que l'homme de loi avait dit à Norrie – ou s'il avait refusé de lui révéler quoi que ce soit. Je l'admets, je tablais sur la seconde possibilité. J'avais préféré ne pas mentionner la mésaventure médicale de Mr. Newsome. À la lumière du jour, il semblait tout à fait probable qu'il se fût agi d'un accident. L'utilisation de sédatifs est toujours délicate. Sans doute une erreur de l'infirmière. Même si je ne me souvenais pas d'avoir vu une infirmière chez les Newsome.

Les bureaux de la compagnie étaient beaux et respectables, mais pas de première classe, et je ne me sentis pas intimidée en approchant de l'accueil. Néanmoins, un clerc zélé exigea de connaître le motif de notre venue.

— Un de vos avocats nous a été recommandé. Nous espérions nous entretenir avec lui.

Il nous scruta à travers ses lunettes, l'air de supputer si nous pouvions régler les honoraires.

— Lequel, je vous prie ?
— Mr. George Gilfoyle.

Il fronça les sourcils et nous regarda tour à tour. À croire que j'avais donné le nom d'un haut responsable – ou celui du portier.

— Un client l'a recommandé ?
— Oui, répondit Behan d'un ton ferme. Robert Norris Newsome Jr.

Je ne saurais dire si c'était la richesse ou la mort du jeune homme qui aiguillonna le clerc. Toujours est-il qu'il nous pria d'attendre un instant et franchit la porte de chêne sombre.

— Il semble peu impressionné par les compétences de Mr. Gilfoyle, remarquai-je.

— Le nom de Newsome a provoqué une réaction, toutefois.

Quelques minutes plus tard, il était de retour.

— Je suis désolé, Mr. Gilfoyle n'est pas là pour le moment.

Mensonge. Il n'y avait qu'une seule entrée, et son regard acéré ne perdait rien des allées et venues.

— Pouvons-nous prendre rendez-vous ? m'enquis-je.

— Il n'accepte pas de nouveaux clients pour l'instant.

Il entreprit de ranger les documents épars sur le bureau sans but particulier, hormis celui d'éviter de nous regarder dans les yeux.

— C'est ce qu'il vous a dit ? insista Behan. Ah, c'est vrai, j'oubliais : il n'est pas là. Dites-moi, était-il dans son bureau quand Mr. Newsome a appelé ?

— Je ne peux divulguer...

— L'a-t-il rencontré en décembre ? insistai-je.

Je savais que le clerc ne me répondrait pas, mais son saisissement le trahit : j'eus la certitude que Gilfoyle et Norrie s'étaient vus.

— Je vous demanderais de partir, à présent, nous dit-il.


— Nous aurions dû prétendre que nous étions une institution charitable, dis-je quand nous fûmes dans la rue. Que nous espérions obtenir une contribution du philanthrope pour les nécessiteux. Cela aurait paru moins menaçant que d'agiter le nom de Norrie sous leur nez.

— Ils nous auraient jetés dehors, répliqua Behan, qui observait la rue. Et maintenant ?

Nous descendîmes plusieurs blocs d'immeubles, réfléchissant en marchant. Si nous ne parvenions pas à rencontrer l'homme de loi, il nous serait impossible de découvrir le nom du bienfaiteur et ce qu'il avait à révéler sur Rose Coogan *alias* Briggs. J'envisageais de demander à Mrs. Ramsay si elle connaissait les notables de la ville quand Behan s'arrêta brusquement.

— Quel était le nom de ce grand magasin ? Celui où la vieille dame a dit que la mère travaillait ?
— Wanamaker's.
Il tendit le doigt. Le magasin se trouvait de l'autre côté de la rue.

Ce n'était pas un magasin pour hommes. Si nous devions apprendre quoi que ce fût au sujet des Coogan après leur départ de Schuylkill, il m'incombait de le découvrir. Je parcourus les allées, cherchant le genre de femme qui, selon les critères sur lesquels Behan et moi étions tombés d'accord, aurait le plus de chances de savoir quelque chose. Je la trouvai en train de redresser une pile de chemisiers sur une table. Une vendeuse au début de la quarantaine, ronde et d'apparence assez distinguée.
— Excusez-moi, dis-je en m'approchant d'elle.
Elle se retourna.
— Oui, puis-je vous aider ?
— Je cherche une dame qui travaille ici, ou y travaillait par le passé.
Le sourire s'atténua mais ne disparut pas.
— De qui voulez-vous parler ?
— D'une Mrs. Coogan. À moins qu'elle n'ait repris son nom de jeune fille, Briggs. Elle était veuve.
La réaction fut instantanée : la vendeuse haussa les sourcils de stupeur.
— Malheureusement, elle a quitté ce monde il y a plusieurs années.
— Vous la connaissiez ?
— Oui.
Elle ramassa une étole de brocart abandonnée en tas par une cliente.
— Vous ne l'aimiez pas ?

— Ce n'est pas à moi d'aimer ou de ne pas aimer.
Je me lançai dans l'histoire que j'avais préparée.
— Ma mère et elle étaient amies, enfants. Elle m'a dit que, si je venais à Philadelphie, je devais la contacter. Elle sera peinée d'apprendre qu'elle est morte. La dernière fois que nous avons eu des nouvelles, elle avait hérité d'une somme d'argent.

La vendeuse sourit tristement.

— Elle n'a pas hérité, ma pauvre. Elle a rencontré un homme.

— Elle s'est remariée ?

— Je ne crois pas avoir parlé de mariage. Ce gentleman n'était pas du genre qui épouse.

Elle entreprit de plier l'étoffe, passant sa contrariété sur le brocart.

Jusqu'à cet instant, j'avais eu une claire image du sauveur de Rose Newsome. Un homme âgé, pas très différent de mon oncle en apparence, mais bien plus soigné. Il aurait cette bonhomie, cette bizarrerie détachée des choses de ce monde fréquente chez les riches qui partagent avec les moins fortunés les bénédictions que le bon Dieu leur a octroyées. Je mesurais l'étendue de mon erreur.

La vendeuse secoua la tête.

— Je ne devrais pas vous le raconter. Seulement, Mrs. Briggs m'avait confié sa terrible histoire, la façon dont son mari avait sombré dans l'alcool, ce qui l'avait mené à sa perte. Nous avions des expériences en commun. À cela près que mes épreuves continuent.

Voilà donc pourquoi une femme comme elle travaillait derrière le comptoir ; son mari était un ivrogne.

— Il faut toujours garder espoir, lui dis-je.

Elle s'efforça de sourire.

— Elle avait pourtant une enfant. Mais elle était de celles qui ont connu le confort et ne peuvent y renoncer, quel qu'en soit le prix.

— Le gentleman était-il bon ?

— Il n'était ni bon ni un gentleman. Un gentleman envoie-t-il sa calèche au magasin en dehors des heures d'ouverture ? Comme si elle était une... Enfin, dans un sens, c'en était une. Deux nuits par semaine, elle allait chez lui. Et elle emmenait la pauvre petite. Elle disait qu'elle n'avait personne à qui la laisser. Ma foi, quand on n'a personne à qui laisser sa petite fille, on reste à la maison avec elle si on est une bonne mère.

— Peut-être la fillette aimait-elle y aller, hasardai-je.

Cela la mit en colère ; elle posa les poings sur ses hanches.

— Je me rappelle qu'un soir la petite a dit à sa mère qu'elle ne voulait pas y retourner. Elle pleurait à chaudes larmes. Vous savez quoi ? Cette femme a hurlé sur elle. « Qu'est-ce que tu ne veux pas ? Tu ne veux pas manger ? Tu ne veux pas avoir un toit sur ta tête ? Qu'est-ce que tu ne veux pas, hein ? » Elle a attrapé la pauvrette par le bras et l'a traînée jusqu'à la voiture.

Sa bouche se tordit.

— Un jour, j'ai trouvé le courage de lui faire honte. Elle est tombée malade et elle est partie quelques mois plus tard. J'ignore ce qu'elles sont devenues.

— Et le gentleman ? Vous rappelez-vous son nom ?

— Elle ne l'a jamais dit. Mais, une fois, j'ai entendu le conducteur marmonner que Mr. Farragut n'apprécierait pas qu'on le fasse attendre.

Ses mains s'attardaient au-dessus de l'étoffe, même si celle-ci était pliée et qu'il ne lui restait rien à faire.

— Il m'arrive encore de penser à cette petite fille, quelquefois.

Je faillis lui dire de ne plus s'inquiéter, car la petite fille s'en était bien sortie. Puis je me demandai si c'était le cas, après tout.

— Puis-je vous poser une dernière question ? lançai-je avant de partir, et la femme ne dit pas non. Un jeune homme est-il venu s'enquérir d'elle, il y a environ un mois ?

Surprise, elle répondit :

— Nous ne voyons jamais de jeunes gens ici, ma chère. Quoique... Je me rappelle un homme d'âge mûr qui disait être de Cincinnati. Il a acheté un ravissant peignoir beige pour son épouse.

Elle sourit avant d'ajouter :

— En taille 40.

Behan m'avait demandé de le retrouver dans un restaurant qui se trouvait à un bloc de chez Wanamaker's. Tout en marchant, je rassemblai dans mon esprit les éléments que j'avais appris : la mère de Rose avait été – plusieurs mots se présentèrent, que je rejetai les uns après les autres – l'amie d'un homme riche qui réglait ses factures. Ce qui signifiait qu'elle aurait pu, si elle en avait eu l'inclination, prendre une chambre dans le refuge de mon oncle.

Toutefois, Norrie n'était pas allé chez Wanamaker's et n'avait jamais eu vent des arrangements financiers de Mrs. Coogan. À moins que Gilfoyle lui en eût parlé. J'imaginai les deux hommes, un sourire égrillard aux lèvres. *Donc, la veuve Briggs a charmé le vieux Farragut pour lui soutirer de l'argent. On imagine ce qu'elle a offert en compensation...*

Behan n'était pas assis à une table au moment où j'entrai au restaurant. Perplexe, je demandai à la serveuse si elle avait vu un grand homme brun. Je faillis ajouter « très beau », mais, à la façon dont elle répondit : « Oui, oui, il est ici ! », je vis que c'était superflu.

— Au téléphone, précisa-t-elle, me l'indiquant du doigt.

Au fond de la salle, Behan s'appuyait contre le mur, le récepteur contre son oreille. Je levais la main pour lui faire signe lorsque je l'entendis répondre :

— Non, chérie, je rentre bientôt à la maison. Non, promis. Demain ou après-demain. Je sais. Moi aussi.

Alors il leva la tête et m'aperçut. Ajoutant un dernier « au revoir », il raccrocha sans me quitter des yeux. Il semblait gêné, comme pris la main dans le sac. Mais, en réalité, qu'importait ? Michael Behan était marié. De même que la plupart des hommes. J'aurais dû m'y attendre. Pas étonnant que ce bouton fût si bien cousu.

Nous nous tenions là, embarrassés, et je m'apprêtais à lui demander le prénom de sa femme quand il me dit : « Vous avez faim ? » Je répondis que oui, et alors il fut trop tard pour en parler.

— Donc, Maman était une femme entretenue, résuma Behan.

— Je n'en suis pas sûre. On dirait qu'elle sollicitait surtout de l'aide pour sa fille.

— Le pensionnat.

— Oui. Peut-être qu'au moment de mourir elle lui a fait promettre de veiller sur Rose.

Je m'attendais à un sarcasme, mais il réfléchit.

— Pathétique, quand on y pense. « Le sacrifice d'une mère... » Un tel scandale aurait-il été suffisant pour pousser Rose Newsome à fracasser le crâne de Norrie ?

## CHAPITRE XVIII

Mary avait rendu son tablier.

Sa femme de chambre et sa sœur bouc émissaire étant toutes deux loin de la maison, Charlotte n'avait plus trouvé qu'elle pour épancher sa bile, en dehors de sa mère. Après trois jours de critiques incessantes, de courses inutiles et de réprimandes, Mary était partie.

J'appris tout ce qui s'était passé de la bouche de Bernadette, pendant le petit déjeuner, le matin après notre retour.

— Elles s'attendaient à ce que je les coiffe et leur lave leurs vêtements. Au bout de dix minutes, j'ai eu envie de les frapper avec le dos de la brosse.

— Miss Charlotte sera peut-être de meilleure humeur, maintenant qu'il y a eu une arrestation.

— Cet inspecteur Blackburn est venu lui annoncer la nouvelle en personne. Miss Nez-en-l'air jubilait quand il est parti.

Je pris mon air le plus détaché :

— Il n'a pas précisé qui ils ont arrêté ? Les journaux n'indiquaient pas son nom.

J'avais dévoré tous ceux sur lesquels j'avais pu mettre la main à Philadelphie, craignant d'y lire celui d'Anna. Ils se référaient à « un anarchiste » mais, faute d'éléments supplémentaires, supposaient naturellement que l'assassin était un homme.

— Si, ça se pourrait bien. Un nom avec une consonance étrangère, j'en suis sûre. Au fait, ajouta-t-elle en posant les assiettes dans l'évier, monsieur veut vous voir. Dans son bureau.

— Tout de suite ?

— Comme d'habitude quand ils veulent quelque chose.

Lorsque Louise et moi étions arrivées, la nuit précédente, il était trop tard pour parler à Mr. Benchley. Le moment semblait venu de lui rendre mon rapport. En descendant, je tentai de rassembler en un tout cohérent les informations que Michael Behan et moi avions recueillies. Puis je me demandai : *Pourquoi, après tout ?* L'anarchiste était sous les verrous. Quoi qu'il fût arrivé dans le passé de Rose Newsome – qui son père avait été, ce qu'avait fait sa mère pour lui payer une éducation –, cela n'avait plus d'importance. Norrie n'avait peut-être jamais appris ces détails sordides sur sa belle-mère, mais seulement que son bienfaiteur était mort. Ce qui n'était pas choquant. Les bienfaiteurs finissent toujours par mourir, c'est même un des gestes les plus généreux qu'ils puissent accomplir. Regardez Mrs. Armslow.

Seulement, d'ordinaire, ils ne laissaient pas derrière eux des avocats fous de panique. Michael avait insisté sur ce point le jour où il m'avait annoncé qu'il restait à Philadelphie le temps de découvrir ce qu'il était arrivé à Mr. Farragut.

Je lui rappelai qu'il avait annoncé à sa femme qu'il rentrait le lendemain. Après un silence, il répondit :

— Elle en a l'habitude.

Alors il murmura mon nom ou fut sur le point de le faire, et je sus que ce qui allait suivre ne devait pas être dit.

Je pris les devants :

— Donnez-moi la feuille du registre pour Mr. Benchley, s'il vous plaît.

La porte du bureau était fermée, comme toujours. Je frappai. J'entendis : « Oui ? », et répondis : « C'est Jane, monsieur. »

Silence.

— Oui, entrez.

Mr. Benchley finissait d'écrire. Sans lever les yeux, il demanda :

— Comment s'est passé votre voyage ?

Je m'avançai et posai l'enveloppe contenant le document sur le bureau. L'ombre d'un sourire passa sur le visage de Mr. Benchley, et je me demandai s'il prenait plaisir à penser à l'embarras des Tyler.

— Nous n'avons rien trouvé qui puisse ternir la réputation de Miss Charlotte. Cependant, nous avons appris…

Il agita la main, comme si le reste était indifférent.

— À présent que le meurtre a été élucidé, je gage que le nom de Charlotte n'apparaîtra plus dans *Town Topics*. Étonnamment, l'inspecteur Blackburn avait raison. L'homme est un anarchiste. On a trouvé des tracts dans sa chambre.

— C'est donc un homme ? m'enquis-je, puis je rectifiai : Un seul homme ?

— Oui. Des témoins l'ont reconnu pour l'avoir vu dans la maison la nuit du meurtre. Il serait entré sous prétexte de livrer de la glace.

Mon cœur manqua un battement, et je dus me contrôler pour conserver un ton normal.

— C'est lui qui a envoyé les messages ?
— Semble-t-il. Il a perdu un neveu dans cet accident minier.

*Un accident*, pensai-je, me rappelant les paroles d'Anna. *Quand des pauvres meurent, c'est un accident. Quand ce sont des riches, alors c'est un meurtre.*

— Néanmoins, arguai-je, ils n'en sont pas sûrs. Ce n'est pas parce qu'il était là-bas que...
— Si. Il a avoué.

J'accusai le coup.

— On pense qu'il a agi seul ?
— Il prétend que oui, mais bien entendu ils enquêtent sur ses fréquentations.

Il reprit la plume. Les bons domestiques savent quand on les renvoie sans un mot. Il est vulgaire de rester après avoir été congédié. Cela rompt le contrat d'invisibilité.

Mrs. Armslow avait un jour dit de moi : « Je ne sais jamais si elle est là jusqu'à ce que j'aie besoin d'elle. » Son amie avait acquiescé. « C'est ainsi que ce doit être. Le meilleur personnel est comme la tuyauterie. On ne peut s'en passer, mais on ne veut assurément pas la voir. »

Pourtant, j'avais une question. Je frottai mon pied sur le tapis afin de produire un léger bruissement. Mr. Benchley leva les yeux.

— Pensez-vous que c'étaient des aveux sincères ?
— Sincères ?

Frustrée qu'il feignît de ne pas comprendre, je précisai :

— Qu'ils n'ont pas été obtenus de force.
— Je ne m'en suis pas préoccupé.

Je lui adressai un petit sourire, comme pour dire *Bien sûr que non, cela n'aurait pas été digne de vous.*

L'arrestation de Josef Pawlicec avait ramené l'affaire Newsome en première page.

BLACKBURN TIENT SON HOMME !
L'ANARCHISTE AVOUE SON FORFAIT !

Ce retournement spectaculaire était survenu quand l'employeur de Mr. Pawlicec avait contacté la police ; il avait conçu des soupçons car le livreur avait demandé à changer d'itinéraire la nuit du crime. On avait fait appel à un expert en graphologie pour évaluer si Mr. Pawlicec était l'auteur de ce qu'on surnommait alors « les messages de Shickshinny. » Le complot une fois révélé, la ville était en état d'alerte. L'excitation redoubla quand Michael Ashbury, le patron d'un hôtel, annonça que lui aussi avait reçu des menaces, mais ce n'était qu'une mystification.

Je ne peux nier que de nombreux faits accusaient Mr. Pawlicec. Pourtant, j'éprouvais le sentiment persistant que l'on ne servait pas la justice. Chaque fois que je pensais à cet homme, à son visage doux et ingrat, à son anglais hésitant, je voyais une victime et non un assassin. Je ne pouvais appeler Anna, de peur d'attirer l'attention sur elle, et je n'avais personne d'autre à qui confier mes réflexions. Le soir, tournant les pages des journaux mis au rebut pour voir s'il y avait du nouveau sur l'entourage du suspect, je me demandais ce que Michael Behan aurait fait de tout cela. Je l'imaginais raillant les efforts de ses rivaux ou ironisant aux dépens de Blackburn. J'avais la vague conscience que cela signifiait qu'il me manquait. Et que c'était la pire des stupidités.

L'atmosphère était plus légère, à la maison. Mrs. Benchley s'inquiétait de savoir si la cuisinière saurait présenter la sauce pour poisson dans une coquille d'œuf dur ; elle avait vu cette astuce au déjeuner donné par Mrs. Cadwallader et avait envie d'essayer. Louise descendit s'exercer au piano et, pour la première fois depuis des semaines, ne s'attira pas les foudres de sa sœur. On parlait de voyager au printemps, d'ouvrir la résidence d'été.

Charlotte en particulier semblait décidée à s'entourer de nouveauté – nouvelle coiffure, nouvelle manucure, nouveaux rubans –, comme si se dépouiller des accessoires de l'année passée pouvait en effacer les événements du même coup. Les jours suivants, je passai mon temps à courir faire des emplettes et à revenir quelques heures plus tard déposer mes paquets pour ressortir aussitôt.

Un après-midi où je descendais l'avenue pour la troisième fois, j'entendis une voix familière.

— Jane !

Levant la tête, je découvris William Tyler, les joues rosies par le froid. Son haleine formait de petites bouffées de buée.

— Vous n'êtes pas censé être à Yale ? m'étonnai-je.
— J'y étais.
— Et... ?
— Et je suis rentré à la maison, compléta-t-il en souriant. Et vous, en mission pour les Benchley ?
— Oui.
— Puis-je marcher à vos côtés ? Maman est furieuse que je sois revenu. J'ai intérêt à me tenir à distance.
— Je vous en prie. Surtout si les rubans à cheveux vous fascinent.
— Sans le moindre doute. Vous devriez entendre ce que Nietzsche a à dire sur le sujet.

William suggéra de traverser le parc. De temps en temps, il me devançait à longues enjambées et marchait à reculons, ses cheveux tombant sur ses yeux. Nous passâmes devant le zoo.

— Pourquoi au juste avez-vous quitté votre université ?

— Je... hum... Je n'arrivais pas à me calmer. Ce qui s'est passé le soir de Noël... C'était dur de penser à autre chose.

J'abondai dans son sens. Moi aussi, je ne pensais qu'à ça.

— Maman me reproche mon comportement infantile et me cite Bea en exemple. « Regarde-la. Elle va bien, elle, pourtant elle devait épouser ce garçon. » J'ai lu qu'on a arrêté quelqu'un, et qu'il a avoué.

— Oui, à ce qu'on prétend.

— Que voulez-vous dire ? m'interrogea William en m'observant attentivement.

Je n'avais pas prévu d'en parler mais, au point où j'en étais, je décidai d'être franche.

— Ils étaient déterminés à arrêter quelqu'un... C'est dur de ne pas penser qu'ils accuseraient n'importe qui, même un innocent.

— Exactement ce que je me disais !

Willam se tourna vers moi et se mit à marcher en crabe.

— Parce que, Jane, les Newsome veulent du sang. Pas Lucinda, mais le vieux et la grand-mère... Ils ont parlé au gouverneur et au maire en exigeant à grands cris des résultats. Alors le gouverneur et le maire hurlent sur la police, qui doit procéder à une arrestation.

Démontée par sa véhémence, je balbutiai :

— Mais, les messages...

— Quelqu'un les a-t-il vus, en réalité, ces fichus messages ? Je ne serais pas surpris qu'ils aient poussé ce pauvre diable à les écrire, sous prétexte d'étudier son écriture, pour ensuite prétendre qu'ils sont de lui !

— Mais s'il les avait vraiment écrits ?

William réfléchit quelques instants.

— Et quand bien même ? Quelqu'un ne devrait-il pas être puni pour ce qui s'est passé à Shickshinny ? Oui, ils ont renvoyé un obscur contremaître, mais les véritables responsables en sont sortis indemnes.

D'un ton aussi détaché que possible, je demandai :

— William, avez-vous assisté à des réunions politiques ?

— Pas besoin d'y aller pour s'apercevoir que ce système est pourri.

Il regarda ses pieds, qui traînaient dans la neige fondue.

— J'ai bien envie de contribuer à la défense de cet homme. Peut-être même de payer l'avocat de ma poche.

— Cela risque de coûter cher.

— Je sais. Et Maman m'a fait comprendre sans ambages que les espérances de Bea ne sont plus ce qu'elles étaient. Je dois songer avec sérieux à ma carrière. Me voyez-vous dans la marine marchande ? m'interrogea-t-il en se redressant.

— Je crains que vous ne puissiez faire vivre votre mère et vos deux sœurs avec une telle solde. Et encore moins payer l'avocat de Mr. Pawlicec. Mais, si vous restez en ville, vous devriez rendre visite à Louise Benchley. Elle serait heureuse de vous voir.

— Oui, je passerai, répondit-il d'un air absent.

Pendant que nous marchions, je m'étonnais que quelqu'un comme William Tyler formule ce que je n'avais cessé de penser depuis mon retour de

Philadelphie. Et qu'il fût disposé à agir. L'épouvantable citation de mon oncle, celle qui me faisait toujours tressaillir, s'imposa à mon souvenir : « Même un enfant est connu par ses actes, que ceux-ci soient purs ou non, justes ou non. » Et moi, jusqu'où étais-je prête à aller ?

Quand nous atteignîmes le magasin, William montra quelque réticence à avancer. Les mains dans les poches, il baissa la tête.

— Je crains de ne pas éprouver un si vif intérêt pour les rubans à cheveux.

— Ce n'est pas grave. J'ai apprécié votre compagnie.

— J'aime parler avec vous, Jane. Si je racontais à n'importe qui d'autre que Mr. Pawlicec mérite de la compassion, on m'enfermerait à l'asile.

— Je trouve que c'est tout à votre honneur. Et si vous décidiez de lui donner de l'argent, il se pourrait que je sache comment le lui faire parvenir.

William parut surpris, toutefois je n'en dis pas davantage.

— Je dois admettre que j'ai quand même de la peine pour les Newsome. Cette histoire de surdose...

— Oui, quel choc, n'est-ce pas ? Moi qui trouvais que Rose Newsome s'occupait admirablement de son mari...

— Mais c'est que, justement, elle n'était pas là le jour où c'est arrivé.

— Non ?

Le tableau qui avait été si net dans mon esprit commença à devenir flou.

— Non, elle rendait visite à des amis à Long Island et l'a laissé avec l'infirmière. Oh ! Et avec Lucinda. Elle aussi était à la maison. Elle aime travailler avec les infirmières, alors ils ont pensé que tout irait bien.

Chez les Benchley, les dames s'étaient réunies au salon. J'entendis le doigté hésitant de Louise qui faisait ses exercices au piano, pendant que sa mère vantait à Charlotte les merveilles du voyage transatlantique, devenu très en vogue. Je montai disposer les nouvelles affaires sur le bureau de Charlotte, comme elle les aimait. Puis, avant qu'on m'appelle, je filai jusqu'à ma chambre chercher le bout de papier où j'avais inscrit le numéro de téléphone de Mr. Rosenfeld, après quoi je redescendis en courant.

Je l'entendis répondre : « Oui ? »

— Mr. Rosenfeld ? C'est Jane Prescott.

— Miss Prescott ! J'ai appelé il y a une semaine, mais on m'a dit que vous étiez en voyage.

— Vous avez donc fini de faire les analyses ?

— Oui. Les résultats sont des plus surprenants. Je préférerais ne pas en discuter au téléphone. Pourriez-vous venir à la pharmacie ?

Quelques jours passèrent avant que je puisse me rendre dans le Lower East Side. Mr. Rosenfeld s'occupait d'une cliente quand j'entrai. Pendant dix minutes, j'examinai les flacons et les boîtes sur les étagères, refusant l'aide de l'assistant. Enfin le problème de la dame fut résolu, et Mr. Rosenfeld fit le tour du comptoir pour me saluer.

De nouveau, il me guida vers le fauteuil confortable dans l'arrière-salle et s'assit derrière le bureau usé. Il ouvrit un tiroir du bas et en sortit le bocal contenant le fragment de veste de Norrie. Une partie de la tache s'était estompée, comme si on l'avait grattée. Il poussa le bocal vers moi.

— Vous disiez que vous iriez à la police si je découvrais quelque chose.

— Et... c'est le cas ?

— Oui. Maintenant, je ne sais qui de nous deux devrait, le premier, raconter son histoire. Est-ce à vous de me confier d'où vient ce petit bout de tissu, ou à moi de vous dire ce que j'ai trouvé ?

Je commençai. Puis Mr. Rosenfeld me décrivit chacun des éléments qu'il avait découverts sur l'étoffe. Il utilisa plusieurs termes scientifiques que je ne comprenais pas.

Mais, même moi, je savais ce que signifiait le mot « opiacé ».

# CHAPITRE XIX

Le lendemain, je fis un autre détour pendant mes achats et me rendis dans les bureaux de l'ILGW. En attendant Anna à la réception, assise sur un banc en bois, je me mis à penser que j'avais passé l'essentiel de ma vie avec des femmes. Celles du refuge, Bernadette, Mrs. Armslow, les Benchley. Au-delà des barrières qui séparaient les bureaux de la salle d'attente évoluait un autre genre de femmes : des femmes qui tapaient à la machine, se disputaient, parlaient au téléphone, lisaient des documents. Un monde affairé et bruyant ; il m'attirait, pourtant je n'y voyais pas ma place.

Je me levai et m'approchai d'un mur qui présentait un historique informel du syndicat. Affiches du soulèvement des Vingt Mille – ABOLISSEZ L'ESCLAVAGE ! PRISONNIER DE L'HOSPICE ! – et coupures de presse relatant l'événement – JEUNES FILLES EN GRÈVE UNIES CONTRE LES MALFRATS. Un panneau proclamait : NOS ENNEMIS ONT L'ARGENT. NOUS AVONS LE POUVOIR DE REPRODUCTION. Des banderoles de diverses régions, superbement ouvragées. Ce n'était pas étonnant : elles avaient été confectionnées par des couturières, expertes dans leur art.

Une bannière en particulier retint mon attention. Une longue bande d'étoffe rouge bordée de galon doré. En haut, une inscription en fil d'or : JUSTICE POUR LES HUIT DE SHICKSHINNY. Mon oncle aurait trouvé que cela faisait papiste – mais peut-être que non, s'il avait lu les noms qui y étaient brodés. Ceux de huit petits garçons. Je fixai la bannière et m'efforçai de les apprendre par cœur. *Liam Brody, onze ans. Erich Kessel, onze ans. Will Dempsey, dix ans. Adam Janyk, onze ans, Karl Peterhof, dix ans, Jan Pawlicec...*

Jan Pawlicec avait été âgé de huit ans.

Y avait-il eu un moment où ils s'étaient rendu compte que personne ne viendrait ? Qu'on les avait abandonnés ? Oubliés ? Comprenaient-ils qu'ils allaient mourir ? Ou la mort était-elle venue sur eux brusquement, sans crier gare ? Abandonnés, on les avait abandonnés, purement et simplement. Comme on ne devrait jamais abandonner des enfants. Des souvenirs surgirent : des planches de bois brut sous mes doigts, la sensation de ne pas avoir de poids, mes pieds qui se balancent...

Une main sur mon bras me fit sursauter.

— Ce n'est que moi, dit Anna.

Mes yeux se posèrent à nouveau sur la banderole.

— Je croyais qu'il fallait avoir dix ans.

Une remarque stupide. Et je le savais. Mais une partie de mon cerveau s'obstinait à croire que ce n'avait été qu'une terrible erreur. Un enfant de huit ans n'était pas mort dans une mine. Personne n'avait laissé mourir un si petit garçon.

— Légalement, il faut avoir dix ans, répondit Anna. Mais si un gamin paraît plus que son âge, personne ne pose de question.

Je la suivis vers les portes.

— Je l'avais vue avant, cette banderole…
— Sans jamais regarder les noms. Je sais. Viens, parlons.

Nous mangeâmes dans un des cafés allemands. Il avait probablement compté parmi les centaines de tavernes du coin, mais les Allemands étaient partis s'installer dans des quartiers résidentiels, cédant la place aux juifs qui n'étaient pas aussi épris de bière blonde. Ainsi, il avait commencé à diversifier sa carte. Nous étions assises à une table de bois et j'attaquais avec persévérance un bol de goulash très épicé. La salle était emplie d'une foule animée et tapageuse ; je n'avais pas à redouter qu'on nous entende. Au début, nous parlâmes de petits riens, comme si nous nous étions retrouvées pour dîner comme avant. Mais la conversation à bâtons rompus finit par se réduire au silence.

Je décidai de le briser.

— Josef Pawlicec était là-bas, cette fameuse nuit. Je l'ai vu.

— Je sais. Il me l'a dit.

— Je n'en ai pas parlé à la police. Même s'ils m'avaient interrogée, je ne l'aurais pas fait.

— Je sais.

Me croyait-elle ? Je n'étais toujours pas sûre qu'Anna me faisait confiance.

— Est-ce lui, l'auteur des messages ?

— Tu as entendu son anglais. Penses-tu qu'il les aurait écrits ?

*Quelqu'un aurait pu s'en charger pour lui*, me dis-je, toutefois j'affirmai :

— Je pense qu'il est innocent. Et nous pourrions être à même de le prouver.

Je lui rapportai ma conversation avec Mr. Rosenfeld.

— Si nous expliquions à la police que Norrie a été drogué avant d'être tué, l'accusation contre Mr. Pawlicec s'effondrerait.

Elle jouait avec sa nourriture d'un air peu convaincu.

— À cause de ce bout de tissu.

— Oui.

— Qui porte des traces de cette drogue.

— Oui, le pharmacien a expliqué...

— Et ce pharmacien est prêt à témoigner ? Ce moins que rien du Lower East Side se lèvera et prononcera ces mots devant une cour de justice ? Il dira à l'une des plus puissantes familles de la nation : « Désolé, vous avez tort. Libérez l'anarchiste » ?

— S'il le doit, oui, il le fera.

Anna secoua la tête.

— Si Mr. Pawlicec peut être sauvé, n'avons-nous pas le devoir d'essayer ?

— Comment sais-tu qu'il veut qu'on le sauve ?

— Parce que c'est évident ! Personne ne peut vouloir passer sur la chaise électrique.

— Le fait qu'il ne le veuille pas ne l'empêche pas d'en voir la nécessité.

— Mais puisque je te dis que ce n'est pas nécessaire ! Cela revient à laisser s'en sortir les gens mêmes que tu combats.

— Parce que si tu les combats au tribunal, ils ne s'en sortiront pas ? me dit-elle avec autant de douceur qu'elle le pouvait.

— Au moins, conseille-lui de se rétracter.

— Tu veux qu'il dise qu'il n'a pas assassiné Norrie Newsome ? Qu'il a menti ou avoué sous les coups ?

— Oui.

— Navrée. Je ne peux rien pour toi.

Il me fallut un moment pour me reprendre.

— Tu veux qu'il meure.

— Pas du tout. Ce sera dur de penser à ce qu'il est en train de souffrir, mais toujours mieux que de penser qu'il souffre pour rien.

— Il pourrait ne pas souffrir du tout.

Le visage d'Anna refléta ma colère. Puis elle prit une profonde inspiration.

— Tu ne comprends pas, Jane.

— Non, je ne comprends pas. Je ne comprends pas qu'une idée compte plus pour toi que la vie d'un homme.

Elle resta silencieuse, luttant pour se contrôler.

— Il ne s'agit pas que d'une idée. C'est la vie d'un homme contre de nombreuses vies. Demande à ton oncle ce qu'il en pense. Il croit au mythe de Jésus, non ?

Ayant asséné cette pique, elle se remit à manger, certaine que je m'arrêterais là. C'était ainsi que se passaient nos discussions, en général. L'une de nous émettait un avis, l'autre s'y opposait. Nous échangions des arguments jusqu'à ce qu'elle l'emporte – non parce qu'elle avait raison, mais en affirmant une chose que je ne pouvais contester car je n'en savais pas assez.

Toute ignorante que je fusse, cette fois-ci, je ne voulais pas m'arrêter. Je le signalai en abattant mes couverts sur la table. Anna releva la tête.

— Tu dis toujours que je me soucie des mauvaises choses et des mauvaises personnes...

— Je n'ai jamais dit ça.

— Tu le penses.

Elle ne le nia pas.

— Tu trouves que je passe ma vie à m'inquiéter pour des riches qui sont les derniers à avoir besoin d'aide. Eh bien, maintenant, je veux aider quelqu'un qui n'a pas d'argent, pas d'influence, et tout ce que tu trouves à dire, c'est : « Non. Renonce. Il n'y a rien à faire » ?

— Là...

Elle me dévisagea et changea de ton.

— Qu'attends-tu de moi ?

— Aide-moi à rencontrer Josef Pawlicec. Il devrait au moins être informé qu'il lui reste une chance.

Anna répondit au bout d'un long moment :

— Il ne reste aucune chance, mais je t'aiderai à le rencontrer.

Josef Pawlicec était détenu dans la prison de la ville, sur Centre Street. Les quatre bâtiments qui la composaient étaient surnommés « Les tombes » en souvenir de la prison originelle, bâtie sur le modèle d'un tombeau égyptien. Située sur des marais et une décharge, elle avait exhalé une odeur nauséabonde, failli s'enliser à une certaine époque et presque brûlé à une autre. Moins d'une décennie plus tôt, l'édifice, qualifié par Charles Dickens de « masse mâtinée d'égyptien à la façade lugubre », avait été démoli et remplacé par un bâtiment de pierre grise, copie conforme d'un château français avec ses sombres tourelles d'ardoise. Le style était peut-être plus élégant, mais je ne pouvais imaginer que cela donnât du réconfort aux hommes et aux femmes qui y étaient enfermés. La prison était reliée au tribunal par un passage couvert, quatre étages au-dessus de la rue, qu'on appelait le pont des Soupirs.

Je fus fouillée dès mon arrivée pour vérifier que je n'avais rien à transmettre au prisonnier. Une matrone fut appelée pour me palper, après quoi un policier rougeaud me dit de le suivre.

En empruntant l'ascenseur pour descendre avec l'officier Shenck, j'eus le sentiment d'étouffer. Je me forçai à respirer avec calme. Nous prîmes ensuite un interminable couloir au plafond bas, franchîmes deux grilles qu'il fallut ouvrir puis refermer après notre passage. En entendant le tintement des clefs et le choc lourd du verrou, il m'eût été difficile de ne pas me sentir prise au piège.

L'officier me conduisit à une vaste salle qui me fit penser à un enclos à animaux. Elle était haute de deux étages, avec une passerelle qui l'encerclait au premier. Il y avait de longues rangées de tables étroites, avec des chaises de part et d'autre. La salle était emplie d'hommes en uniforme de prisonnier, enchaînés aux tables, ce que – à ma grande honte – je trouvai rassurant. Des gardes armés se tenaient près des murs, à un mètre vingt d'intervalle. Ils étaient une bonne vingtaine pour environ cinquante prisonniers.

— On vous a placés par là-bas, expliqua l'officier Shenck en me conduisant vers un coin éloigné. On ne reçoit pas souvent de jeunes femmes, ici. On a pensé que ce serait plus sûr pour vous.

Je regardai dans la direction indiquée par l'officier, où se trouvaient deux sièges vides. Je l'interrogeai des yeux.

— Il ne va pas tarder, dit-il, puis il se gratta l'oreille. Ça vous ennuie que je vous demande quel intérêt vous avez dans cette affaire ?

— Il livrait la glace dans la maison où je travaille, éludai-je.

J'aperçus Mr. Pawlicec, qu'on faisait entrer par une porte située sur le côté ; il avançait en traînant les pieds, l'air abattu, mais à ma vue son large sourire révéla la perte de nombreuses dents.

Quand il fut assis, le gardien entreprit de l'enchaîner à la table.

— Faut-il vraiment faire ça ? demandai-je. Je n'ai pas peur.

Le gardien poursuivit sa besogne. J'adressai un sourire d'excuse à Mr. Pawlicec, qui haussa les épaules dans son uniforme trop grand. Ses cheveux en brosse me parurent plus clairsemés qu'avant, son visage émacié et gris, à l'exception d'une grosse ecchymose violette sous l'œil. Pourtant, il continuait à me sourire comme si nous étions tombés nez à nez dans la rue et nous étions assis pour bavarder.

Le garde termina et recula pour se poster contre le mur ; il était encore trop près pour que nous puissions nous parler en privé, mais je savais qu'il ne bougerait pas. C'était difficile, vu le vacarme, de me faire entendre sans hausser le ton, toutefois je m'y efforçai.

— Je suis désolée.

Mr. Pawlicec se pencha, tendant l'oreille. Le garde abattit son bâton contre le bord de la table, et il se rassit en arrière.

— Je suis désolée, répétai-je plus fort. Pour votre neveu. Je ne savais pas.

À cette mention, le sourire radieux disparut.

— J'avais photo. Je vouloir montrer vous, mais eux prendre.

— J'essaierai d'obtenir qu'ils vous la rendent.

— Merci. Je vouloir photo (il tenta de sourire) à la fin.

La résignation avec laquelle il évoquait sa propre exécution m'aiguillonna.

— Pourquoi avez-vous avoué ?

Surpris par ma question, il répondit :

— Je, coupable.

— Mais non. Je sais que non.

— Vous croire, pas savoir.

— Non, je le sais. Et même si je me trompe, et si la personne que je soupçonne est innocente, je sais que vous n'êtes pas le meurtrier. D'abord, Norrie Newsome a été drogué. J'en ai la preuve.

— Les riches, prendre des choses. Pour calmer conscience.

— Norrie n'avait pas de conscience. Quelqu'un lui a fait absorber une drogue pour le tuer plus facilement. Vous gagnez votre vie en transportant de la glace, Mr. Pawlicec. Vous êtes très fort. Vous n'auriez eu nul besoin de droguer Norrie pour l'assassiner. Et vous n'en auriez pas eu l'occasion.

— J'avais pinces. Elles faire travail pour moi.

— Et que sont-elles devenues ? Elles devaient être pleines de sang. Comment les avez-vous emportées hors de la maison ?

— Envelopper dans manteau.

— Où est-il, à présent ?

— Jeté poubelle.

— Je vous ai vu au restaurant de l'oncle d'Anna après le meurtre, Mr. Pawlicec. Vous aviez toujours votre manteau. Je l'ai remarqué, accroché sur le dossier de votre chaise.

— Après, bredouilla-t-il. Jeté après.

— Vous êtes donc riche au point de jeter un manteau propre ?

— Il y avait taches.

— Non, il n'y en avait pas, répliquai-je. Parce que vous n'avez pas tué Norrie Newsome.

Il resta silencieux. Je l'entendis à peine quand il murmura :

— Je vouloir.

— Vouloir et faire, ce n'est pas pareil. Pourquoi avez-vous menti à la police ? Ils vous ont menacé ?

— Non, pas menacer.

— Alors pourquoi ?

— Ils croyaient que moi, faire, dit-il en me regardant dans les yeux. Et pour moi, grand cadeau.

Je me rejetais en arrière, stupéfaite.

— Un cadeau ? Mais comment... ?

Il fronça les sourcils, peinant à exprimer ses pensées avec les mots d'anglais qu'il connaissait. Enfin, il me demanda :

— Avez-vous frère ? Sœur ?

— Non.

— Famille ?

— Un oncle.

Il hocha la tête.

— Mon frère Leon, l'aîné. Lui venir ici le premier. Après lui, moi et ma sœur. Lui trouver pour nous endroit où habiter, trouver travail. Lui, occuper de nous. Comme père. Vous, comprendre ?

— Oui.

— Lui travailler dur. Trop dur. Lui malade...

Il montra sa poitrine pour indiquer les poumons.

— Mais quand lui mort, plus argent. Alors sa femme, elle dire à Janusz, mon neveu : maintenant, toi travailler. Moi, à New York. Je travailler, pas penser à eux. Mais après Janusz mort, je penser, comment ça arriver ? Leon, occuper de moi. Mais moi, pas m'occuper de son fils. Pendant des années, je penser.

« Vous dire que moi, pas tuer. Le fils, non, pas vouloir tuer fils. Mais le père – je vouloir tuer. Moi, échanger tournée pour entrer dans maison.

Il baissa les yeux vers ses mains entravées.

— Mais pas courage. Je entrer dans maison et je partir, et lui, vivre encore. Moi, laisser vivre meurtrier Janusz. Si Dieu exister, je remercier que patron appeler police. Je remercier Dieu que moi, arrêté. Maintenant, eux comprendre, nous pouvoir tuer aussi. Maintenant, eux savoir ce que c'est, que quelqu'un détruire enfants et rien voir de mal à ça. Et maintenant... eux peur.

— Les gens qui ont peur font des choses terribles, Mr. Pawlicec. La peur ne les rend pas meilleurs.

— Mais peut-être eux changer pour survivre. Sinon, à la fin, nous plus nombreux.

Il lança un coup d'œil vers le garde, qui avait depuis longtemps détourné son attention.

— S'il vous plaît, Miss Prescott. Vous pas venir ici si vous pas...

Il s'empêtra dans ses mots.

— Je veux vous aider, Mr. Pawlicec.

Il opina du chef avec ardeur.

— Oui, et vous pouvoir : vous rien dire. Vous, pas donner preuve. Je vouloir procès, vouloir être coupable.

— Ils vont vous exécuter.

Il ne réagit pas.

— Vous comprenez ce mot ?

Il fit signe que oui en avalant sa salive.

— Ça ne sera pas rapide.

— Je savoir.

Il secoua la tête comme pour chasser les images qui se formaient dans son esprit.

— C'est pour ça, si vous pouvoir, je vouloir beaucoup photo de Janusz. Quand moment venir, je peur. Je penser : *Non, dire vérité. Dire, je lâche. Dire, parler avec Miss Prescott.* Mais si je pouvoir regarder Janusz, je fort.

— Vous me demandez de vous aider à mourir.

Il baissa la tête.

— Oui. Je, désolé.

J'essayai un autre argument :

— La personne coupable est probablement très riche. Ne vaut-il pas mieux montrer au monde que les riches peuvent être cruels ?

— Le monde, savoir, mais croire qu'on peut pas changer. Ça, montrer que c'est possible.

— Votre sœur – croit-elle en ce que vous faites ?

Il sourit avec tristesse.

— Elle non plus, pas croire. Elle, dire à tout le monde que je innocent. Mais personne croire elle.

— Vous trouvez ça juste, qu'elle perde ses deux frères ?

— Non. Mais moi, pas choisir. Je pas aller à police. Mais quand ils arrêter moi, quand je, voir aucune chance, alors je, décider pas essayer. Injustice, bonne pour une fois. Anna expliquer mieux, conclut-il en me tapotant la main.

Je savais que tenter de le dissuader eût été vain. Mr. Pawlicec était convaincu de la justesse de ce qu'il faisait – et même s'il chancelait, l'inspecteur Blackburn aussi en était persuadé. Le monde avait l'histoire qu'il voulait, et la personne qui avait le plus à perdre ne chercherait pas à le détromper.

Pourtant, je m'attardai sur le banc dur, sachant que, lorsque je m'éloignerais, ce serait la dernière fois que j'aurais vu Josef Pawlicec vivant.

— C'est l'heure, miss.

Le garde était de retour et détacha le prisonnier. Le soulevant pour qu'il se lève, il ajouta :

— Faites-lui vos adieux.

Il n'y avait rien de plus à dire, et je fus prise de panique. Ma main et celle de Mr. Pawlicec se tendirent dans l'intention d'échanger un ultime au revoir, mais il fut tiré en arrière sans que nous en ayons le temps. Le vide grandit entre nous.

Je criai :

— Vous aurez la photo de votre neveu !

Il hocha la tête tandis qu'on l'emmenait, lança un « Merci » par-dessus son épaule. Puis on lui fit franchir la porte en métal, et il disparut.

Je ne me rappelle plus grand-chose, après cela, excepté le claquement des grilles qui se refermaient l'une après l'autre derrière moi tandis que je retournais vers la sortie. Je me retrouvai dans la rue, saisie par le bruit du trafic, l'éclat du soleil hivernal, l'air glacé sur mes joues. Hébétée, je marchai quelque temps, avec la sensation que je venais de m'éveiller d'un mauvais rêve.

— Jane, c'est vous ?

Une voix féminine, distinguée, attentionnée. Je regardai dans sa direction. Et je vis Lucinda Newsome, légèrement penchée vers moi, levant sa main gantée comme pour me soutenir.

Je dus acquiescer, car elle demanda :

— Vous sentez-vous bien ?

— Je... Oui.

Abasourdie par l'apparition soudaine d'une jeune femme que j'avais récemment imaginée en train d'administrer une cuiller d'une potion mortelle à son père, je cherchai des yeux la plaque de la rue. J'avais déambulé jusqu'à Eldridge Street, pas très loin du refuge de mon oncle.

— Vous êtes surprise de me voir ici, dit-elle, remettant sa main dans son manchon.

Sa franchise ne me laissait guère le choix.

— Oui.

— Je suis bénévole au Centre d'œuvres sociales de Rivington Street. J'enseigne aux enfants d'immigrants.

— C'est... très admirable.

— Non. J'enseigne le chant, ce qui est absurde, mais c'est tout ce qu'ils veulent bien me laisser faire. J'éprouve un profond intérêt pour cette communauté, et pour les ouvrières en particulier.

Elle fit cette déclaration d'un air de défi, comme si elle s'attendait à ce que je la trouve ridicule. Je ne répondis pas. Elle baissa les yeux et ajouta :

— Étant donné ce que ma famille a fait, c'est vraiment la moindre des choses. Il n'y a que lorsque je viens ici que je ne me sens pas mourir de honte.

Des mots aimables, rassurants, me vinrent à l'esprit, mais je résistai. La jeune femme voulait être sincère, et moi je voulais écouter ses confidences.

Elle fit un pas vers moi.

— Vous ne le croirez peut-être pas, mais j'ignorais tout de la mine de Shickshinny jusqu'aux messages. Je ne savais même pas que nous possédions des mines. Ce que faisait mon père, d'où notre argent venait, tout cela faisait partie des affaires. Quand Norrie m'a parlé des menaces de mort, j'ai dit : « Pourquoi nous voudrait-on du mal ? Qu'avons-nous fait ? » Il m'a répondu : « Les culs-terreux de Shickshinny pensent différemment. » Je n'avais aucune idée de ce dont il parlait. Il refusait de me l'expliquer. J'ai dû aller à la bibliothèque consulter de vieux journaux. Pouvez-vous imaginer une telle ignorance ?

J'allais répondre que je n'avais pas entendu parler de Shickshinny chez Mrs. Armslow quand elle éclata :

— Jamais nous n'en avons parlé ! Huit enfants, cent hommes... tous morts !

L'émotion l'étouffait, elle fixa le trottoir pour recouvrer son sang-froid. Enfin, elle parvint à articuler :

— Cela vous ronge, de savoir que tout ce que vous possédez, tout ce que vous voyez autour de vous, les belles robes, la nourriture abondante, la chaleur, vous l'avez parce que vous avez exploité une vie humaine avant de la briser. Notre famille parle sans cesse de tout le bien qu'elle a fait à ce pays. En réalité, le monde tournerait beaucoup mieux sans nous.

— Votre frère partageait-il vos sentiments ?

— Non. Quand je lui ai dit que je savais la vérité, il a haussé les épaules comme si cela ne nous concernait pas. J'en ai été étonnée. Non, consternée. Vous pensez probablement que j'ai manqué de bonté envers Charlotte Benchley, mais elle faisait ressortir ce qu'il y avait de pire en lui. S'ils s'étaient mariés, il aurait gâché sa vie dans le luxe et les excès.

— Vous avez essayé de le raisonner la nuit de sa mort.

Lucinda serra les lèvres et concentra son regard sur un point dans le lointain. En vain. Ses larmes se mirent à couler.

— De quoi vouliez-vous lui parler ? insistai-je.

Embarrassée, elle tenta de sourire.

— ... De réparation ?

265

— Vous n'avez pas à vous sentir responsable des actes de votre famille.
— J'ai du sang sur les mains, dit-elle, contemplant son manchon qui, à bien y regarder, était fort beau et avait dû coûter une fortune.

## CHAPITRE XX

Ce soir-là, sitôt chez les Benchley, j'allai tout droit à ma chambre, ôtai mes souliers et m'allongeai sur mon lit. Longtemps, très longtemps, je contemplai le plafond au plâtre craquelé, la tache d'humidité marron dans le coin, le carreau branlant de la fenêtre. Je pensai à la culpabilité. Je pensai à la justice. Aux traits défigurés de Norrie, à sa mâchoire fracassée et sanglante, à ses orbites vides.

Un petit coup à la porte me ramena à la réalité.

— Oui ?

La porte s'entrouvrit en un mince interstice, et Louise apparut. Je me redressai en bredouillant :

— Avez-vous sonné ? Je suis désolée, je n'ai pas entendu...

— Non, je n'ai pas sonné.

Elle fit un geste vague en direction de la chaise du bureau.

— Cela ne vous ennuie pas si je... ?

J'approchai le siège. Aucun membre de la famille ne m'ayant encore rendu visite dans ma chambre, je n'étais pas certaine du protocole.

Elle s'assit. Puis demanda :

— Je ne vous dérange pas ? Je sais que c'est votre jour de repos.

— Non, non. Je... Votre compagnie est la bienvenue.

— Vous sortez tant depuis notre retour de Philadelphie que je vous vois à peine.

— Miss Charlotte me tient occupée.

— Oui. Elle a reçu encore une autre invitation pas plus tard que ce matin. Enfin, celle-ci nous concernait toutes. L'anniversaire de Lucinda.

— Son anniversaire ?

— Je sais, c'est très étrange, mais sa belle-mère y tient. Sa grand-mère aussi. La mort de Norrie l'a beaucoup ébranlée. Elles pensent sans doute la réconforter.

Ébranlée, certes, pensai-je. Mais peut-être pas pour les raisons que sa famille imaginait. Cette jeune femme à bout de nerfs, accablée par le poids du remords, s'était-elle déchaînée contre son frère en découvrant son insondable cruauté ? La surdose de son père était-elle un accident ou un acte de « réparation » ? Dans ce dernier cas, jusqu'où pousserait-elle sa croisade ?

Louise interrompit le cours de mes pensées.

— Charlotte dit que Lucinda ne l'a jamais aimée, donc elle ne voit pas pourquoi elle devrait célébrer sa naissance. Mère trouve qu'on ne peut pas les offenser alors que toute la ville compatit à leur épreuve.

La famille entière serait réunie, et Lucinda le centre de l'attention.

— Miss Louise, voudriez-vous me dire quelque chose ?

— Quoi donc ?

— Vous rappelez-vous les pilules de votre mère ? Celles qui ont disparu ? Vous ne vous souveniez pas de ce qu'elles étaient devenues.

Louise détourna les yeux.

— Est-ce important ?

— Si cela mérite de mentir à ce sujet, je pense que oui. Pas vous ?

— La raison pour laquelle j'ai menti n'a rien à voir avec le meurtre. J'ai promis...

— À qui, Miss Louise ?

Elle ne pipa mot, l'air pitoyable.

— À Lucinda Newsome, n'est-ce pas ? C'est à elle que vous les avez données ?

— Non, répondit-elle, surprise. C'était à Rose.

— À Rose, répétai-je stupidement, espérant contre toute attente qu'elle me reprendrait.

Mais elle acquiesça.

— La nouvelle Mrs. Newsome. Je venais de me rendre compte que j'étais descendue sans mes gants et j'avais tellement honte de mes mains ! J'essayai de trouver un moyen de me débarrasser du flacon, et elle a remarqué que je le tenais derrière mon dos. Elle m'a dit : « Qu'est-ce que c'est ? Un secret ? » Je n'aurais jamais imaginé qu'elle serait aussi gentille. Comme si nous étions amies depuis toujours.

Je hochai la tête. Je connaissais ces intonations-là.

— Quand je lui ai expliqué que j'avais oublié mes gants, elle a éclaté de rire et m'a raconté comment elle avait perdu sa chaussure à un grand dîner auquel elle assistait avec Mr. Newsome. « Pour être honnête, m'a-t-elle dit, c'est pour cela que nous nous sommes réfugiés en Europe. Une vraie Cendrillon, seulement pas de Marraine fée pour tout arranger. » Puis elle a ajouté : « Ce soir, c'est moi qui serai votre bonne fée. » Et elle a envoyé une servante me chercher une paire de gants.

— C'était très attentionné de sa part.

— Je sais. Alors, quand elle m'a demandé ce qu'était ce petit flacon, je lui ai dit que c'étaient des pilules Peps que j'étais censée donner à Charlotte, sauf que je n'arrivais pas à la trouver...

— Et ensuite ?

— Elle a dit qu'elle venait de voir ma sœur et qu'elle les lui remettrait. Je pouvais rester cachée en attendant que la domestique m'apporte les gants. Et puis elle a paru préoccupée, et je lui ai demandé ce qu'elle avait. Elle m'a dit : « Voudriez-vous me rendre un grand service ? » J'ai répondu : « Bien sûr », parce qu'elle s'était montrée si gentille envers moi. Elle a dit : « Ne répétez à personne que je les ai. » Il y avait des gens, à cette réception, qui avaient une mauvaise opinion d'elle, et si je laissais échapper que je lui avais remis le flacon, ils iraient raconter à sa belle-mère qu'elle prenait des pilules.

— Et vous avez promis.

— Voilà. Mais je m'en voulais de vous mentir. Était-ce très important ?

— Je pense que oui, Miss Louise.

On frappa à nouveau à la porte. J'étais apparemment très populaire, ce soir-là. J'ouvris et découvris Bernadette.

— Un homme vous demande.

Je pensais à mon oncle.

— Âgé ?

— Oh, non !

Elle sourit très légèrement. Michael Behan était irlandais, il est vrai.

Je me retins de courir. Mais quand je le vis, dans la rue, je ressentis l'euphorie qu'on éprouve en retrouvant ce qu'on avait cru perdu, le profond soulagement de savoir qu'on n'aura pas à vivre sans lui, après tout.

— Quand êtes-vous revenu ?

— Il y a quelques jours. J'ai pensé appeler, mais je n'étais pas certain que vous voudriez entendre ma voix.

— Pourquoi êtes-vous venu, alors ?

— Je me suis dit que mieux valait m'en assurer.

Il sourit. Je souris en retour.

Lançant un coup d'œil vers la cuisine, je sortis et fermai derrière moi.

— En avez-vous appris davantage sur Mr. Farragut ?

— En fait oui. Et vous ?

— Oui.

— Vous d'abord.

Je lui racontai tout. Mes moindres souvenirs du meurtre, de la découverte du corps à ma conversation avec Lucinda cet après-midi-là, et la récente révélation de Louise.

M'adossant au mur de la maison, je conclus :

— Donc, ça y est, le mystère des pilules Peps est élucidé. Je savais bien que je ne les avais pas vues dans la bibliothèque. Et de votre côté, quoi de neuf à Philadelphie ?

Décroisant les bras, Behan plongea la main dans la poche de son manteau et en sortit deux feuilles.

— Papier refusé, car désormais sans intérêt pour le public.

Je dépliai l'article, en lut le titre : MEURTRE IRRÉSOLU À PHILADELPHIE : L'ÉTRANGE MORT DE CHARLES FARRAGUT.

Quand j'arrivai à la partie sur les yeux, je ravalai ma bile.

— C'est drôle, non ? dit Behan. La bonne société de New York, dirigée par une femme capable de ça.

— Nous devrions le montrer à la police.

— Pourquoi ? Le pauvre gars a avoué. Quoique...
« UN HUMBLE OUVRIER FAUSSEMENT ACCUSÉ POUR UN CRIME DE LA HAUTE ! »

— Votre rédacteur en chef serait intéressé par cette histoire ?

Behan haussa les épaules pour indiquer que c'était peu probable.

— À moins que le véritable assassin ne se ravise et n'avoue.

Il plaisantait, néanmoins mes réflexions avaient suivi un cours identique. Je voulais croire qu'une infime parcelle d'humanité subsistait dans cette âme tourmentée. Seulement, je ne savais comment l'atteindre.

Une idée me vint brusquement.

— Qui était votre informateur, Mr. Behan ?

— Quelle importance, à présent ?

— Cherchez bien.

Il chercha. Et me le dit.

— Vous ne lui révélerez pas ce que nous savons ?

Les cloches de l'église voisine résonnèrent. Il était tard.

— Je dois rentrer.

— Qu'allez-vous faire, Miss Prescott ?

Je gravis les marches de l'entrée de service.

— Lucinda Newsome donne une petite fête la semaine prochaine. Je pense que Louise et Charlotte auront besoin d'assistance.

— Ces petites sauteries peuvent être plus délicates qu'on ne le croit, dit-il en plongeant son regard dans le mien. Ils ont besoin de personnel en extra ?

— Pas pour ce genre de réunion, mais merci quand même. Vous pourriez faire une chose ?

Il hocha la tête.

— Mr. Pawlicec aimerait avoir la photo de son neveu. Le petit garçon mort dans la mine. On la lui a prise. Si vous avez un « ami » à la prison, vous pourriez faire en sorte qu'on la lui rende.

Le lendemain, j'appelai Mr. Rosenfeld pour le remercier de nouveau pour son aide. Il y avait deux ou trois termes que je n'avais pas compris ; lui était-il possible de me les expliquer ? Il le pouvait et le fit. Quand il eut fini, non seulement je savais qui avait assassiné Norrie Newsome, mais j'avais une idée de la manière dont nous pourrions le prouver.

# CHAPITRE XXI

Le soir précédant l'anniversaire de Lucinda, je rendis visite à mon oncle. Le Refuge Gorman pour les filles perdues se trouvait sur la 3$^e$ Rue Est, près du Bowery. C'était une modeste maison de ville de quatre étages, jadis un bordel fort prospère. La tenancière, Mrs. Edith Gorman, l'avait laissée à mon oncle, au motif que la partie devenait rude depuis l'arrivée du crime organisé et des souteneurs, et que ses filles ne tiendraient pas sans son aide et sa protection. Elle avait vu mon oncle arpenter les rues la nuit, inviter ses employées aux offices de l'église St. Mark et aux cours de secrétariat du centre d'œuvres sociales voisin. Cette habitude avait causé bien des murmures parmi les paroissiens, aussi, quand elle lui proposa de reprendre la maison, mon oncle accepta cette chance de commencer une nouvelle vie.

Le refuge pouvait abriter jusqu'à vingt femmes à la fois, davantage si elles n'amenaient pas d'enfants. Deux des étages étaient des dortoirs ; le sous-sol servait de crèche et de buanderie. Le premier faisait office de classe, avec une salle à manger contiguë à la cuisine. Lorsque je vivais là-bas, mon oncle et moi occupions l'essentiel du dernier étage, une chambre chacun avec un salon entre nous.

Ce soir-là, le refuge était plein et, en entrant, j'entendis les femmes bavarder dans la salle à manger. Les conversations étaient animées mais tempérées, ce qui signifiait que mon oncle ou quelques-unes des résidentes de longue date étaient présents pour maintenir l'ordre. Ces femmes avaient l'habitude de se battre pour préserver leur place en ce monde, et cela faisait de la vie commune un défi.

En pénétrant dans la pièce, je me demandai ce que l'assassin aurait pensé d'elles. D'Annie, âgée de quatorze ans, qui travaillait sur les bateaux de charbon avec sa camarade Sarah depuis ses douze ans, et n'avait renoncé à cette vie que lorsqu'un client avait brisé le cou de son amie. Elle se réveillait presque toutes les nuits en pleurant et en criant son nom.

Ou de Ruth, âgée de dix-huit ans, que ses parents avaient vendue à Mrs. Gorman parce que leur mauvais anglais leur avait fait croire que leur fille s'initierait au métier de couturière. Ou de Liz, quarante ans, quittée par son mari pour la sage-femme qui l'avait aidée à accoucher d'un bébé mort-né. La perte de son conjoint ne lui faisait ni chaud ni froid, cependant la perte de tout revenu l'avait laissée démunie. Ou de Maddie, qui, à dix-neuf ans, buvait comme un trou, mais que mon oncle ne pouvait renvoyer car elle était enceinte de sept mois. Certaines avaient travaillé à Frenchtown, comme on appelait les bordels français proches de l'université. Elles avaient pratiqué leur commerce dans le parc, nuit et jour. Dans les bordels italiens de Greene et de Wooster, elles avaient sollicité les clients en jouant, seules, à deux ou en groupes, devant des fenêtres. (Toutes étaient catégoriques : elles n'avaient rien à voir avec les femmes qui travaillaient au sud de Bleecker, dans Coon Town[1].)

Ruth, petite et rondelette, tenait l'accueil. À mon arrivée, elle contourna le comptoir, les bras grands ouverts. Ses parents l'avaient vendue à onze ans, pourtant leur terrible erreur ne lui inspirait pas d'amertume.

Après m'avoir embrassée, elle posa les poings sur ses hanches.

— Devine quoi ! J'ai un boulot.

Je la félicitai et demandai où.

— Dans une fabrique au nord de Manhattan. Tu peux croire ça ? Je serai couturière, après tout. Tu viens voir ton oncle ? Il est en haut.

En montant l'escalier, je passai devant une broderie encadrée. Une des femmes l'avait confectionnée à l'intention de mon oncle il y avait bien longtemps. Elle portait pour inscription :

> Car tous ont péché,
> et sont privés de la Gloire de Dieu.
> Romains 3, 23

Au dernier étage, je toquai à la porte.

— C'est moi, mon oncle.

Il vint m'ouvrir.

— Jane. Qu'est-ce qui t'arrive ?

Je m'apprêtai à répondre que tout allait bien, par habitude, mais j'hésitai.

— Puis-je entrer ?

Mon oncle retourna à son bureau dans le salon. Comme toujours, il me faisait penser à un terrier, de ces chiens dont on se sert pour attraper les rats.

---

1. Quartier noir.

Comme eux, il était petit, râblé et obstiné. Il mit son travail de côté, poussa une chaise vers moi et attendit que je parle.

J'avais éprouvé un besoin désespéré de me confier à lui, et maintenant je ne savais par où commencer. Je fixai le mur derrière lui, où plusieurs estampes à l'aquarelle dépeignaient des scènes de la Bible. L'une d'elles montrait Caïn et Abel côte à côte. Abel, blond et souriant, portait un agneau. Caïn, l'air ténébreux, tenait ses gerbes arrachées à la terre, l'offrande que Dieu avait trouvée moins digne que celle d'Abel.

— Je hais cette histoire.

Mon oncle se retourna pour la contempler.

— Pourquoi ?

— Elle est injuste. On n'explique jamais pourquoi Dieu aime plus l'un que l'autre. Comment un agneau peut-il être préférable à des légumes ? La brebis s'est donné beaucoup plus de mal qu'Abel.

— La faute de Caïn ne résidait pas dans son offrande, mais dans sa colère.

— Pourquoi n'avait-il pas le droit d'être en colère ? Si l'homme ignore Dieu deux secondes, Il déchaîne son courroux.

— Qu'a fait Caïn de sa colère ? Ce n'était pas la faute d'Abel si Dieu le préférait.

— Dieu a créé cette situation en montrant sa préférence à l'un, puis il a puni celui qu'Il avait destiné à échouer – comme s'Il n'était pour rien du tout là-dedans.

— Si tu agis bien, ne seras-tu pas agréé ? cita mon oncle. Caïn avait le choix.

— Plus facile d'être bon quand on est le fils préféré. Te rappelles-tu la femme qui avait tué son homme ? Et qui était venue au refuge ?

J'avais craint qu'il ne s'en souvienne pas, mais il répondit par l'affirmative.

— Tu l'as acceptée.

Il hocha la tête.

— Parce que tu pensais qu'elle méritait d'être protégée ?

— Parce qu'elle le demandait.

J'eus l'impression qu'il éludait délibérément.

— Pourtant, c'était une meurtrière.

— Et si j'avais été de la police, je l'aurais arrêtée. Mais ce n'est pas le cas.

— Quand les agents sont venus, tu ne l'as pas cachée.

— Parce que je ne suis pas juge non plus.

— Mais si tu en étais un ?

Défiant mon oncle pour la première fois, je sentis comme une contraction qui m'était inconnue, tel un muscle faible que l'on éprouve.

— L'aurais-tu jugée coupable ?

Mon oncle soupira.

— Ce sont des mots très simples.

— Oui, ceux que nous utilisons. Cet homme l'avait menacée, maltraitée, il risquait de la tuer.

— Elle ne l'a pas assassiné parce qu'elle avait peur. Elle a été on ne peut plus claire sur ce point. Elle le haïssait et pensait que sa vie serait plus belle s'il perdait la sienne.

— Il lui avait donné de bonnes raisons de penser ainsi.

Mon oncle ne répondit rien.

— Ça ne compte donc pas ?

— Je ne sais pas. Ça compte, pour toi ?

Il me scruta, et je sentis la question : pourquoi est-ce que cela compte pour toi ?

— Si une personne tue quelqu'un qui la menaçait et qui est plus fort qu'elle, ce n'est pas de la légitime défense ?

— Il faudrait poser la question aux enfants de cet homme. Il en avait trois.

J'allais répliquer que, à l'évidence, ils se portaient mieux sans lui, quand mon oncle appuya ses doigts sur le bureau comme s'il se préparait à se lever. Je sentis qu'il était stupide de considérer une mort comme quantité négligeable.

— Est-ce que tu l'appréciais ? demandai-je, déclenchant un sourire intrigué de mon oncle. Percevais-tu de la bonté en elle ? Si sa vie n'avait pas été dure, si elle s'était sentie en sécurité...

— Non. Elle ne me plaisait pas. Elle était impulsive, pleine de rage et indifférente à la douleur d'autrui. Mais ce n'est pas pour cela que je l'ai livrée à la police. Elle avait supprimé une vie, et je n'ai pas l'arrogance de me dresser contre la loi des hommes et la loi divine en prétendant mieux savoir. Un meurtre est un acte définitif. Ce qui a été volé peut être restitué. Une vie pécheresse peut être rachetée. Une vie prise disparaît à jamais. Quelqu'un doit en répondre. Et quelqu'un doit parler au nom des morts.

Le lendemain soir, nous nous rendîmes en voiture chez les Newsome. L'usage permettait à une femme de chambre d'accompagner son employeuse aux réceptions importantes et prestigieuses. Mais, comme je l'avais dit à Mr. Behan, ce devait être une réunion plus modeste. Afin de m'y rendre, je dus bien faire comprendre à Mrs. Benchley la nécessité de ma présence pour soutenir ses filles en cette occasion, sans conteste très pénible.

Pendant le trajet, Mrs. Benchley se montra nerveuse. Elle triturait un petit mouchoir en dentelle qui ne tiendrait pas jusqu'à la fin de la soirée. Charlotte serrait les dents, l'expression indéchiffrable. Louise portait son regard de sa mère à sa sœur puis vers moi pour se rassurer, sans y puiser grand réconfort. J'étais trop occupée à conjecturer sur la manière dont cette soirée se terminerait.

Je fis le tour vers l'arrière et fus accueillie par l'aigre Mrs. Farrell – qui était justement la personne que je cherchais. Pendant qu'elle m'escortait dans l'escalier vers les chambres d'invités, j'entrevis Lucinda. En demi-deuil, elle portait un corsage à motifs cachemire noir et blanc, rehaussé d'un col en velours noir et d'un fin collier de perles de jais. Les chaussures, sous sa jupe longue, étaient des bottines à lacets. Quoique peu festive, cette tenue lui seyait mille fois mieux que l'horrible meringue arborée le soir du réveillon ; elle était même belle tandis qu'elle serrait les mains et effleurait les joues de ses invités.

— Miss Lucinda a l'air heureuse, observai-je en passant.

— Les Newsome ont la pudeur de leur chagrin, répondit Mrs. Farrell.

*Certes*, pensai-je. *Mais ça ne vous empêche pas de vous faire un joli paquet sur leur dos.*

La chance me sourit une seconde fois quand elle me conduisit à la même chambre que les Benchley avaient partagée la nuit de Noël. Comme elle allait partir, je tentai le tout pour le tout.

— Mrs. Farrell, je me demande... Oserais-je vous poser une question ?

Elle hésita.

— À quel propos ?

— Vous rappelez-vous notre conversation, à Rhinebeck ?

— Je n'en suis pas sûre, répondit-elle avec circonspection.

— Les salaires, la vie qui augmente, les parents âgés...

Nous n'avions eu aucune conversation de ce genre, mais elle comprit et hocha presque imperceptiblement le menton.

— Je suis très impressionnée. Trente ans dans la même famille, quel exploit ! Je ne travaille que depuis sept ans, et déjà j'ai été dans deux familles. Il me déplaît de l'avouer, mais la seconde n'est pas ce à quoi j'étais habituée avec Mrs. Armslow.

— Assurément. Maintenant, vous travaillez chez des moins que rien.

— Je sais, me lamentai-je. Leur nom se retrouve sans cesse dans les journaux à scandale. Ce qui m'amène à m'interroger : jusqu'à quel point doit-on pousser la loyauté ?

— Vous aimeriez vous faire de l'argent en plus, dit-elle de but en blanc.

— L'idée m'a effleurée, oui.

— Et quel rôle ai-je à y jouer ?

Cette femme possédait un incroyable sens des affaires. Elle tirait profit de la moindre opportunité et avait les dents aussi longues que celles d'un crocodile.

— Si vous pouviez me guider, me montrer la voie, il serait ingrat de ne pas vous remercier pour votre assistance.

— Que vous faut-il savoir ?

Je lui demandai des choses que je savais déjà ou qui ne m'importaient pas. À qui parlait-elle, à *Town*

*Topics* ? Combien payaient-ils ? Quel genre d'histoire les intéressait ? Mrs. Farrell fournit toutes ces informations d'un ton vif et pragmatique, comme si elle m'enseignait la façon correcte de plier des bas.

Alors, comme si je venais d'y penser, j'objectai :

— Mais, Mrs. Farrell, et si je n'ai pas les histoires qu'ils veulent ?

— Vous n'êtes pas payée.

— Mais comment avez-vous découvert ce que vous savez ? Avez-vous seulement... remarqué les choses, écouté quand vous n'étiez pas censée entendre ?

Maintenant que nous étions partenaires, elle se détendit et s'assit sur une chaise.

— Vous devez gagner leur confiance. Misez sur les jeunes – vous vous occupez des filles, non ? Quand elles vous ouvrent leur cœur, donnez-leur la compassion qu'elles cherchent. Posez des questions. Alors, vous aurez votre histoire.

— Vous tenez donc vos informations de Miss Lucinda ?

— Bien sûr que non. Cette jeune femme ne discute jamais de choses intimes avec le personnel. C'était l'autre, la nouvelle. Elle n'a pas la plus petite idée de la façon dont on dirige une maison comme celle-ci et s'appuie entièrement sur moi. Un moulin à paroles. Quand Mr. Newsome Jr. est mort, elle ne pouvait pas se taire cinq minutes tant elle était effrayée.

— Elle vous a parlé des pilules ?

— C'est exact. Et de la dispute entre Miss Beatrice et votre maîtresse. Elle s'inquiétait à l'idée que le jeune Mr. Newsome se laisse embobiner et déshonore la famille.

— Quand ces histoires ont commencé à paraître dans les journaux, Mrs. Newsome ne vous a pas soupçonnée ?

— Elle pensait que cela venait d'un policier. Je vous l'ai dit, elle me fait confiance. Elle ne peut pas se permettre de s'opposer à moi.

Rose Newsome avait certes besoin de Mrs. Farrell, pensai-je, mais pas de la façon dont la gouvernante l'imaginait.

— Pourtant, un policier n'aurait pu être au courant de la dispute entre les deux jeunes femmes.

— Ah non ? Charlotte Benchley n'a pas répandu cette histoire sordide auprès du journaliste, peut-être ? Voilà pourquoi les Newsome ont invité les Benchley à Rhinebeck : ils voulaient se débarrasser des détectives et de la presse avant qu'elle n'ouvre de nouveau la bouche.

De mon air le plus dégagé, je déclarai :

— Quelle chance que la maîtresse de maison soit si loquace ! Les gens lui trouvent une affabilité charmante.

— Elle aime se faire des amis, celle-là. Elle croit qu'elle peut duper tout le monde comme Mr. Newsome. Miss Charlotte semble avoir des manières très libres, dit-elle en se levant. Je commencerais par là. L'autre n'a pas l'air de voir ce qui se passe sous son nez. Dès que vous entendrez quelque chose qui vaille la peine, je veillerai à ce que cela parvienne dans de bonnes mains.

— Je vous en serais très reconnaissante.

La promesse de traduire cette gratitude sous forme monétaire fut exprimée dans le bref sourire qui passa entre nous. Puis elle partit et ferma la porte derrière elle.

Je pris une profonde inspiration. Cela aidait d'avoir le tableau complet de la façon dont les événements avaient été gérés après la mort de Norrie. Elle dénotait une main experte, au point que je sus, à coup sûr, que l'étape suivante de mon plan consistait à supprimer toute preuve pointant dans la direction de Charlotte. La personne qui s'était donné tant de mal pour l'impliquer n'hésiterait pas à se servir de la robe comme preuve si elle se sentait acculée. Mais ce qu'elle ferait dans ce cas, je ne pouvais y penser pour l'instant.

Charlotte avait glissé la robe sous le lit. Cette chambre n'était pas la plus belle ; elle servait en principe de vestiaire lors des fêtes – cela avait été le cas cette fameuse nuit. Avec les Newsome à Rhinebeck et la demeure plongée dans le chaos, il y avait de grandes chances qu'elle n'eût pas été nettoyée à fond les semaines suivantes. Un coup de plumeau, de serpillière, oui. Mais seulement sur les surfaces visibles…

Je m'agenouillai et regardai sous le lit.

Elle n'y était pas. Quelqu'un l'avait déjà trouvée. Et emportée pour la conserver en lieu sûr.

Je réfléchis à la seconde chose qu'il me fallait découvrir : l'arme du crime.

La pièce était trop modeste pour contenir une cheminée. J'avais bien vu qu'il n'y avait rien d'autre sous le lit. Rapidement, je passai les pieds le long du tapis, regardai derrière les chaises, tirai les tiroirs du lourd bureau de chêne. Rien.

L'avait-on remise à sa place ? Là, à la vue de tous, l'arme que toutes les forces de police de New York cherchaient depuis des semaines ?

J'empruntai l'escalier de service pour descendre à la cuisine. Quelle sensation étrange de la revoir pour la première fois depuis la nuit du meurtre ! Elle était bien moins encombrée et chaotique ; une cuisinière et deux aides s'affairaient aux fourneaux et devant l'évier ; des domestiques allaient et venaient, apportant de nouveaux verres et des mets délicats pour la fête. Un grand gâteau nappé d'un glaçage blanc et de garnitures roses attendait d'être servi à la fin de la soirée.

Je m'emparai d'un torchon sur une table et le passai rapidement sous le robinet. Je marmonnai à la jeune fille de cuisine une vague explication à propos d'un produit renversé, et sortis à toutes jambes – croisant les doigts pour que nul ne remarque que je ne retournais pas à l'étage. Avec une allure preste et déterminée qui, je l'espérais, découragerait les questions, je m'approchai de la porte située à l'arrière de la bibliothèque.

Je tendis l'oreille, guettant des voix de l'autre côté, bien que ce fût improbable. Puis je respirai un bon coup, serrai fermement le torchon pour m'empêcher de trembler, et j'entrai.

Aussitôt, je sus que j'étais sans doute la première à le faire depuis que la police avait clos ses investigations – ou, peut-être, la seconde. L'air était chargé de poussière. Les rideaux étaient fermés ; contrairement à l'autre soir, aucun feu ne donnait de lumière. J'avançai à tâtons le long du mur et trouvai une applique. Elle diffusa un faible halo, et je vis que je me trouvais juste à côté de la cheminée.

Le tisonnier, une barre de fer terminée par un crochet, était posé exactement à l'endroit le plus logique, excepté qu'il n'y était pas la nuit du meurtre. Me rappelant les explications de Mr. Rosenfeld à propos des empreintes, je pris garde de ne pas le toucher. Ce qui ne m'empêcha pas de l'observer de près. On l'avait essuyé avec soin.

Qu'utilisait-on pour si bien nettoyer un tisonnier ? Et comment se débarrassait-on d'un chiffon trempé de sang la nuit où un crime avait été commis ?

J'éteignis la lumière et me hâtai de remonter. Mes souvenirs de la maison de Mrs. Armslow à Newport me guidèrent jusqu'à une partie reculée de la demeure ; le silence feutré la désignait comme celle où vivait la famille. Un long couloir couvert d'un tapis opulent conduisait à trois portes. Devant l'une, je décelai des effluves de citron vert et de clou de girofle – des senteurs masculines. Ce n'était pas celle-là.

Non, la chambre que je cherchais se situait au bout du couloir. On y accédait par une porte à doubles battants, blanche et dorée. La main sur la poignée, je tendis l'oreille mais n'entendis rien. Les servantes devaient toutes être en bas. Néanmoins, je m'entraînai à m'exclamer : « Oh ! Pardon ! Je me suis trompée ! »

Il était tout à fait possible qu'on me prenne pour une voleuse. Je suppose que je l'étais, en un sens. Faisant fi de cette pensée, je pénétrai dans la chambre de Rose Newsome.

Marie-Antoinette s'y serait sentie à l'aise. Le parquet luisant était adouci par un immense tapis, couvert d'une profusion de roses. Les murs étaient tapissés de soie rose brodée de guirlandes d'or. Les fenêtres de six mètres de haut étaient obscurcies par de lourdes tentures en damas et surmontées par de graves figures allégoriques des Vertus, accompagnées d'un chérubin. Un délicat secrétaire occupait le centre de la pièce, ainsi qu'une jolie commode blanche ornée d'une baigneuse en porcelaine. Le portrait d'une ancêtre, modeste et perruquée, pendait au mur. À divers endroits, de charmants petits tableaux dépeignaient des scènes de la campagne anglaise.

Cependant, le point central de la chambre était le lit lui-même. Assez large pour quatre et couronné d'un dais, il était paré d'une courtepointe de la même soie à guirlandes dorées. Il trônait sur une estrade de velours rose. Aucun souvenir personnel n'était exposé, ce qui n'avait rien d'étonnant, hormis une photographie de Rose et de son époux le jour de leurs noces.

J'étais certaine que cette décoration n'était pas le fait de la première Mrs. Newsome. Or, ce qu'elle révélait sur la personnalité de la seconde m'intriguait. Celle-ci s'habillait dans un style moderne et audacieux, sans vulgarité. Intelligent, conscient de l'impression qu'il produisait. Reflétant de la maturité. Cette chambre était un rêve de princesse, ou le rêve qu'une petite fille de six ans pouvait s'en faire.

Toutefois, je n'étais pas là pour critiquer le goût de la maîtresse de maison. M'approchant de la commode, je constatai que les tiroirs étaient assez longs pour dissimuler ce que je cherchais. J'en ouvris un et palpai le contenu à l'avant et à l'arrière ; ma main ne rencontra que de la soie et du satin. Certains des articles étaient de nature intime, et je m'empressai de refermer le tiroir.

Une petite porte donnait sur un spacieux rangement, plein à craquer de robes et de manteaux. Par terre, sur des présentoirs, les souliers pour la saison ou pour le mois. Au fond et tout en haut, des étagères où des boîtes s'empilaient. Le genre d'espace que même la femme de chambre la plus dévouée ne dérange pas plus de quelques fois par an.

Pourtant, juchée sur un petit tabouret pour mieux voir, je remarquai de légères traces de doigts dans la poussière accumulée sur les parois. On avait déplacé ces boîtes récemment.

J'en posai une par terre et soulevai le couvercle. J'y trouvai des choses encore plus intimes que dans la commode. Également, une jupe et un pull qui me parurent étrangement prosaïques, jusqu'à ce que je remarque l'écusson de l'Académie Phipps. Je refermai la boîte et la rangeai. En la poussant contre le mur, j'entendis un frou-frou. Je déplaçai les boîtes voisines et découvris, cachée derrière, la robe de Charlotte.

J'allongeai le bras et, avec délicatesse, tirai l'étoffe vers moi. Elle était fragile et je ne voulais pas la déchirer, au cas où elle servirait de preuve. Elle était maculée de taches ; le vin rouge avait tourné au violacé pendant les semaines écoulées. Le corsage avait supporté le pire ; la jupe aussi était éclaboussée.

Mais en la tenant haut face à moi, je vis une tache différente. Formant une trace plus sombre et dense. Sous mes doigts, je sentis la raideur du sang séché.

Je crus que mon cœur se transformait en plomb et dus me souvenir d'inspirer, puis d'expirer. J'examinai la robe de plus près.

Et tout à coup, je recouvrai mon calme, le cœur soulagé d'un poids. Mon souffle redevint naturel.

La tache ne concordait pas.

Si Charlotte avait fracassé le crâne de Norrie, le sang aurait jailli sur elle en éclaboussures ou en gouttes, comme sur la chemise du jeune homme. En revanche, la tache sombre formait une trace compacte, encerclée d'autres plus claires, un peu comme un enfant représente le soleil et ses rayons. Elle n'avait pas l'apparence du chaos. Plutôt d'un... frottement.

Un frottement.
Comme lorsqu'on essuie un objet couvert de sang.
Je descendis du tabouret, la robe contre moi.
Alors j'entendis : « Jane, que faites-vous donc ? »
Je me retournai. Et vis Rose Newsome. Un Rose Blush à la main.

# CHAPITRE XXII

En pareilles circonstances, il peut être difficile de savoir qui a commis le pire crime : la domestique qui a violé le sanctuaire de la chambre à coucher sans permission ou la femme qui a pris une vie. Ceux qui dictent les mœurs sociales me trouveront peut-être coupable d'une peccadille. Cela ne m'empêcha pas de me sentir telle une criminelle prise la main dans le sac.

De même que sa belle-fille, Rose Newsome portait du noir – au-dessus, en tout cas. La tunique et la jupe étaient en soie noire brodée de roses crème, mais la première s'arrêtait à la taille et la seconde était fendue sur le devant pour révéler l'une et l'autre du taffetas doré. De petits sequins d'or pendaient à l'ourlet.

Immobile, elle évaluait la situation. Son regard se promenait sur la pièce, notait les tiroirs ouverts, la robe souillée à terre. Elle semblait déterminée à ne pas rencontrer mes yeux, et j'eus soudain l'impression d'une enfant qui croit que, si elle ne vous voit pas, elle sera invisible.

— Rose, dis-je aussi doucement que possible.
— Je dirai que je vous ai surprise en train de voler.

— Et la robe tachée de sang ?
— Les Benchley vous ont envoyée la chercher, car ils savent qu'elle prouve que Charlotte a tué Norrie.
— C'est pourquoi vous l'avez gardée. Si Blackburn vous avait soupçonnée, vous comptiez « trouver » cette robe, c'est ça ?

Elle se détourna et entreprit de longer le bord du tapis à motif de roses, posant délicatement les pieds l'un devant l'autre.

— Voilà pourquoi, aussi, vous ne cessiez de réunir Charlotte et Beatrice. Vous feigniez de ne pas comprendre leur mutuelle animosité, mais, bien entendu, vous saviez. Une autre prise de bec entre elles aurait conforté la version que Charlotte avait assassiné Norrie par jalousie. « Plusieurs témoins confirment que les deux jeunes femmes se haïssaient. »

Elle continuait son étrange voyage et je me demandais si elle m'adresserait la parole.

— Vous avez dit un jour que c'était facile de me parler. Voulez-vous me parler, à présent ? Je veux comprendre.

Elle arrivait au bout du tapis et se trouvait bloquée par le lit massif. Elle s'assit au bord d'une chaise longue et joignit les mains comme une étudiante nerveuse mais attentive.

— Mrs. Benchley m'a dit que vous êtes allée à Philadelphie.
— Oui. J'ai été navrée d'apprendre, pour votre père.
— Ah ! Alors vous êtes allée à Schuylkill.
— Oui.
— Pas terrible comme endroit, pas vrai ?

J'hésitai.

— Les gens sont pauvres.

— Les gens… ce sont des bêtes.

Ses mains, sur son giron, commencèrent à se tordre.

— Vous avez vu des enfants ?

— Quelques-uns, dis-je en me rappelant la petite fille, la joue arrondie par les bonbons.

— Ils me jetaient des pierres, vous savez.

— Qui ?

— Les enfants. Après. Ils m'attendaient, une fois sortis de l'école, et ils me jetaient des pierres. À la tête.

Elle essaya de sourire, comme si elle venait de raconter une plaisanterie.

— Ils criaient, traitaient mon père de meurtrier. Et les adultes les entendaient. Ils changeaient de trottoir, faisaient semblant de ne rien voir. Ou ils regardaient de leur maison, à travers les rideaux. Est-ce qu'un seul d'entre eux serait sorti de son horrible masure pour dire : « Non, ne faites pas ça » ? Bien sûr que non. Je ne pense pas que ces enfants avaient perdu qui que ce soit. Ils aimaient juste jeter des pierres.

— Je vous crois volontiers.

— Une fois, ils m'ont frappée à la bouche. J'avais du sang sur tout le devant de mon manteau. Ils m'ont cassé une dent.

Elle posa la main sur sa joue.

— J'ai été prise de vertige et je suis tombée. Couchée par terre, j'ai pensé : *Ils vont s'arrêter maintenant. Ils vont voir que je suis vraiment blessée et s'arrêter*. Mais ils se sont attroupés tout autour en se bousculant pour être au premier rang. J'ai gratté dans la poussière, je cherchais désespérément quelque chose à leur lancer moi aussi. Quelque chose de lourd et dur. Mais je ne trouvais que de la poussière, qui s'envole quand on la lance.

— Comment vous êtes-vous sauvée ?

— Je leur ai envoyé des coups de pied et ils ont dû reculer. Alors j'ai couru. Quand je suis rentrée à la maison, ma mère a dit : « Ton visage ! » et mon père s'est contenté de me fixer. Le lendemain, ils l'ont trouvé au bord du fleuve.

— Et ensuite vous êtes allées à Philadelphie.

— C'est bien ça. Ma mère a trouvé du travail chez Wanamaker's. Nous avions une remise sur les vêtements et elle attachait de l'importance aux beaux habits. J'allais la rejoindre au magasin après l'école. Un jour, je n'arrivais pas à rester sage et silencieuse comme elle le voulait, alors elle m'a envoyée jouer dehors. Je faisais semblant d'avancer sur une corde, le long d'une craquelure du trottoir, quand un homme s'est approché de moi. Il m'a dit : « Attention, il ne faut pas tomber. Ça ferait une chute terrible ! » J'ai trouvé ça très drôle.

Elle tira sur les pointes de son gant ; étrange de voir qu'elle avait la même mauvaise habitude que moi.

— Il a demandé pourquoi j'étais toute seule. J'ai répondu : « Je ne suis pas toute seule. Ma mère travaille au magasin. – C'est vrai ? Et elle est aussi jolie que toi ? – Oh, encore plus ! j'ai dit. – Ça alors ! Il faut que je voie ça. Je vais entrer lui dire bonjour. » Je ne crois pas que ma mère se soit jamais rendu compte qu'il m'avait rencontrée la première, dit-elle en levant les yeux vers moi. Qu'il m'avait vue, moi, d'abord.

Elle continua à me fixer, et son regard pesant me mit mal à l'aise. Alors je compris qu'elle voulait que je détourne la tête. Elle ne voulait pas que je la voie quand je comprendrais ce que je savais, au fond de moi, depuis le début.

— Ce n'était pas après votre mère qu'en avait Charles Farragut.

— Il m'avait dit de l'appeler Mr. Charley. Il s'est mis à lui rendre visite, à l'emmener dans des endroits agréables. Elle n'avait pas les toilettes qui convenaient ; il les lui a achetées. Et pour moi aussi. Un jour, il nous a invitées à une fête qu'il donnait chez lui. À notre arrivée, il a dit à ma mère que je m'amuserais mieux en haut ; il avait une surprise qui m'occuperait, et je ne dérangerais pas. Elle n'avait pas besoin de monter. Elle resterait en bas, à parler avec les autres convives.

— Cela vous effrayait d'être seule avec lui ?

— Un petit peu. Mais Mr. Charley m'a dit que c'était un jeu. « Tu sais, j'ai invité quelques amis à dîner, mais mes amis les plus importants sont en haut. Et j'ai besoin de ton aide pour leur jouer un petit tour. » Ça m'a plu, cette idée de jouer un tour à quelqu'un. C'était tellement mieux que d'être l'idiote qui ne sait pas ce qui l'attend. Il a dit : « Quand nous entrerons, je veux que tu ailles tout droit à la table de la salle à manger et que tu montes dessus ! » Cela semblait très audacieux et vilain, dit-elle en souriant. Ma mère se serait évanouie si j'avais rayé ses meubles.

— Et ensuite ?

— Juste avant d'entrer, Mr. Charley a fait comme s'il venait d'avoir une idée brillante. Il s'est penché et m'a dit joyeusement : « Et quand tu seras debout sur la table, avec tous ces messieurs stupides qui te regardent avec des yeux ronds, je veux que tu baisses ta culotte et que tu la laisses posée, là, sur la table. Ils se sentiront vraiment bêtes, tu ne crois pas ? » Évidemment, c'était un peu plus osé. Mais il m'a dit que je n'avais rien d'autre à faire. Juste à monter sur la table et à baisser ma culotte. Pour que les messieurs se sentent bêtes.

Allongeant les bras, elle emprisonna ses mains entre ses genoux.

— Je me les rappelle, tous, en train de me regarder. Leur souffle lourd. J'ai regardé leurs yeux et j'ai pensé : *Ils savent. Ils voulaient que ça se passe comme ça. S'ils se sentaient bêtes, ils regarderaient ailleurs. C'est moi... C'est moi qui suis bête.*

— Il vous a laissée partir, après ça ?

— Oui. Il nous a même fait raccompagner par son chauffeur. J'attendais que ma mère me demande ce que j'avais fait en haut. Mais elle ne m'a jamais posé de questions.

— Et elle vous a forcée à y retourner, dis-je, me rappelant la vendeuse de Wanamaker's.

— Oui. Nous y allions à peu près une fois par mois. Ma mère s'asseyait en bas et attendait. Plus de fêtes, plus d'invités. Je crois qu'il lui avait parlé de cours de danse. Il y avait un homme qui jouait du piano. J'avais oublié ce détail.

— Mais ce n'étaient pas des cours de danse.

— Non. La fois d'après, tout ce que j'ai eu à faire était de manger un gâteau à la crème pendant que les hommes bavardaient. Cela s'est passé de la même façon encore quelques fois. Puis ils m'ont fait m'allonger sur une fourrure devant le feu. Parfois vêtue, d'autres non. D'habitude, je finissais par m'endormir. C'était si long et ennuyeux. À un moment, ils ont commencé à me demander de m'asseoir sur leurs genoux. « Monte par ici... »

Sa voix s'étrangla alors qu'elle les imitait.

— Un jour, Mr. Charley a dit : « Tu sais, un de ces messieurs – c'est tellement bête, tu ne vas pas le croire –, un de ces messieurs veut te voir de nouveau baisser ta culotte ! » J'ai éclaté de rire, car il donnait l'impression que c'était très amusant. Bien entendu, j'aurais un gâteau à la crème.

Quelque chose que je dois bien appeler un sourire passa sur son visage.

— Alors il a ajouté : « Mais rien que devant lui cette fois. Et dans une chambre spéciale. » Je suis entrée dans cette chambre, et j'ai mangé le gâteau. Quelques heures plus tard, je me suis réveillée avec du sang partout sur les draps. Et j'avais mal. La fois suivante où ma mère a dit qu'il était temps d'aller chez Mr. Charley, je n'ai pas voulu. J'ai hurlé, en fait. En pleine rue.

Elle exhala un soupir et croisa les bras.

— Ma mère m'a expliqué que Mr. Charley se montrait très généreux. Nous avions de jolies affaires grâce à lui et, plus tard, j'irais dans une belle école à la mode. Une aussi bonne école que celle où allait la propre fille de Robert Newsome. Est-ce que je n'en avais pas envie ? J'ai répondu que non, mais ce que je voulais n'avait aucune importance.

— Vous devez éprouver beaucoup de colère envers elle.

— Je pense qu'elle voulait croire qu'autre chose se passait. Que ce n'était pas... ça. Elle était malade. Mr. Charley lui avait promis de veiller sur moi.

Elle eut un rire bref.

— Pendant tout ce temps, je m'en allais très loin dans ma tête. Ailleurs. D'habitude, je pensais à Schuylkill. À ces enfants. Je laissais pendre mes mains ou bien je les enfonçais sur mes cuisses et je jouais avec mes doigts. « Où est Poucet ? Me voici... » chantonna-t-elle, tirant sur son pouce.

— Mais ce n'est pas ainsi que vous avez rencontré Mr. Newsome.

— Non. Mais il a les mêmes yeux.

La question s'échappa avant que j'aie pu m'en empêcher.

— Comment pouvez-vous vivre avec lui ?

Elle parut stupéfaite.

— Parce que je l'ai mérité. Mon père l'a mérité. Il faut que vous compreniez : à la maison, les Newsome étaient tout pour nous. Mon père vénérait Robert Newsome plus que Dieu. Ou, au moins, les deux ne faisaient qu'un. Je lui vouais la même adoration. Petite, j'imaginais Dieu sous les traits d'un homme d'affaires en costume sombre et haut-de-forme en castor. Quand les Newsome ont blâmé mon père pour la catastrophe, il ne s'est pas fâché. Il disait que si, en endossant cette responsabilité, il aidait la compagnie, il était heureux de le faire. Stupidement, il s'attendait à être récompensé pour sa loyauté. Quand il a perdu ses illusions, il en a été brisé.

— Et vous vouliez vous venger.

— Non, je voulais être des leurs. Pas cette petite bécasse dans la poussière. Je pensais beaucoup à Robert Newsome pendant ces comptines. Certains de ces hommes avaient des filles et en parlaient. Ils s'arrêtaient à l'école pour les voir, puis venaient chez Mr. Charley. Et, bien sûr, qu'aiment aussi faire les hommes ? Se vanter. De leur réussite, de leurs relations. « Vous ne devinerez jamais qui j'ai vu à Phipps. Ce vieux Bob Newsome, qui rendait visite à sa fille. » Je voulais être une de ces filles, en sécurité dans leur belle école, attendant la prochaine visite de Papa.

« C'est pourquoi, quand Mr. Charley m'a dit : "Eh bien, mon petit ange, tu deviens un tantinet trop grande pour mes clients. Qu'allons-nous faire de toi ?", j'ai répondu tout net : "Je veux aller à Phipps." Par certains côtés, il n'était pas méchant, Mr. Charley. Il a vu tout de suite le comique de la situation. Et il aimait bien rire.

— Comment a-t-il réussi ? voulus-je savoir, pensant qu'on ne pouvait envoyer n'importe quelle jeune fille à Phipps, quelle que fût la somme que l'on payât.

— Un de ses amis faisait partie du conseil d'administration et assistait aussi à ses soirées. Il se montra tout à fait prêt à lui rendre ce service. "Maintenant, me dit Mr. Charley, tu seras en mesure de rencontrer un homme agréable qui s'occupera bien de toi."

— Et c'est ce que vous avez fait. Aviez-vous depuis le début ce plan de…

— Un plan ? Quand j'ai quitté Mr. Charley, je n'étais pas en état de faire des plans. Il m'avait dit d'oublier le passé. De devenir quelqu'un d'autre. Ce n'est pas si facile. Je me sentais vide. Les professeurs me posaient des questions et je ne savais comment répondre. L'un d'eux me demanda si j'avais des troubles auditifs ; un deuxième supposait qu'on m'avait laissée tomber sur la tête. Les autres filles se moquaient de savoir pourquoi. Elles voyaient juste que quelque chose n'allait pas chez moi. J'avais cru que, en allant à Phipps, comme elles, je serais en sécurité, mais tout semblait faux. Comme si je faisais semblant d'être en vie alors que j'étais morte.

« Et puis un jour, Lucinda Newsome s'est assise près de moi en classe et s'est mise à m'interroger à sa manière directe. D'où venais-je ? Est-ce que je savais lire ? Que pensais-je de... Je ne me souviens même plus de quoi. Dès que je l'ai vue, j'ai cru sortir d'un songe. Soudain, je savais exactement ce que j'avais à faire. J'ai commencé à inventer cette nouvelle fille à cet instant, sous ses yeux. Timide, anxieuse de faire plaisir. Embarrassée par son physique – "Oh, les gens exagèrent !". Ce qu'elle admirait, je l'admirais. Ce qu'elle méprisait ne m'inspirait que dédain. Et quand elle me proposa de rencontrer son père, car elle ne savait jamais quoi lui dire et ce serait plus facile pour elle d'être en compagnie d'une amie...

Rose Briggs sourit.

— J'ai été présentée à Robert Newsome, j'ai vu la façon dont il me regardait, et j'ai su que cela marcherait comme sur des roulettes.

— Il ignore qui vous êtes.

— Bien sûr que non. Je suis Mrs. Robert Newsome.

Dotée de tout ce que sa famille s'est vu refuser, pensai-je, la protection et la largesse des Newsome. Mais pas une protection suffisante, semblait-il.

— Et Mr. Charley ?

Les traits de Rose s'altérèrent et se vidèrent de toute expression, comme si elle avait rêvassé pendant un thé particulièrement ennuyeux et n'avait pas écouté la question qu'on lui posait.

J'ajoutai :

— Lui aussi a été défiguré.

— Seulement aux yeux. Je n'aime pas les yeux. C'est épuisant, d'être la cible de tous les regards. Certaines femmes se sentent flattées, mais moi, j'ai toujours eu l'impression que, dès le moment où un homme pose les yeux sur moi, il est à mi-chemin de croire qu'il peut tout se permettre.

« Quand Mr. Charley a appris de ses amis à l'école que j'allais me marier, il m'a demandé de revenir chez lui pour discuter de ce qu'il appelait "les termes financiers". Il croyait mériter une récompense – mensuelle et à vie. Quand je l'ai vu, debout devant cette cheminée, et que je me suis souvenue de tout ce qui s'était passé dans cette maison – comment ils avaient ri et s'étaient servis de moi, avaient laissé leur saleté sur moi –, j'ai étouffé. Comme s'il se tenait sur ma poitrine et m'écrasait le cœur.

Ses gestes avaient ponctué ses paroles ; elle reposa ses mains sur son giron et ajouta avec simplicité :

— Il devait disparaître.

— Et ensuite il y a eu Norrie.

Je contemplai son verre vide, où le résidu de blanc d'œuf avait laissé une pellicule.

— Cela n'a pas eu lieu dans un accès de rage. Vous aviez l'intention de le tuer. C'est pourquoi vous l'avez drogué. Son père l'avait privé de boissons alcoolisées, cette nuit-là. Était-ce sur votre suggestion ?

Elle hocha la tête.

— Vous l'avez rencontré dans la bibliothèque et vous lui avez offert votre cocktail.

— Il m'a répondu avec grossièreté, plein de mépris envers une boisson pour oies blanches. Je lui ai répondu qu'il serait surpris. Je crois bien qu'il l'a été, juste avant d'agoniser. Oui... il savait, dit-elle avec un rictus de satisfaction. J'aime penser qu'il a eu peur. Pour la première fois de sa vie.

— Pourquoi ?

— ... l'ai-je fait ? Lorsque j'ai appris son intérêt subit pour Philadelphie, j'ai su que ce n'était pas les affaires qui le préoccupaient. J'ai demandé à quelqu'un de la famille... disons un associé... de garder l'œil sur lui. Il m'a rapporté que Norrie s'était rendu à l'Académie Phipps et avait passé la nuit avec une jeune femme que je devinai être Beatrice Tyler. Cela m'a un peu choquée. Pas vous ? me demanda-t-elle, plaisantant à moitié. Une jeune femme si convenable !

— Et Norrie est revenu.

— Oui. Il m'a dit de m'arranger pour que son père cesse de lui serrer les cordons de la bourse, sans quoi il ferait une annonce fort différente au bal.

— Était-il allé à Schuylkill ?

— Non. Et il n'avait pas fait de rapprochement avec le nom Coogan. Ça en dit long sur son intelligence. Néanmoins, en bavardant avec Mayles et Gilfoyle, il en avait appris assez sur Mr. Charley pour deviner que ce n'était pas ma mère qui l'avait intéressé. J'ai répondu que j'avais besoin de temps pour réfléchir. Mais je savais Norrie incapable de tenir sa langue, quelle que soit la somme qu'on lui donnerait. Quand mon mari a décidé de renforcer la sécurité pour la réception en raison des menaces de mort, j'ai su que je tenais la solution.

« J'ai donc repoussé le problème jusqu'à la soirée du réveillon. Tant de monde que n'importe qui pouvait entrer. Ce soir-là, quand vous nous avez vus discuter, je lui ai annoncé que je le rejoindrais dans la bibliothèque et lui donnerais ma réponse. J'ai tenu parole.

« Pendant que la drogue agissait, il m'a dit tout ce qu'il croyait savoir sur mon compte. Il s'estimait important, oh ! tellement. Je pensais : *Toi, tu es ridicule. Tu brasses du vent. Tu ne sais rien du tout. Tu ne sais pas ce qu'on ressent. Le contact de vieilles mains sur toi. De lèvres molles et sèches. De doigts enflés d'arthrite qui te pelotent. Commence par sentir ça, et viens me raconter que tu es important. Sens donc ça...*

J'eus la vision de Rose abattant le tisonnier sur le crâne de Norrie, faisant sauter les yeux à l'aide du crochet. Pour la chasser, je repris mes questions.

— Vous étiez encore dans la pièce, n'est-ce pas ? Quand je l'ai trouvé.

— Oui. Norrie a mis plus de temps à mourir que je ne l'avais pensé. Mais, heureusement, vous êtes partie, et j'ai pu m'agenouiller à côté de lui, après avoir fait cette terrible découverte...

— C'est pourquoi personne n'a remarqué le sang sur votre robe.

— Exactement.

— Où avez-vous dissimulé le tisonnier ? Il n'était pas là quand je suis entrée.

— Derrière l'armoire vitrée. Les policiers étaient convaincus que l'anarchiste avait emporté l'arme du crime et n'ont pas fouillé les lieux avec beaucoup de soin. Et personne ne lit de livres, dans cette maison.

— Mais vous deviez le remettre en place. N'importe quelle servante aurait remarqué sa disparition en nettoyant les cendres le lendemain matin.

— En effet, c'était un peu délicat. La police avait mis un temps fou à partir. Mais vers quatre heures du matin, j'ai pu trouver la robe de Charlotte, nettoyer le tisonnier et le remettre près de la cheminée.

— Et vous avez répandu les pilules par terre. Pour incriminer Charlotte.

— Ou vous.

Elle m'avait délibérément chargée d'escorter Norrie. Je me sentis glacée à ce souvenir.

— Je savais que ça ne ressemblait pas aux anarchistes de tuer de cette façon. J'avais envisagé de poser une bombe dans une des voitures.

Ma surprise dut être manifeste, car elle sourit.

— J'ai grandi dans une ville minière. Je m'y connais en dynamite, mais je ne réussissais pas à régler le chronomètre. Je voulais m'assurer que les preuves pointeraient vers une autre direction. Je n'avais pas oublié mes gants, moi, de sorte que mes empreintes n'apparaissaient pas sur le flacon.

— Était-ce vous qui envoyiez les messages ?

— Non. Vous ne devinez donc pas de qui ils provenaient ?

Je secouai négativement la tête.

— De Norrie. Il ne cessait de répéter à son père que les messages étaient une blague, et ils n'étaient rien d'autre – une plaisanterie de son cru. Je lui ai dit que je savais que c'était lui, précisa-t-elle en s'assombrissant. Mais bien entendu il refusait de l'admettre.

— Et la potion de votre mari ? C'était un accident ?

Elle fit tourner le majeur de son gant.

— Quand vous êtes allée à Philadelphie, j'ai été saisie de panique. J'ignorais ce que vous alliez découvrir. Il se pourrait que j'aie dit à la nouvelle infirmière de s'assurer que Mr. Newsome prenne ses sédatifs. Il se pourrait aussi que j'aie recommandé à Lucinda de prendre la même précaution. C'était une période pénible et je ne sais plus à qui j'ai dit quoi. Par bonheur, la méprise a été découverte. Et puis, bien sûr, l'anarchiste a été arrêté, donc…

Donc Mr. Newsome était sauf. Pour l'instant.

— Êtes-vous certaine de vous en réjouir ?

— Au risque de vous surprendre, je ne souhaite aucun mal à Mr. Newsome. L'arrangement actuel est très vivable. Quelquefois, ajouta-t-elle en souriant, quand il dort, je vais m'allonger près de lui. Je pose la main sur sa bouche, juste sous le nez. J'observe le temps qu'il faut avant qu'il ne s'agite. Mais j'enlève toujours ma main.

Elle fit un pas vers moi.

— Jane, je veux que vous sachiez que je suis vraiment heureuse de ne pas avoir eu à vous incriminer. Cela n'aurait pas été juste.

Juste. Son ton était simple et sérieux, comme si c'était le pire qu'elle avait fait. Elle espérait que, ayant entendu son histoire, je marquerais de la compréhension et m'abstiendrais de la punir. Le plus terrible était que, oui, je la comprenais. Mais cela ne suffisait pas.

— Vous n'étiez pas obligée de tuer Norrie. Vous auriez pu partir. Prendre les bijoux, les vendre, aller vivre en Europe. Pour ce qui est de Mr. Charley, je ne sais pas. Mais pour Norrie, il y avait un choix. Vous n'étiez pas obligée de lui ôter la vie.

— Une vie si estimable ! ironisa-t-elle. À qui manque-t-il ?

— À sa sœur. Qui vous a témoigné de la gentillesse.

— Pas ces derniers temps. Enfin, peu importe à présent. C'est fait.

— Cela importe parce qu'une troisième vie est en jeu – une vie que vous pouvez sauver.

Son expression révéla qu'elle ne comprenait pas de qui je parlais.

— Josef Pawlicec.

— L'anarchiste ? Il a avoué.

— Il n'est pas coupable et vous le savez. Il a perdu son neveu. Ne permettez pas qu'il souffre davantage.

Son regard se durcit, et je sus que j'avais commis un impair. En mentionnant le neveu de Josef Pawlicec, je lui avais remis en mémoire les enfants de Schuylkill. Maintenant elle tenait sa pierre, lourde, mortelle, à jeter contre eux en retour.

— Je ne vous suggérerai pas des aveux, poursuivis-je. Rien qu'un appel de votre part au gouverneur, réclamant sa clémence. Les Newsome demandant de la miséricorde envers un homme dont beaucoup diraient que cette même famille lui a fait du mal. Ce serait admirable.

— Beaucoup trop. Du genre auquel nul ne croit, et qu'on cherche donc à creuser. Jusqu'à ce qu'on découvre le motif égoïste sous les beaux discours.

— Alors dites-leur la vérité. Racontez ce qu'on vous a infligé. Que les vrais coupables soient punis, cette fois.

Elle s'esclaffa.

— Mais oui ! Exactement ce qui s'est passé quand Evelyn Nesbit a révélé ce que Stanford White lui avait fait lorsqu'elle avait dix-sept ans. Je serais la garce dépravée qui a privé la nation d'un jeune homme droit et intègre.

Ce point était incontestable. Néanmoins, je ramassai la robe souillée.

— Si vous n'appelez pas le gouverneur pour sauver Josef Pawlicec, j'irai à la police.

— Avec ça ?

— Les traces montrent qu'on a essuyé le tisonnier à l'aide de la robe. Un anarchiste agirait-il ainsi ?

— Rien ne prouve qui l'a essuyé.

— J'ai la veste que portait Norrie cette nuit-là. Il y a une tache sur le revers.

— Nettoyez-la donc.

— On a trouvé des traces d'opiacés sur ses vêtements. D'albumine, aussi, une protéine contenue dans le blanc d'œuf. Et qui, bien sûr, donne au Rose Blush sa mousse unique.

— Norrie a englouti plusieurs verres au cours de la soirée. On ne s'étonnera guère qu'il ait bu aussi le mien.

— Mais le vôtre est le seul répandu sur lui. Il se peut que les opiacés et le blanc d'œuf ne suffisent pas à faire reconnaître votre culpabilité. Cependant, cela inciterait les gens à se poser des questions, des questions que vous voulez éviter.

Un éclair étincela dans ses yeux et me rappela que cette femme avait commis deux crimes. Chaque fois alors qu'elle se sentait acculée et impuissante.

Je dis très vite :

— Je ne veux pas vous faire subir plus d'épreuves. Je vous le jure, je ne parlerai pas de ce que je sais à âme qui vive. Mais je ne laisserai pas mourir Josef Pawlicec. Appelez le gouverneur. Je vous en prie, Mrs. Newsome. Rose.

Pendant un instant fugitif, un espoir hésitant brilla dans son regard ; elle était une fillette qui a été découverte, mais sent que cette fois il n'y aura pas à tuer. Cette fois, peut-être, quelqu'un comprendra que ce n'est pas sa faute.

Mais les dures leçons du passé avaient laissé leur empreinte, et je vis disparaître la petite Rose Coogan, remplacée par une créature différente du tout au tout.

Elle se redressa.

— Mon mari compte bien que le meurtrier de son fils unique sera châtié, et les désirs de mon mari passent en premier.

Le moment était venu de se montrer dure et menaçante. Pourtant, je cherchai encore à l'atteindre.

— Est-ce que cela n'a pas été le problème ? Que les désirs d'hommes tels que votre mari aient toujours passé en premier ?

Elle alla devant le miroir et vérifia son apparence.

— Avez-vous entendu parler du darwinisme social ? Robert me l'a expliqué il y a plusieurs mois. D'après cette théorie, les riches sont riches parce qu'ils sont meilleurs, plus intelligents, plus travailleurs et donc plus aptes à survivre. Les pauvres, faute d'être dotés de ces qualités, finissent par périr. Et les forts ne sentent rien.

Elle me regarda dans le reflet du miroir.

— Parce que, si élevée que soit notre fortune, nous nous accrochons au moindre sou. Et nous traitons toute menace de la diminuer comme une atteinte à notre existence.

En se retournant, elle lança :

— Nous ne parlons pas de vies qui ont une grande valeur. Alors, appelons donc ça la survie des plus adaptés.

— Les mineurs de Shickshinny n'avaient-ils aucune valeur ? Et votre père, n'en avait-il aucune ?

Elle rassembla les plis de sa jupe.

— Je me dois de retourner à mes invités. J'apprécierais que vous sortiez.

— Je crois que si. La vie de Josef Pawlicec a de la valeur. Si vous ne voulez pas parler pour eux, je le ferai.

Elle releva la tête et, un instant, je vis distinctement en cette jeune femme la neuvième victime du désastre de Shickshinny. L'enfant qui tenait la main de son père quand il titubait et l'avait vu sombrer hors de son univers, la livrant à la vengeance jubilatoire et aux abus. D'aucuns diront qu'elle avait été la plus chanceuse. Jadis abandonnée et maltraitée, elle resplendissait. Cependant, elle en avait conservé le goût du sang.

Mon oncle avait raison : il fallait que quelqu'un parle au nom des morts.

Je déclarai à Rose Newsome :

— Et pour vous aussi, je parlerai.

# CHAPITRE XXIII

Cette même nuit, dans ma chambre, j'écrivis. Page après page, tout ce que je savais sur les meurtres de Charles Farragut et Robert Norris Newsome Jr., et sur celle qui les avait tués. Quand j'eus fini une première lettre, j'en fis une copie. L'une était destinée à Michael Behan et l'autre à mon oncle. Au cas où. J'ignorais ce que ferait Rose Newsome, aussi jugeais-je plus sage de tout coucher sur le papier.

Je lui accorderais une semaine, décidai-je. Si d'ici sept jours je ne voyais pas de gros titres annoncer que les Newsome réclamaient la grâce du prisonnier, j'aviserais la police.

Je me sentais les nerfs à vif, déchirée entre le sentiment qu'il fallait agir tout de suite, désigner la coupable sans tarder, et le désespoir quand j'imaginais l'issue. Josef Pawlicec sauvé ou Josef Pawlicec privé de son rôle de justicier vengeur. Rose Newsome exposée ou Rose Coogan détruite pour les péchés des autres. Chaque fois que je voyais un homme détailler la silhouette d'une jeune fille dans la rue, je revoyais le visage inexpressif de Rose décrivant les regards masculins fixés sur elle, debout sur la table. Je pensais à ce qui restait du crâne de Norrie lorsqu'elle en avait eu terminé avec lui.

Michael Behan téléphona. Je ne pris pas ses appels. Pour la première fois de ma vie, je ne me fiais pas à mes propres réactions.

Vers la fin de la semaine, je descendais avec une paire de chaussures de Louise afin de les cirer quand j'entendis Mrs. Benchley dire à Charlotte :

— Je suppose que les Newsome sont à Rhinebeck, en ce moment.

Je marquai une pause devant la porte.

— Espérons qu'ils y restent, répliqua Charlotte.

— C'est fort possible, tu sais. Lors de l'anniversaire de Lucinda, Mrs. Newsome a dit que l'attention suscitée par le procès les épuisait. Elle s'inquiétait pour la santé de Mr. Newsome. Lucinda raccompagne sa grand-mère en Europe, aussi Mrs. Newsome estime-t-elle préférable de se cacher à la campagne.

Les Newsome se cachèrent en effet à Rhinebeck. Ils quittaient rarement leur propriété sauf pour voir quelques vieux amis de Mr. Newsome, qui avaient des maisons le long de l'Hudson. Ils partirent rendre une de ces visites de bonne heure un vendredi matin. Mrs. Farrell relata ensuite aux journaux qu'elle avait été frappée par la tendresse que Rose Newsome avait montrée à son mari alors qu'ils montaient en voiture. « Il faisait froid. Elle a demandé une couverture supplémentaire et l'en a enveloppé elle-même. Puis elle a déposé un baiser sur le sommet de son crâne. »

Un peu plus tard ce matin-là, un fermier de Hurley entendit une explosion. Il courut voir ce qui arrivait et distingua une voiture à la lisière d'un champ, dévorée par les flammes. Une seule route traversait la ville, c'est pourquoi les pompiers mirent du temps avant d'atteindre le véhicule. Cela ne changeait pas grand-chose. L'explosion avait été si violente que les

Newsome étaient morts sur le coup, de même que le chauffeur, nommé Harold Greider.

Naturellement, les soupçons se portèrent sur Mr. Greider, qui était entré au service des Newsome un peu plus tôt dans le mois. Selon certaines rumeurs, il avait appartenu à une organisation socialiste, et son véritable nom était Galleani ou Greenberg. La police était convaincue qu'il s'était procuré la dynamite sur la propriété, où elle était utilisée pour déraciner les vieilles souches d'arbres. Un journal expliqua que c'était une méthode très fréquente, surtout pour les gros arbres dont les racines profondes résistaient à toute autre technique. (DuPont ne manqua pas de vanter les qualités de la dynamite, qui constituait un excellent additif pour le sol et dont les propriétés volatiles accéléraient la croissance végétale.)

Il n'y eut pas de funérailles en grande pompe. Craignant pour leur sécurité, Lucinda et sa grand-mère restèrent en Europe. Cependant, le public ne fut pas aussi prompt qu'on aurait pu le croire à imputer la responsabilité à Mr. Greider. L'homme était mort. Au lieu de se focaliser sur le tueur qui ne pouvait plus être châtié, la soif de vengeance fut dirigée contre celui qui vivait encore : Josef Pawlicec. Les appels pour son procès rapide et son exécution furent aussi nombreux que stridents.

Le jour où nous apprîmes le nouveau meurtre Newsome, Michael Behan appela. Et, cette fois, je répondis.

Nous nous retrouvâmes à Central Park quelques jours plus tard, par un après-midi humide et anormalement doux pour ce mois de février. En descendant le sentier, je le vis debout près d'un banc. Il enfonçait les mains dans les poches du même pardessus sombre qu'il avait partagé avec moi dans le train. Il portait son derby légèrement incliné en arrière. J'eus le souvenir du matin où je l'avais vu devant chez les Benchley, quand il avait envoyé le vendeur de journaux m'attirer au-dehors. J'essayai de me rappeler comment j'avais pu le prendre pour un odieux journaliste de tabloïde. Cette image-là ne concordait pas avec l'homme qui se tenait devant moi. J'en retrouvai tout de même une ombre lorsqu'il me dit :

— Vivante. Je craignais que Rose Newsome ait abattu un tisonnier sur vous. J'ai dû harceler mes amis à la morgue pour m'assurer qu'ils ne vous avaient pas vue.

Je lui adressai un sourire penaud, et nous nous assîmes sur le banc.

— Donc, dit-il, ils l'ont eue.

— Vous croyez ?

Je lui relatai ma conversation avec Rose, y compris ses commentaires sur la dynamite.

— Nom de Dieu ! lâcha-t-il quand j'eus fini.

Au bout d'un moment, il le répéta. Puis il resta silencieux.

Pour finir, il demanda :

— Vous croyez vraiment qu'elle s'est donné la mort ? Plutôt que de sauver l'anarchiste ?

— Oui.

— Mais vous aviez promis de ne pas la dénoncer. Il lui suffisait de demander la grâce.

— Le secret était éventé. En dépit de ma promesse, il risquait d'être divulgué. À tout moment, elle pouvait se retrouver réduite à l'impuissance. Elle redeviendrait cette fillette couchée par terre, qui jette de la poussière contre des pierres. Si elle devait être détruite, elle préférait le faire elle-même.

Il soupira.

— Ainsi s'achève le dernier espoir de Josef Pawlicec.

— Pas nécessairement. Je veux écrire à Lucinda Newsome.

— Mais bien sûr, Mrs. James Newsome admettra que son fils a épousé une harpie qui l'a assassiné après avoir tué le petit-fils. Non. Elle laisserait mourir une centaine de Josef Pawlicec pour garder ce secret.

— Lucinda est éprise de justice.

— Peut-être. Mais elle vient de perdre toute sa famille. Vous croyez qu'elle est en état d'assimiler tout ça ? Vous n'avez aucune preuve tangible. Elle croira que vous êtes folle. Ou vénale.

— Nous avons le fragment d'étoffe avec le sédatif.

— Vous ne pouvez démontrer que cela venait de Rose.

— Charles Farragut.

— Un porc à qui l'on a réglé son compte. D'accord, il y a un point commun avec les yeux. Ça ne suffit pas pour établir une preuve.

— Nous n'avons pas besoin de prouver quoi que ce soit. Si nous parvenons à éveiller un doute, n'est-ce pas assez pour qu'elle décide de sauver Pawlicec ?

Il réfléchit. Et secoua la tête.

— Les gens n'aiment pas le doute. Elle ne vous remerciera pas de lui en donner. Et ne comptez pas faire renoncer l'inspecteur Blackburn à son heure de gloire. Il prépare déjà sa candidature au Congrès.

Je tentai de discerner un moyen de contourner les obstacles. En vain. La maison des Newsome à New York était déserte. Dans le sillage des messages de Shickshinny, toute correspondance sortant de l'ordinaire serait scrutée et analysée. Il se pouvait que Lucinda ne reçût jamais la lettre, du moins pas à temps.

Je songeai à Mr. Pawlicec, qui avait demandé la photo de son neveu pour ne pas avoir peur de mourir. Et j'abattis mon poing sur ma jambe – de toute ma rage.

Saisi, Behan s'empara de mon bras.

— C'est mal ! dis-je très fort, et très stupidement.

— Je sais.

Il prit ma main. Je le laissai faire. Il posa le pouce à l'intérieur de mon poignet. J'y sentis du réconfort, mais pas seulement. Je m'écartai.

— Au moins, dis-je, procurez-lui la photo de son neveu.

— Le journal ne la lâchera pas. Ils veulent l'utiliser, évidemment. Ne hurlez pas, ils ont dépensé un paquet d'argent pour ça. Mais ils feront en sorte de l'envoyer à la prison à temps.

— Vous êtes sûr qu'ils la donneront à Mr. Pawlicec ? Certains pourraient trouver qu'il ne la mérite pas.

— Ils y ont intérêt, je l'ai déjà mis dans mon article : « Le tueur serre dans sa main la photo de son neveu défunt... »

Il traça les mots dans l'air, comme toujours lorsqu'il esquissait une histoire.

— Vous allez à l'exécution ? m'étonnai-je.

— Si elle a lieu. Je vous raconterai. Si vous le voulez.

— Je ne sais pas.

Nous demeurâmes longtemps sans parler.

Puis Behan reprit :

— Et maintenant, voici le plus drôle de toute l'affaire.

Malgré moi, j'éclatai de rire, une petite explosion de joie au lieu de larmes. Une des choses qui me manqueraient, c'était le plaisir mélancolique qu'il puisait dans l'étrangeté du monde.

— Quand j'ai commencé à enquêter sur cette histoire, je me trompais de coupable.

— Vous pensiez que c'était Charlotte Benchley.

— Non, je pensais que c'était vous.

Je le dévisageai pour voir s'il plaisantait. Ce n'était pas le cas.

— Vous êtes sortie en courant de la bibliothèque, l'air hystérique, et puis j'ai appris que le gamin s'était fait démolir. Ma première pensée a été : *Pauvre petite, ce salaud a voulu la coincer et elle lui a défoncé le crâne. Bien fait pour lui.*

— « Le milliardaire lubrique agresse la soubrette et meurt assassiné. »

Il approuva d'un signe de tête.

— Vous vous rappelez quand je vous ai demandé si Charlotte Benchley avait besoin d'un ami ? Je pensais que c'était à vous qu'il en fallait un.

— Et quand avez-vous décidé que j'étais innocente ? À moins que non ?

— En vous voyant découper ce bout d'étoffe. Au début je me suis dit : *Haha, on élimine les pièces à conviction, très futé !* Mais vous n'en avez pas pris la totalité. Ce que vous auriez fait, j'imagine, si vous aviez été coupable. De plus, vous avez repoussé mon offre de paiement, que vous n'auriez pas été si prompte à refuser si vous craigniez d'avoir besoin d'un avocat.

— Qu'auriez-vous fait, si j'avais commis le crime ?

— J'avais tout planifié. À la fin, vous auriez été une véritable martyre, et Norrie la brute concupiscente.

— Cela aurait-il fait une différence ?

— Bien sûr. J'écris bien. Et vous êtes beaucoup plus jolie que Mr. Pawlicec.

Je réagis d'instinct au compliment en croisant les bras, tout en réfléchissant à la façon d'exprimer ce qui devait être dit.

— S'il vous plaît, ne plaisantez pas comme ça avec moi. Je sais que dans votre esprit c'est juste amusant, mais...

Il s'écarta vivement et regarda par-dessus son épaule. Longtemps, il regarda au loin. Puis il répondit :

— Je ne trouve pas cela amusant. Et vous avez raison, je ne devrais pas le dire.

Nous gardâmes le silence. Je me levai pour partir, et il m'imita. En prenant la direction de la sortie, je le sentis devenir nerveux. Je ne valais guère mieux, et je savais pourquoi. Des mots tels que « pour la dernière fois » et « au revoir » semblaient peu judicieux.

Nous approchions de la rue lorsqu'il ajouta :

— Une chose qui va vous plaire. Vous vous souvenez de la Mrs. Farrell que vous aimiez tant ?

— Je me souviens de la Mrs. Farrell que je détestais.

— Elle a été arrêtée pour vol. Il semble que bon nombre de bijoux de Rose Newsome aient disparu, et la jeune maîtresse s'était emportée contre elle la veille.

Nous étions arrivés à l'extrémité du parc, où nos chemins se séparaient. Respirant un grand coup, Behan enfonça les poings dans ses poches.

— Bon, écoutez, peut-être que je vous écrirai. Je vous enverrai une coupure.

Je savais que j'aurais dû dire non. Mais il y a un monde entre savoir, sentir et faire, et je ne pouvais me résoudre à renoncer définitivement. De plus, il n'y avait pas grand danger à recevoir une coupure de presse.

— D'accord. Vous connaissez mon adresse.
— Oui.
— Ne...
— Quoi ?
— Je ne vais pas vous apprendre à écrire.
— Non, mais allez-y quand même, dit-il avec un large sourire.
— N'en faites pas une histoire sensationnelle. Vous savez, « la malheureuse brute » et ce genre de choses. Dites-moi seulement ce qui s'est passé. Inutile de me décrire à quel point c'est atroce. Ça le sera déjà assez.

Il effleura son derby.
— Au revoir, Miss Prescott.

Alors, sans raison valable, il tendit la main, paume en l'air. Ce n'était pas une poignée de main, mais une requête. J'hésitai, incertaine de ce qu'il sollicitait : le pardon ? L'amitié ? Je n'en savais rien. Mais, sans raison valable, je mis ma main sur la sienne, et nous restâmes ainsi. Au bout d'un moment, je pensai : *Il va écarter sa main, maintenant. La laisser serait embarrassant. C'est ainsi qu'on se conduit, on lâche prise.* Mais il n'écarta pas sa main, apparemment heureux de laisser ses doigts sous les miens tant que j'y étais disposée. Jusqu'au moment où ils s'entrecroisèrent et où ce qui était demandé fut accordé.

Le procès de Josef Pawlicec se déroula sans autre incident. Du fait qu'il avait avoué, il ne restait qu'à décider si sa cruauté et son refus de dénoncer ses complices méritaient la peine de mort. Au lendemain des derniers meurtres, la réponse semblait évidente ; la plupart des gens attendaient l'issue avec confiance, en particulier l'inspecteur Blackburn qui proclamait sa foi profonde dans le système judiciaire américain.

On ne fit pas allusion au procès chez les Benchley. À l'occasion, dans l'autobus ou le train, j'apercevais un exemplaire de *Town Topics*. Une illustration montrait Josef Pawlicec à la table de la défense, l'air dur et renfermé. Pas une fois il ne dévia de sa version première : il avait assassiné Robert Norris Newsome Jr. pour venger la mort de son neveu. Son avocat appela sa sœur à la barre. En larmes, elle répéta avec véhémence que son frère n'aurait jamais pu tuer qui que ce fût. Son témoignage fut écarté, étant le fait d'une femme au cœur brisé. L'avocat produisit alors un expert en graphologie qui attesta que les lettres ne concordaient ni avec l'écriture de Mr. Pawlicec ni avec ses connaissances linguistiques. Cela aussi fut rejeté, étant entendu que les lettres avaient été écrites par un complice que l'inculpé ne voulait pas nommer.

Le témoignage du patron de Mr. Pawlicec prouva que le meurtre avait été prémédité. La disparition des pinces à glace, arme du crime supposée, démontra la tentative d'échapper à la justice. Comme promis, Michael Behan m'envoya des coupures de presse. Dont une seule accompagnée d'une note : *Ça ne se présente pas très bien.*

Quand j'étais petite, j'aimais beaucoup les éléphants. Je ne sais pas pourquoi. Ou peut-être en raison de leur improbabilité ; quel dessein supérieur avait choisi ces grandes oreilles battantes, cette queue maigre, cette trompe sensible et aventurière, ces pattes ridées pour une créature d'une taille aussi massive ? En de rares occasions, mon oncle m'emmenait au zoo de Central Park pour me faire plaisir. Je me rappelle avoir vu un éléphanteau accrocher sa trompe à la queue de son parent et trotter derrière lui en parfaite sécurité.

J'avais une image, découpée dans le journal, de Tip, la plus célèbre attraction du zoo. Il avait appartenu à un propriétaire de cirque nommé Adam Forepaugh, grand rival de P. T. Barnum. Au cirque Forepaugh, on dressait les éléphants à rouler en tricycle et à exécuter toutes sortes de tours. Quand Tip tua son gardien, il fut offert au zoo de Central Park. Il arriva de Philadelphie, avec ses cinq tonnes, enchaîné à une éléphante plus âgée et plus calme, Old Jenny. Une foule grosse d'un millier de personnes vint à leur rencontre et grandit à mesure que l'on conduisait les éléphants des quais à la 23$^e$ Rue, devant les taudis de West Side, et enfin par la 5$^e$ Avenue où leur passage causa la vive consternation des résidents plus fortunés de la ville. Ainsi que le relata le *New York Times* : « Les masses n'ont aucun respect pour les classes supérieures, et dans le cas présent les masses se déplaçaient toutes dans une seule direction, à une allure rapide pour rester à la hauteur des pachydermes. »

Ce fut sans doute le jour le plus heureux de Tip à New York. Au zoo, il fut confié à la garde de William Snyder. Celui-ci le maintenait durant de longues périodes dans une bride à martingale qui l'empêchait de lever la tête. Il faisait mine de ne rien voir quand les gamins donnaient à Tip des pommes arrosées de poivre et le frappaient. Lui-même le tourmentait et le battait. Il rapporta ensuite que l'éléphant avait tenté de le tuer d'un coup de trompe. En guise de punition, Snyder scia trente centimètres de chacune de ses défenses.

Tip resta ainsi confiné pendant cinq ans. Il essaya de s'échapper, une fois, défonçant les barreaux de sa cage et arrachant les plaques de ses chaînes. Snyder insista pour qu'on l'abatte. D'autres soutinrent que Tip avait besoin d'exercice et que, s'il se conduisait mal, le traitement approprié consistait à l'enchaîner et à le rouer de coups « jusqu'à ce qu'il crie ».

Snyder appliqua vraisemblablement ces conseils car, quelques années plus tard, Tip tenta de l'éventrer. Il avait déjà tué quatre employés du cirque Forepaugh et s'était attaqué à quatre autres à Central Park. Le *Times* annonça : TIP DOIT S'AMENDER OU MOURIR !

On élabora un plan d'exécution. Les autres éléphants du pavillon, Juno et Little Tom, furent mis à l'abri. Les milliers de spectateurs furent tenus à bonne distance. On servirait à Tip trois rations de carottes et de pommes. Les deux premières seraient inoffensives, la troisième arrosée d'acide prussique.

Tip refusa les carottes et les pommes, qu'il n'aimait pas. On lui présenta une marmite de son mêlé de cyanure, qu'il mangea. Et il passa les neuf heures suivantes à agoniser.

Il se débattit, se jeta contre les barreaux de sa cage, qu'il réussit presque à briser. Il rompit ses chaînes et enfonça ses défenses mutilées dans les murs. Il barrit en répandant du sang. Il réussit à traverser un mur et, au seuil de la liberté, s'écroula, puis mourut en poussant un ultime barrissement. Sa peau et ses os firent l'objet d'une donation au Museum d'histoire naturelle américain.

Sur l'image que j'ai de lui, Tip est hâtivement esquissé à la plume. Par maints aspects, ce n'est pas une œuvre aboutie. Elle montre cependant une bête enchaînée, sa grande tête baissée, ses oreilles pendantes, ses longues défenses touchant presque le sol. Dans son expression, aucune férocité, rien que de la lassitude et de la tristesse. La légende le présente comme « Tip l'éléphant, toujours prêt à en découdre ».

Le jour où l'on annonça que Josef Pawlicec était condamné à la chaise électrique, je sortis cette image et l'insérai dans le coin de mon miroir, où je la voyais chaque matin et chaque soir avant d'aller au lit.

Josef Pawlicec fut exécuté à la prison de Sing Sing le 18 mars. Quand on lui demanda s'il avait une dernière parole à dire à la famille Newsome, il répondit : « Ce que j'ai fait, pas regretter. Peut-être pas bien, ce qu'ils ont fait à Newsome. Mais ce que eux, faire aux enfants, c'était pire. » Ces mots furent considérés comme la preuve définitive d'une implacable cruauté. Personne n'accorda d'attention aux fautes de syntaxe.

L'article paru dans *Town Topics* mentionnait clairement que Josef Pawlicec avait gardé la photographie de son neveu dans sa main, de sa cellule à la chaise électrique. Après l'exécution, la photo disparut. On présume qu'elle fut volée et vendue à un collectionneur de curiosités macabres.

Au petit déjeuner, le lendemain matin, Mr. Benchley lut le compte rendu de l'exécution. Il replia le journal, le posa sur la table et déclara :

— Eh bien ! Voilà qui est réglé.

## CHAPITRE XXIV

Une semaine après l'exécution, William Tyler vint voir les Benchley et fut retenu pour le thé. Il avait passé les vacances de printemps à la maison, mais retournait à Yale. Charlotte n'était pas présente – l'agressivité qui avait entaché ses relations avec Beatrice était encore trop fraîche –, mais Louise sourit, passa les petits sablés et répondit avec timidité aux questions de William sur son séjour à Philadelphie.

Mrs. Benchley, je peux le dire non sans fierté, réussit à se taire durant toute la visite.

Quand arriva pour William l'heure de partir, Louise se leva, la tête basse, les épaules avachies. Je sentis la joie de Mrs. Benchley se muer en anxiété et je me préparai à intervenir.

Mais soudain Louise se redressa, releva le menton et, d'une voix claire, souhaita à William un bon retour à New Haven.

À la porte, je donnai au jeune homme son chapeau et son manteau. Il m'adressa un « Merci, Jane » des plus formels.

Je souris et m'effaçai, comme il convenait.

Alors je l'entendis murmurer :

— Quelle honte, pour ce pauvre homme. J'aurais vraiment voulu…

Je hochai la tête, comprenant qu'il s'excusait d'avoir failli à ses intentions vis-à-vis de Mr. Pawlicec. Ou de lui-même. On avait dû lui faire entendre que son idéalisme naissant passait pour légèrement ridicule. Incapable d'affronter ce mépris, il était retombé dans son habitude de suivre le courant. Je ne pouvais guère lui en vouloir. En fin de compte, je n'avais pas fait mieux.

— Bon voyage, Mr. William.

Durant un de mes après-midi de congé, je trouvai le temps de rendre visite à Mr. Rosenfeld afin de le remercier à nouveau pour ses efforts. Il sembla embarrassé par ma gratitude et, tout en polissant ses lunettes avec nervosité, me demanda :

— Avez-vous élucidé le mystère des blancs d'œuf ?

— Oui.

Il remit les lunettes sur son nez.

— À votre satisfaction ?

— Non.

— J'ai lu dans la presse l'histoire du neveu de Mr. Pawlicec. Difficile de ne pas penser qu'il avait un mobile.

— À défaut d'avoir du goût pour les blancs d'œuf et les opiacés.

Il me regarda dans les yeux.

— Personne ne s'est intéressé à ce curieux détail ?

— Pas les gens qu'il fallait, malheureusement. Surtout après la mort de Mr. et Mrs. Newsome.

— Oui, une terrible histoire. Pensez-vous que c'était aussi l'œuvre de... de l'expert en blancs d'œuf ?

— Oui. Mais, à mon avis, nous n'avons plus à craindre que qui que ce soit en pâtisse.

— C'est déjà quelque chose.

La clochette au-dessus de la porte tinta à l'entrée d'un client.

— Merci encore, Mr. Rosenfeld.
— Je vous en prie, Miss Prescott.

Un jour de la fin du mois de mars, Mrs. Benchley et ses filles se rendirent dans le sud de Manhattan pour prendre le thé avec une certaine Mrs. Baiman. Celle-ci était issue d'une vieille famille et résidait toujours près de Washington Square Park, dans une des maisons de ville qui formaient autrefois l'épicentre de l'ancienne aristocratie. Le parc avait servi à l'origine de cimetière public. En 1885, lorsqu'on avait érigé l'arc (dessiné par Stanford White) pour commémorer le centenaire de George Washington, on avait mis au jour des ossements humains et des pierres tombales. En le franchissant, je songeai que c'était étrange de voir les couples flâner, les enfants courir et les nounous pousser les landaus au-dessus des corps de défunts anonymes.

Charlotte avait fait transformer quelques robes chez une couturière du quartier, et je devais passer les prendre puis les rapporter, en voiture, à la maison avec O'Hara, qui retournerait plus tard chercher les dames. C'était un samedi du début du printemps et, en allant à pied chez la couturière, je m'efforçais de savourer cette atmosphère de renouveau au lieu de ressasser le passé. À bien des égards, j'avais de la chance. J'étais en bonne santé, relativement jeune, et j'avais un emploi. Peut-être, pensai-je, trouverais-je le courage, cet été, de solliciter une augmentation. Voire une promotion au rang de gouvernante, Mrs. Benchley n'ayant toujours trouvé personne qui lui convînt. Nul ne pouvait prétendre que le rôle de gouvernante était une place temporaire. C'était une position que l'on conservait à vie. Celle d'une femme d'âge mûr, et ordinairement mariée.

Les toilettes que Charlotte avait fait transformer n'étaient pas noires. Ni même grises ou mauves. La semaine précédente, sans explication, elle m'avait ordonné d'emballer ses robes de deuil. Elle évitait encore les apparitions publiques, cependant les enveloppes commençaient à s'accumuler sur le guéridon de l'entrée et le téléphone s'était mis à sonner. Une des tenues que j'allais chercher était une extravagance en soie bleu et or. Il était question d'un voyage en Europe. Et j'avais fort l'impression que Charlotte bâillerait à l'opéra et lancerait des œillades par-dessus son éventail l'automne venu.

L'après-midi finissait lorsque je retournai à la voiture, chargée des robes. Dans ma mémoire, le bruit est plus violent qu'il ne le fut peut-être en réalité. Un grand souffle, une explosion, l'écho du verre qui vole en éclats. Levant les yeux, je vis de la fumée noire s'élever dans le ciel au-dessus de Washington Place. Elle se tordait, presque musculeuse, comme pour former un poing énorme. Les gens couraient. Je fis de même, sans trop savoir pourquoi.

Une foule s'était déjà attroupée devant le Asch Building. Un policier nous cria de nous tenir à distance, mais la chaleur des flammes était plus dissuasive. Tout le monde levait la tête. Je suivis la direction de ce regard collectif vers le neuvième étage et vis deux femmes à quatre pattes sur le rebord de la fenêtre. La fumée tourbillonnait autour d'elles. Des flammes jaillirent à travers les carreaux brisés, brûlant leurs cheveux. Se tenant par la main, elles sautèrent. La foule cria à l'unisson, et je n'entendis pas le choc sur le trottoir. Je ne l'entendis pas.

D'autres femmes surgissaient en hurlant et s'accrochaient au rebord. La jupe en feu, elles se bousculaient pour sortir. Certaines écartaient les bras dans leur chute comme dans l'espoir de voler. Des passants s'emparèrent des couvertures des chevaux, coururent chercher des draps et des rideaux dans les maisons voisines. Des hommes les déployaient et les maintenaient tendus, mais la violence de la chute était trop grande, et les corps leur arrachaient les couvertures des mains en s'écrasant sur le trottoir. Par endroits, ils traversaient les verrières par lesquelles le jour filtrait dans les sous-sols, laissant des trous béants dans la rue. Les pompiers déversaient de l'eau sur le bâtiment ; elle ruisselait par les fenêtres, cascadait le long de la façade, des enseignes de Blum's Clothing Specialists et de Harris Brothers Men's Clothing, pour enfin se ruer dans les caniveaux rouges de sang.

Cent quarante-six personnes trouvèrent la mort dans l'incendie de la fabrique Triangle Shirtwaist ce jour-là, dont cent vingt-trois femmes, y compris Ruth Solomon, âgée de vingt ans. Elles auraient pu réussir à s'échapper si les portes de l'usine n'avaient été fermées à clef pour empêcher les pauses non autorisées. La cause de l'incendie fut imputée à une cigarette, dont une braise s'était enflammée et propagée, nourrie par les matériaux légers et vaporeux utilisés pour la confection des chemisiers.

Les dépouilles furent déposées sur le trottoir avant d'être emportées vers une morgue improvisée sur l'appontement de la 26ᵉ Rue Est. La police réclama cent cercueils, toutefois la ville ne disposait pas d'un tel nombre. Les corps qui n'étaient pas calcinés furent enveloppés dans des linceuls. Ainsi que l'écrivit un journal : « Hommes et femmes, garçons et filles comptaient parmi les morts qui jonchaient la rue :

telle était exactement la situation – les rues étaient jonchées de cadavres. »

Le commissariat de Mercer Street était envahi. On fouillait chaque corps afin de trouver un moyen de l'identifier. Quand un nom était découvert, on l'inscrivait sur un lambeau d'étoffe épinglé sur le cadavre. Six dépouilles demeurèrent anonymes.

Ce jour-là et ceux qui suivirent, toutes les énergies de la ville se concentrèrent sur les victimes de l'incendie de Triangle. Tout le monde, semblait-il, des grandes dames de la 5ᵉ Avenue aux filles de bar, voulait « faire quelque chose ». Le lendemain, je descendis au Refuge Gorman. Les Benchley ne s'opposèrent pas à ma demande, pensant apparemment contribuer ainsi à l'effort général. Mais la maison était déserte. Toutes les femmes étaient parties aider. J'y allai, moi aussi, quoique je fusse au nombre de ceux qui n'avaient à offrir qu'une paire de mains. Certaines servaient de traductrices aux familles, pour la plupart juives et italiennes, cherchant des filles, des épouses, des sœurs – ou de l'assistance pour les enterrer. En m'approchant de la foule près de la jetée, j'entendis des vendeurs de rue s'époumoner : « Achetez-les tant qu'ils durent ! Souvenirs du grand incendie ! Achetez la bague d'une victime ! »

Je tombai sur Anna par accident. Elle parlait à un homme en italien, la voix douce et ferme. À son âge et à son expression, je devinai qu'on avait trouvé sa fille. J'attendis qu'elle finisse, puis l'appelai – « Anna ? »

Ce soir-là, assises sur un banc au bord de l'East River, nous fîmes un repas de sandwichs et de *ginger ale* qu'on avait offerts aux volontaires. Anna avait passé la journée à parler en deux langues, et je pensais qu'elle préférerait le silence. Pourtant, elle dit :

— Tu sais qui a envoyé les sandwichs ? Andrew Carnegie.
— Tu plaisantes.
Elle secoua la tête en mordant dans le pain.
— Ils font tous des donations. Ils ont la frousse.
— Les gens réclament que les propriétaires de la fabrique soient accusés de meurtre.
Anna haussa les épaules.
— Ils ne seront jamais inculpés. Pas par un jury.
— C'est trop gros cette fois, Anna. Les gens voudront que quelqu'un soit puni.
— Quelqu'un, concéda-t-elle. Pas nécessairement les vrais coupables. À la fin, ils présenteront leurs excuses, trouveront des raisons parfaitement valables pour que cent quarante-six personnes aient péri. Et qu'est devenu ton autre quelqu'un ? Le bout d'étoffe ?
Je baissai les yeux vers mon sandwich emballé dans du papier.
— Nous n'avons pas discuté de l'attentat à la bombe qui a tué les Newsome.
— Non.
Elle sourit, intriguée.
— Tu as envie de me poser des questions à ce sujet ?
— Non.
— Parce que tu ne veux pas savoir.
— Parce que je sais. Je sais que tu n'avais rien à voir avec ça.
Anna me lança un regard d'admiration moqueuse.
— Mais tu connais le coupable.
— Oui. Et je pense que, pour l'auteur du meurtre de Norrie Newsome, justice est faite.
Anna me contemplait d'un air interrogateur. Je gardais les yeux rivés sur le fleuve, où un petit bateau à vapeur se dirigeait vers le Bronx. Si proche

de l'Atlantique, le fleuve était chargé de l'odeur de la mer et, un instant, je pensai au père qui m'avait amenée sur cette île, puis m'avait abandonnée comme si, ayant accompli son devoir, il laissait l'Amérique s'occuper de moi.

— C'est toi qui as écrit les lettres ? m'entendis-je demander.

Un long silence régna avant qu'Anna ne réponde :

— Pas moi, non.

Donc j'avais raison, et Rose Coogan s'était trompée. Les messages auraient constitué un acte d'imagination impossible pour Norrie. Il aurait fallu qu'il se mît à la place des autres, chose dont ce jeune égoïste était incapable.

— Y avait-il un plan ?

— Oui.

Un plan. Un plan pour tuer. Pour mettre fin à une vie – et pour quoi ? Je jetai un coup d'œil à Anna, me demandant ce qu'elle avait cru accomplir par la mort de Robert Newsome. Le meurtre de McKinley avait-il amélioré les choses ? L'attentat du *L.A. Times* ? Je pensai aux vivats qui avaient salué l'annonce de la mort de Josef Pawlicec. *Ça leur apprendra. Ils ne s'en tireront pas comme ça.* Mais nul ne semblait jamais apprendre, même quand on le lui montrait avec brutalité, et il recommençait. Je me rappelai les paroles de Rose Coogan : *Ils aimaient juste jeter des pierres.*

— Nous aurions fait attention, disait Anna. Nous nous serions assurés…

*Que tu ne serais pas blessée.* J'agitai la main pour ne pas en entendre davantage. Je ne voulais pas demander si l'on avait fixé une date, si cette date se situait avant ou après le mariage de Norrie et de Charlotte. Je ne voulais pas demander quelle méthode on aurait employée, si les pertes avaient été limitées ou difficiles à calculer. Je n'avais pas besoin de demander si ma vie avait de la valeur à ses yeux. Parce que la sienne en avait pour moi ; elle était mon amie, pour ridicule que ce mot pût lui sembler. Je refusais d'y renoncer.

Je levai ma bouteille et déclarai :

— À Josef.

Anna sourit en levant la sienne.

— À Josef. Et à Janusz.

— Janusz.

Je pensai à Ruth, qui riait à l'idée de devenir couturière, après tout.

— À Ruth Solomon.

Anna me fit écho.

Presque pour moi-même, j'ajoutai :

— À Rose Coogan.

Alors je regardai l'appontement où tant de gens cherchaient encore les leurs.

# CHAPITRE XXV

Cette semaine, les journaux ont annoncé avec une immense tristesse la disparition de Lucinda Newsome. *Town Topics* a depuis longtemps cessé ses publications, mais le *Times*, le *Wall Street Journal* et le *Daily News*, ainsi que les chaînes de radio et de télévision, ont rendu hommage à la principale philanthrope de New York. Son image – son visage empreint d'énergie à l'âge de quatre-vingt-douze ans – s'étalait partout. Les drapeaux furent baissés au Metropolitan Museum of Art. Les lumières furent tamisées à l'opéra et sur Broadway. À Central Park, les chevaux des calèches arborèrent des plumets noirs. Des couronnes mortuaires furent disposées au cou des lions de pierre, Patience et Fortitude, devant la Public Library de New York.

Le maire prononça l'éloge prévisible. Les cercles littéraires rivalisèrent d'enthousiasme pour capturer la quintessence de ce qu'avaient été la vie et la carrière de Lucinda Newsome. Elle s'était mariée mais, une fois veuve, avait repris son nom de jeune fille pour honorer sa famille défunte. Les journaux ne l'avaient jamais appelée autrement. Le service funèbre se tint à l'église épiscopale St. Thomas de la 5ᵉ Avenue. Il donna lieu à des spéculations fébriles sur qui serait invité, qui ne le serait pas et pourquoi. Le public fut autorisé à y assister pendant certaines heures limitées.

Je ne m'y rendis pas. Néanmoins, un représentant du Refuge Gorman fut envoyé en reconnaissance de l'extraordinaire générosité de Lucinda Newsome envers cette organisation.

Il y a de longues, très longues années, je rencontrai Lucinda Newsome. Étrangement, nous nous retrouvâmes dans la maison même où son frère avait été assassiné, mais nous discutâmes dans son bureau, non dans la bibliothèque. Je lui relatai ce que je savais et ce que je soupçonnais. Je lui appris qu'une autre personne était aussi informée, mais que nous n'avions aucun intérêt à divulguer la chose ; il lui appartenait, à elle seule, d'en décider. Bien qu'elle fût un personnage public, Lucinda Newsome conservait son goût pour la discrétion, et je ne fus pas surprise qu'elle choisît de ne rien révéler. Pas plus que je ne m'étonnai quand elle commença à verser une partie de son immense fortune à la Women's Trade Union League, à Hull House et au Refuge Gorman pour femmes.

Maintenant qu'elle n'est plus, je peux raconter toute la vérité sur les événements de ce réveillon de Noël 1910. Bien entendu, rares sont ceux qui se rappellent l'affaire Newsome, à présent. Elle fut suivie par trop de carnages, tant privés que mondiaux. (Elle marqua ma première rencontre avec une mort violente, mais fut loin d'être la dernière. Toutefois, remettons ces histoires à plus tard.) En rapportant ce que je sais, j'espère laver la réputation d'Ida Pawlicec, qui clama l'innocence de son frère jusqu'au jour de sa mort, en 1956. Et, bien sûr, la réputation de Josef lui-même.

Cela importera-t-il aux gens, aujourd'hui ? Si elle vivait encore, Anna soulignerait que la société crée ses propres critères pour décider quelle mort compte et laquelle ne compte pas. La mort de celui qu'elle qualifiait de « stupide, et inutile gosse de riches » mobilisa toutes les ressources de la ville en vue de la capture et du châtiment du meurtrier. En revanche, les propriétaires de la fabrique Triangle, Max Blanck et Isaac Harris, furent reconnus non coupables de meurtre. Un procès civil valut plus tard aux familles 75 dollars par victime. La compagnie d'assurances versa à Blanck et Harris 60 000 dollars, soit 400 dollars par victime. Ainsi, ils ne s'en sortirent pas si mal.

Pourtant, soit en conséquence d'un sentiment de culpabilité, soit par la conscience que le centre ne pouvait se maintenir sans un réajustement des équilibres, des changements survinrent à la suite de l'incendie. De nouvelles lois imposèrent la présence d'extincteurs, d'alarmes et de systèmes d'arrosage automatique. Les horaires de travail des femmes et des enfants furent réduits. Ce que la mort solitaire de Josef Pawlicec – ou de Norrie Newsome, si vous préférez le voir sous cet angle – n'avait pu accomplir fut réalisé par le sacrifice de cent quarante-six vies.

Peu après les obsèques de Lucinda Newsome, je reçus une missive. Elle arriva dans une enveloppe au format inusité, avec un timbre étranger, de je ne saurais dire quel pays. Elle ne portait aucune mention de l'expéditeur et, au début, j'hésitai à l'ouvrir. Mais la beauté de l'écriture, la richesse de l'encre bleue et l'utilisation de mon nom de jeune fille m'intriguèrent au point de vouloir la lire.

*Chère Jane,*
*C'est étrange d'être vieille, n'est-ce pas ? Surtout lorsqu'on est morte depuis soixante-dix ans. J'ai regretté de ne pas vous voir aux funérailles de Lucinda. J'avais espéré que nous pourrions nous*

*parler. Voyez-vous, je ne vous ai jamais remerciée comme il convient. Vous avez protégé ma vie privée toutes ces années. Vous auriez pu vendre mon histoire – peut-être à ce séduisant reporter. Vous ne l'avez pas fait. Vous avez respecté votre promesse, chose rare.*

*(Je vous remercie également pour votre idée attentionnée de prendre les bijoux et de disparaître. Ne vous inquiétez pas pour Greider. Je l'avais embauché personnellement et il méritait cet honneur.)*

*Je vous délivre de votre serment. Il ne me reste plus beaucoup de temps.*

*Vous pouvez désormais dire du mal des morts. Avec affection et respect,*

*Rose*

Si Anna était là, ou Michael Behan, ou Louise Benchley, ou Norrie Newsome lui-même, je suis sûre qu'ils diraient : « Non, Jane, ça ne s'est pas passé comme ça. » Ils me rappelleraient des choses que j'ai oubliées, insisteraient pour me convaincre qu'Untel a dit ceci et non cela. Ils me reprocheraient d'avoir décrit une personne avec trop d'indulgence, une autre trop durement. Ils auraient conscience de faits qui m'échappent, parce que je n'en ai jamais été témoin.

Mais voilà la vérité telle que je la connais. Telle que je l'ai vécue et que je l'ai vue vivre par les autres.

Faites-en ce que bon vous semblera.

# REMERCIEMENTS

Mon tout premier « merci » va à mon agent, Victoria Skurnick, qui a jugé ce livre digne d'être achevé. Je lui ai demandé de toujours me dire la vérité, et elle se montre franche tout en me faisant rire. Il n'existe pas, dans l'édition, d'œil plus acéré et de meilleur cœur.

J'adresse ma profonde et sincère gratitude aux femmes du groupe d'auteurs de romans policiers du Queens : Radha Vatsal, Laura Joh Rowland, Nancy Bilyeau, Shizuka Otake, Jen Kitses et Triss Stein. J'ai aussi été comblée par la générosité et l'humour de mes premiers collègues de plume, E. R. Frank, Carolyn Mackler, Wendy Mass et Rachel Vail.

À mon éditrice, Elizabeth Lacks : les vrais éditeurs se font rares. Vous êtes l'un d'eux. Merci. Et merci, également, à la merveilleuse équipe de St. Martin's : Martin Quinn, Sarah Schoof, Allison Ziegler, Devan Norman, India Cooper et Laura Dragonette.

Merci, Public Library de New York : où, ailleurs que chez vous, prendrait-on au sérieux, et en même temps avec bonne humeur, des questions sur le nombre de téléphones que comptait New York en 1910 ? Merci *New York Times*, et vos étonnantes archives.

Merci à Griffin Weiss, qui m'accompagne à la bibliothèque et savoure une glace avec moi ensuite. Et à Josh Weiss, sans qui rien de tout cela n'aurait été possible ou amusant.

Parmi les nombreux ouvrages consultés pour ce roman :

*The Gangs of New York*, Herbert Asbury.

*Serving Women: Household Service in Nineteenth-Century America*, Faye E. Dudden.

*Gilded City: Scandal and Sensation in Turn-of-the-Century New York*, M. H. Dunlop.

*City of Eros: New York City, Prostitution, and the Commercialization of Sex, 1790-1920*, Timothy J. Gilfoyle.

*When the Astors Owned New York: Blue Bloods and Grand Hotels in a Gilded Age*, Justin Kaplan.

*Low Life: Lures and Snares of Old New York*, Luc Sante.

*The Triangle Fire*, Leon Stein.

10/18, une marque d'Univers Poche,
est un éditeur qui s'engage pour
la préservation de son environnement
et qui utilise du papier fabriqué à partir
de bois provenant de forêts gérées
de manière responsable.

*Imprimé en France par* CPI

N° d'impression : 3028914
X07212/01